世話焼き魔族と子宝授かりました

榛名 悠

幻冬舎ルチル文庫

CONTENTS ✦目次✦

世話焼き魔族と子宝授かりました

✦イラスト・金ひかる

✦カバーデザイン＝齊藤陽子（CoCo. Design）
✦ブックデザイン＝まるか工房

世話焼き魔族と子宝授かりました

■1■

「翔《しょう》ちゃん、まだ徹《てつ》さんの体の具合はよくならないの？」

常連客に声をかけられて、瀬尾翔真《せおしょうま》は顔を上げた。

カウンター越しに七十過ぎの好々爺《こうこうや》と目が合う。翔真は微笑《ほほえ》み、抽出したサーバーのコーヒーを丁寧にカップに注ぎながら答えた。

「うん、もう少しかかるみたい。ごめんね、田中《たなか》さん。あとちょっとは俺だけで我慢して」

田中が「なんだよう、残念」と冗談めかして笑う。

「徹さんのナポリタンは当分おあずけかあ。その間は翔ちゃんのコーヒーで我慢するか」

「ごめんね、コーヒーしか出せなくて。はい、ブレンドです」

「おっ、今日もいいにおいだ」一口啜《すす》って、満足げに微笑む。「さすが、翔ちゃん。相変わらず美味《うま》いコーヒーを淹《い》れるねえ」

「コーヒーだけだけどね」

翔真は黒目がちな大きな目を細めて自嘲《じちょう》気味に笑った。

喫茶〈かすがい〉。古きよき下町の住宅街にある昔ながらのこの店を、亡くなった祖父から翔真が引き継いだのは、今から二年前。就職活動に失敗し、大学を卒業してからは祖父の店でアルバイトとして働いていた二十四歳の時だった。

しかし、翔真には決定的な弱点があった。

自他ともに認める極度の料理オンチなのだ。

それを知っていた祖父は翔真を絶対に厨房に立たせなかったし、亡くなる間際まで「店のことはお前の好きにしていい。だが、続けるつもりなら料理人はお前以外の者を探せ。いいか、絶対だぞ」と、しつこく念を押された。そんな祖父の遺言を守り、跡を継いだ店の料理人には祖父の代からしばしば調理補助に入っていた酒屋の徹を本格的にスカウトし、自分は経営と接客を担当することに決めたのだ。

地元の常連客に愛されて、代替わりした後も〈かすがい〉は細々と営業を続けてきた。大きく儲《もう》かることはなくても赤字にはならず、その後の二年は順調だったのだが、ここにきてピンチに見舞われる。なんと、調理担当の徹がぎっくり腰になってしまったのだ。その上、腰をかばったせいで腕まで痛めてしまい、完治に時間がかかる羽目になってしまった。

――面目《めんぼく》ない。酒屋の時は一度もやらなかったのに、まさか今になってやるとは……。

徹も今年で四十八だ。少々体にガタがきてもおかしくない。電話のむこうで申し訳なさそうにする徹を、翔真は「こっちは大丈夫だから」と養生するように労《いた》わった後、さてどうしようかと考えた。店のフードメニューはすべて徹任せである。翔真は祖父の遺言があるので下手に手出しすることはできない。手を出したところで失敗するのは目に見えている。実際、徹がしばらく厨房に立てないことになって、翔真は意を決して一人でフードメニューに挑戦してみたのだ。ところが案の定、結果は散々だった。摩訶《まか》不思議な謎の物体ができあがり、とても食べられたものではなかった。こんなものをお客さんに出せるはずもない。即保健所案件だ。

しかし、そんな翔真にも祖父が唯一《ゆいいつ》認めてくれた武器があった。

コーヒーである。

料理はからっきしだが、どうやらコーヒーを淹れる腕だけは祖父の血を継いだらしい。

よし、しばらくはコーヒーのみで乗り切ろう。喫茶店なのでコーヒー一択のメニューでもおかしくはない。常連さんもわかってくれるはず。

それからの一ヶ月弱、特製のブレンドコーヒーと、近所の洋菓子店から仕入れたケーキのセットメニューで何とかやってきた。

単価が安く、暑い夏の季節ということもあって、一日の売り上げはだいぶ落ちたが、事情を知った常連客が変わらず足を運んでくれるおかげで閑古鳥《かんこどり》が鳴く状況にまで陥ることはなかった。とはいえ以前と比べると客足は随分と減り、とりわけ夕方以降は暇なので早々の店じまいだ。

「さて、と。そろそろ帰るか」

掃除を終えた店内を見渡し、身支度をした翔真は電気を消した。店を出て戸締りをする。

「徹さん、元気そうだったな。よかった。もう大丈夫だって言ってたし、週末には戻ってくる予定で準備を進めておいてもいいかな」

先ほど徹と電話で話したところである。腰も腕も順調に回復し、本人曰《いわ》く、すぐにでも復帰できると意気込んでいた。電話のむこう側で、奥さんの「あと二日はダメ！」と厳しい声が聞こえていたので、早ければ三日後には店に立てるかもしれない。

「よし、光が見えてきた。あとちょっと一人で頑張ろう」

徹が戻ってくるのを誰よりも待ち侘《わ》びている翔真は、思わず鼻歌を口ずさむ。

常連のよしみで通ってくれるお客さんも、さすがにコーヒーだけでは間がもたないのだ。〈かすがい〉は小さな喫茶店ながらフードメニューが充実している。これは祖父が常連客の要望を聞き入れて徐々に増やしていったもので、以前から食事を目当てに足を運んでくれる客が一定数いるのだ。祖父が亡くなった後は徹が祖父の味を継ぎ、それをみんなも喜んでくれていた。

ところが、当面の間フードメニューを中止する旨の張り紙をした途端、客足がぐっと減った。人気のランチメニューが食べられないと知って、店先で引き返していく客の姿を何人も見た。一人でカウンターに立つ翔真に対し、徹の話題を振ってくる客は日に日に増えているし、一番賑《にぎ》わう昼時に人の入りがないのは寂しい。今の状況がこれ以上続くようだと経営的に厳しくなる。翔真も不安に思っていたところに届いた光明《こうみょう》だ。

安心して気が抜けたのか、ぐうっと腹が鳴った。

いつも徹が用意してくれるまかないがないので、昼に食パン一枚を半分食べたきりだった。今朝一枚を半分に切って食べた残りもの。ほぼ自炊はしないし、贅沢もできない。

「今夜はどうしようかな。何か残ってたっけ？　最近、買い物もしてないしなあ。まとめ買いした袋ラーメンが一つ残ってた気がする……」

ふいに何かが動いた気がした。

翔真は咄嗟《とっさ》に独り言を飲み込んで、その場に立ち止まる。

しんと静まり返っている路地裏は月明かりも届かず闇が深い。翔真はごくりと喉を鳴らし暗闇に目を凝らす。

ぐるるっと何かが低く唸《うな》った。

暗さに少し目が慣れた途端、それが四つ足の生き物であることを視認する。オレンジ色に光る獣の眼《め》が四つ。

ヴゥゥゥぐわわんっ！

急に吠え出したそれらが犬だとわかり、翔真は狼狽《ろうばい》した。しかも二頭ともかなり大きい。

「えっ、犬？　何でこんなとこに犬がいるんだよ」

咄嗟に周囲を見るも飼い主らしき人影はない。リードを引きずっているわけでもなさそうだ。野良だろうか。

焦って一歩引いたそこへ、翔真の後退を阻むようにして二頭が一斉《いっせい》にスタートを切った。

「ひっ」

翔真は全速力で路地を引き返す。水路沿いの道に出たところで足がもつれた。

しまったと思った時には派手に地面に転がっていた。痛みを感じる間もなく急いで起き上がり、振り返る。走ってくる犬の姿が見える。

二頭同時に地面を蹴《け》った。飛び上がった大きな影が二つ重なり翔真に襲いかかる。避《よ》け切れない。翔真は咄嗟に体を縮め、頭上を両手で覆った。目を瞑《つぶ》った顔の前をびゅわっと風が駆け抜ける。

どん、と凄《すさ》まじい衝撃音が鳴り響いた。

普通に考えたら、それは凶暴な犬が翔真に体当たりした音だろう。だが、違った。覚悟した衝撃は何もなく、翔真の体はその場から一ミリたりとも動いていない。牙《きば》が皮膚《ひふ》に食い込む感覚も痛みもない。

「……？」

辺りが再び静まり返る。怪訝《けげん》に思った翔真は恐る恐る目を開けた。そして、薄闇に浮かび上がった光景に息を呑《の》んだ。

そこには翔真をかばうようにして別の大型犬が立っていた。

翔真を襲おうとした二頭は脇に倒れてぐったりとしている。衝撃音は巨体の犬同士がぶつかりあったものだったのだろう。

翔真に背を向けて立つ犬が鋭い唸り声を上げた。

その瞬間、倒れていた二頭がびくっと飛び起き、尻尾《しっぽ》を巻いて逃げていく。脱兎《だっと》の如《ごと》く去っていく様は、ドラマや漫画でよく見るヒーローに追い払われるチンピラのようだった。

静寂が落ちる。

細い月明かりに一際大きく見えるしなやかな獣の影が浮かび上がる。

翔真は慌てて体勢を立て直すと、自分を助けてくれたその犬に声をかけようとした。

「……あ……くしょんっ」

しかし、ひゅっと息を吸い込んだ途端、言葉の代わりにくしゃみが出た。くしゅん、くしゅんと立て続けに出て止まらなくなる。

アレルギー症状だ。

昔から動物の傍《そば》に寄るだけでくしゃみと鼻水が止まらなくなり、目も皮膚も痒《かゆ》くなる。いわゆる動物アレルギーというやつだ。

いつもは極力動物に近づかないよう気をつけているのだが、この非常事態でうっかりしていた。

慌てて手で鼻と口もとを覆うも、くしゃみは一向に収まらない。

振り返った犬がじっとこちらを見ている。くしゃみをしながら翔真は目もとを擦《こす》った。痒いしくしゃくしゃする。涙と夜のせいではっきり見えないが、大きな黒い犬だ。首輪はしていない。この辺りで野良犬の噂《うわさ》は耳にしないが、大きな犬がうろついているとなれば目撃者がいるはずだし、すでに保健所に連絡がいっているかもしれない。

あまりにもくしゃみが止まらない翔真を不審に思ったのだろう。じっと様子を窺《うかが》っていた黒犬がふいに踵《きびす》を返し、ゆっくりとこちらへ近づいてきた。

「あっ、ちょっと待って、あまりこっちに来られると……くしゅっ、へっくしゅん」

止めようとしたその時だった。パアッと辺りが白い光に包まれた。

あまりの眩《まぶ》しさに翔真は思わず目を眇《すが》める。車のヘッドライトだ。数十メートル先の路地から突然軽ワゴン車が現れたかと思うと、スピードを緩めることなくこちらに向かって走ってくる。運転手はまるで翔真たちのことに気づいていないようだった。犬の姿がヘッドライトの逆光にくっきりと浮かび上がる。

「ちょっ、何でブレーキかけないんだよ……っ、ダメだ、そこから逃げて、危ない――!」

翔真は無我夢中で立ち上がり、犬を突き飛ばした。

手ごたえがあり、大きな犬の体がアスファルトの路上を一度バウンドして横に吹っ飛ぶ。代わりに車の前に身を投げ出した翔真は、次の瞬間、鉄の塊と衝突した。

一瞬、何もかもが消え失《う》せた。

無の世界に引きずり込まれ、意識の遠くからぼんやりと視覚が戻ってくる。

光だ。だがすぐに光は去っていった。遅れてそれが車のヘッドライトだと気がつく。光の行く先を追おうにも、首がまったく動かなかった。首だけでなく、手も足も、全身が自分のものではないかのようにぴくりともしない。感覚も何もなく、すべての関節をバラバラに切断されてしまったかのようだ。

「……う……あ……」

俺は車に轢《ひ》かれて、こんな道の真ん中で死ぬのだろうか。

運が悪いことに、水路沿いのこの狭い道は夜になると人通りがほとんどなくなる。街灯も疎《まば》らで、周辺は古い雑居ビルだ。路地を抜けた先は住宅地だが、最悪、ここは朝まで誰も通らない可能性がある。見つかった時にはもう手遅れかもしれない。

体中が痛い。ちらっと視界の端に見えた自分の足はありえない方向に曲がっていた。皮膚を突き破って骨が見えている。腕もどうなっているのかもう感覚がない。全身から体温が急速に奪われて、どんどん冷たくなっていくのがわかる。意識があるのが不思議なくらいだ。

そういえば、あの犬は大丈夫だっただろうか。

意識が遠退《とおの》く中、咄嗟に突き飛ばした黒犬のことが頭を掠《かす》めた。怪我《けが》がなければいいのだが……。

ぺろっと、頬を何かに舐《な》められた。正確にはそんな感じがしたというだけで、感覚はもうとうに麻痺《まひ》している。

重たい瞼《まぶた》を無理やり持ち上げると、頭上に覆い被《かぶ》さる影があった。

あの黒犬だった。

つやつやと黒光りする短毛の引き締まった体。心配そうに翔真の顔を覗《のぞ》き込んでいる。何だっけ、この犬種。知っているのに、名前が出てこない。思考がまわらない。

「……お前は、無事だったんだな……よかった……」

力なく微笑む。

これだけ近くにいるのに、くしゃみももう出ない。体が反応するのをやめたのだろう。いよいよ死が迫っているのを感じる。ああ、店はどうしよう。そろそろ徹が復帰するというタイミングで、まさか自分がこんなことになるなんて。明日、閉まったままの店を見て常連客は不審に思うだろう。そうだ、看板が壊れたままなのを徹に知らせてなかった。ケーキの注文もキャンセルしないと。駄目だ、もう考えるのも億劫《おっくう》になってきた——。

意識が途切れ途切れになってきた翔真の頬を犬がしきりに舐めてくる。

「……ふふ……くすぐったいって……」

あれほど避けていた犬と最期にこんなふうに触れあえるなんて皮肉な話だ。だけど夢だった。できれば、元気な時に思う存分犬とじゃれあいたかったなと思う。

夢叶《かな》わず、翔真は二十六歳で短い生涯を閉じた。

――と、思ったのだが。

「何となくてよかったですねえ。無事退院ですよ、おめでとうございます」

翌日、翔真は近場の総合病院にいた。

看護師が笑顔で翔真に私物のトートバッグを持たせてくれる。一緒にファイルも渡された。

「忘れ物はないですか？　こちらは受付窓口でお願いします。退院後はきちんと食事をとってくださいね。忙しくてもバランスのとれた食生活を心がけてください。そうしないと、また倒れてしまいますよ」

「……はい、気をつけます。お世話になりました」

看護師に見送られて、翔真は病室を後にする。何だか地に足が着いていないような奇妙な感覚のままふらふらと歩き、病棟のエレベーターに乗り込んで階数ボタンを押した。誰もいない箱の中で、翔真は取り付けられた鏡に映った自分の顔をまじまじと見つめた。

薄茶の柔らかい髪が空調にふわふわと揺れている。そういう髪質なのか何もしなくても収まりがいいので、毎朝の手間がかからず助かっている。つるんとした剝《む》き卵のような肌は吹き出物の類《たぐ》いが一切ないのが自慢だ。きりっとした黒目がちの目もとにすっとした小ぶりの鼻、少し大きめだが口角が上がった唇。実年齢よりも多少若く見られがちだが、店の常連客からは冗談まじりに「イケメン店長」などと親しみを込めて呼ばれている。良くも悪くも見慣れた自分の顔だ。

「俺、だよな？」

数歩下がり、鏡に全身を映してみる。百七十三センチの身長と細身の体つきも同じ。

ぶらぶらと手足を振ってみた。

違和感なく動く。きちんとくっついている。袖や裾を捲《めく》り上げてみても、縫い合わせた痕《こん》跡《せき》は一切見当たらない。

ポーンッとエレベーターが軽い音を立てて到着した。

ドアが開いて、翔真は慌ててチノパンの裾を下ろした。そういえば、着ている服はすべて自分のものだが、やけにボロボロである。全体的に黒っぽい服装なのであまり目立たないものの、よく見ると半袖のパーカーは土や血のようなものがこびりついているし、パンツのあちこちに何かで擦ったような跡が残っていて、破れた箇所もいくつか見受けられる。

――昨夜、路上で突然倒れたらしいですよ。偶然通りかかった男性が、瀬尾さんが倒れるところを目撃されていて、それですぐにこの病院に運んできてくれたんですよ。

今朝、病室のベッドで目覚めた翔真は、看護師からそんな話を聞かされたのだった。

更に担当医師にはこう説明された。

――倒れた際に、ぶつけたり擦《す》り剝いたりしたようで、軽い打撲と擦《かす》り傷はありますが、念のためにCTを撮って検査をしたところ、どこも異常は見つかりませんでした。まあ……貧血と、あとは栄養失調ですね。きちんと食事をとっておられますか？　ご自宅にはお一人ですか。お仕事の関係もあるかとは思いますが、偏った食事にならないように気をつけてください。まずは栄養のあるものをしっかり食べて、睡眠をとることを心がけましょう。もしかしたら倒れた拍子に頭を打っているかもしれませんので、今は何ともなくても、数日後に頭痛や吐き気が出たりすることがあります。何かおかしいと思ったらすぐに来てくださいね。今回の検査で異常は見られなかったので、この後退院になりますよ。

エレベーターを降りて、受付窓口に向かった。

この地域で一番大きな総合病院のため、正面入り口付近は賑わっていた。午前の外来受付はすでに終了していたが、診察が終わった患者が会計の順番を待っている。

この病院に世話になるのは二年ぶりだ。前回は持病の動物アレルギーが悪化して、急患で運ばれたのである。あの時も入院する羽目になり、当時一緒に暮らしていた祖父には随分と心配をかけたことを思い出した。

ふいに脳裏に閃《ひらめ》くように記憶の欠片《かけら》が蘇《よみがえ》った。

そうだ、犬だ。犬について、何か大事なことを忘れている気がする。

翔真は会計受付窓口で番号札を受け取り、椅子に座って順番を待った。

がやがやと喧騒《けんそう》を耳に流しながら、思考をめぐらせる。自分が覚えている限りの記憶を繋《つな》ぎ合わせていくうちに、やはりどうにも腑《ふ》に落ちないことがあった。

「……いや、待てよ。俺の体って、車に轢かれたんじゃなかったっけ？」

昨夜、店からの帰り道に、野良犬に遭遇したのだ。襲いかかられて、獰猛《どうもう》な彼らを危機一髪で追い払ってくれたのも、また犬だった。しかし、その恩人の犬に突然道路に飛び出してきた車が猛スピードで突っ込んできたのである。翔真は咄嗟に犬を庇《かば》った。そして、犬の代わりに自分が轢かれた——はずだった。

間違いなくこれは死んだと思ったのだ。足はありえない方向に折れ曲がり、骨が皮膚を突き破って見えていた。内臓の損傷も激しかったと思う。それくらいの衝撃だった。

ところが、意識が戻った翔真は、ほぼ無傷で病院のベッドに寝かされていたのである。しかも、診察した医者はまるで何事もなかったかのような口ぶりだった。

ただの貧血？　乱れた食生活による栄養失調？

そんなわけがない。もっときちんと診てほしい。声を大にしてそう詰め寄りたかったが、しかし自分の目で全身を確認した翔真は、それ以上何も言えなくなってしまった。ボキボキに折れたはずの骨はどういうわけかすっかり元通りだし、気が遠くなるほどの苦痛も嘘のように消えていた。検査の結果、脳も内臓も異常なし。単に貧血で倒れただけだと言われて、翔真は茫然《ぼうぜん》となったのである。狐《きつね》に摘まれた気分とはまさにこういうことだろう。

長い夢を見ていたのだろうか。

実際は突然の貧血で意識を失って、翔真が体験したと思い込んでいるすべてのことが夢の中の出来事。そう考えた方が自然だ。車に撥ねられたのに、その痕跡一つ体のどこにも見当たらないのにも説明がつく。倒れただけにしては服が異様に汚れているのが気になるが。

「やっぱり、ただの貧血だったのかな。栄養失調も……」

そう言われると、思い当たる節がなくもない。

確かに、ここ最近は食事がおろそかになりがちだった。自炊をしない翔真は、徹の作るまかないが頼りだ。しかしそれも今は休止中。就寝時もいろいろ考えてなかなか寝つけず、以前と比べて眠りが浅い。

アナウンスが入り、翔真の一つ前の番号が呼ばれた。年輩の男性が窓口に向かう。

そういえば翔真を病院に運んでくれた男性とはどんな人物だったのだろうか。

夜間に気を失った翔真を抱きかかえて駆け込んできたその男性は、翔真が処置室に運ばれた後、いつの間にか姿を消してしまったらしい。

若い長身の男だったという。黒ずくめの服装が印象的で、年は三十前後。その割には男の顔の特徴など詳しい情報は対応したどのスタッフの記憶にも残っていなかった。

もちろん、翔真もその男性に覚えがない。

謝礼をしたくても名前も連絡先も一切不明なので、どうすることもできない。看護師たちには、もし、その男性を見かけたら翔真が捜していると伝えて欲しいと頼んでおいた。

アナウンスが入り、手札の番号が呼ばれる。翔真は窓口で医療費の請求書を受け取ると、自動精算機のブースに移動した。翔真と一緒に例の男性が運んでくれたトートバッグはなぜか泥まみれだったが、中身は無事だった。財布の中のなけなしの金で支払いを済ませる。

この時期に痛い出費だ。でもまあ、生きてるだけで儲けもんか。

正面口に向かう途中、会計を待つ患者の会話が聞こえてきた。

「最近、家の近所で野良犬を見かけたのよ。夫が保健所に連絡したんだけど怖いわよねぇ」

「いやだ、うちの近所もこの間うろついていたわよ。飼えなくなって飼い主が捨てるのよ。迷惑な話だわ。少し前に聞いた話なんだけど、この辺りで首輪をしてない犬が何匹か死んでたんですって。どうも犬同士で喧嘩《けんか》したみたいで、どの犬も傷痕《きずあと》がひどかったとかで……」

翔真は思わず耳を欹《そばだ》ててしまう。どこかで聞いたような話だ。

「この辺って、そんなに野良犬が増えてるのか。気をつけないと」

独りごちて、翔真は病院を後にした。


自宅に帰るのは一日ぶりである。

玄関ドアを開けると、むっとこもった空気が押し寄せてきた。

九月の日中は真夏並みに気温が上がる。

周辺の民家と比べても一際古めかしい二階建ての日本家屋。祖父から受け継いだ一軒家は築五十年以上なのであちこちガタがきているものの、仕事場の喫茶店からは徒歩圏内、住み心地もいい。ただ、一人暮らしには広すぎて掃除が大変だ。

翔真の両親は、一人息子が大学に入学した頃から仕事の都合で海外に移住している。小学校の頃は長期休みになると、忙しい彼らに代わって父方の祖父母が面倒を見てくれていた。中学校に通い出してからは足が遠退いていたが、大学卒業を機に本格的にこの家に引っ越してきたのだった。就職に失敗した翔真を心配した祖父が、店を手伝わないかと声をかけてくれたのである。

祖母は翔真が大学在学中に亡くなっている。祖父も二年前に亡くなった。祖父の遺言で、この家と〈かすがい〉は翔真が受け継いだのだった。

仏壇に手を合わせた後、翔真は畳の上に寝転がった。

開けた窓からしゃわしゃわと蟬《せみ》の声が降り注ぐ。こもった熱気をかき混ぜるように風が滑り込んできた。

あー、涼しい。そして、疲れた……。

大の字になった翔真は目を瞑る。今日は結局、店を閉めてしまった。張り紙もしていないし、店を訪れて怪訝に思った客もいるだろう。様子を見に行きたかったが、思った以上に体が疲労を感じていた。まだ貧血の症状が続いているのか、やけにだるく、少々熱っぽい。

「何だろう、このだるさ。起き上がるのも面倒だな……」

寝返りを打ち、畳に頰を押しつける。ひんやりとして心地いい。

うとうとするうちに、いつしか意識を手放していた。

ひそひそひそ、ひそひそひそ。

誰かの話し声がする。

翔真はまどろみながら、ぼんやりと周囲の様子を探った。よくは聞こえないが人の声がする。一人ではない、少なくとも二人……。一瞬、祖父母かと思ったが、そんなわけがなかった。彼らはもうこの世にいない。現実をすぐに思い出すくらいには意識が冴《さ》えてきた。

瞼をそろりと持ち上げると、辺りは薄闇に沈んでいた。

障子を開け放った先の縁側が半分オレンジ色だ。庭の木々が、巨大な蠟燭《ろうそく》のように枝葉を真っ赤に染めていて、今が夕暮れ時だとわかる。汗ばんだ肌を涼風が撫《な》でていく。

どのくらい眠っていたのだろうか。

振り返って壁時計を確認したかったが、翔真は全身を強張《こわば》らせてじっと耐える。

背後に誰かがいるのである。泥棒にしては様子がおかしい。部屋を物色する気配はなく話し込んでいる。ぼそぼそと喋《しゃべ》り声がまだ聞こえていた。

『……で、本当によかったのですか。お子は大丈夫でしょうか』

『厄介なことにならなきゃいいんですがねえ』

そんな会話が耳に入り、翔真は身動きがとれないまま耳を欹《そばだ》てた。

『行き当たりばったりとは、アカツキ様らしくないですな』

『本当にこやつが母体でいいのですか？　随分と間の抜けた面《つら》をしてましたぞ』

その時、カサカサカサと、頭上を何かが移動する気配がした。すばしっこい軽い足音が畳の上を這《は》い回っている。翔真は思わず息を詰めた。寝たふりを決め込む翔真の顔のすぐ前でピタリと足音が止《や》んだ。

『おおっ、本当に間の抜けた面だ。しまりがない』

バサバサバサッと羽音までして、今度はすぐ上から別の声が言った。『先行き不安ですな。だらしなく涎《よだれ》を垂らしてますぞ』

え、嘘。翔真は咄嗟に口もとを手の甲で拭《ぬぐ》った。

途端に『ひえっ』と短い悲鳴が上がった。

「あ」翔真はすぐさましまったと思ったが、後の祭りだった。恐る恐る目を開ける。

薄闇の中、円《つぶ》らな瞳と至近距離で目が合った。手のひらサイズのまるっこいフォルムをした何かがそこにいた。ぽてっとした黒いそれの真ん中で丸い目だけがきょろきょろと動く。

「ど」翔真は反射的に叫んだ。「どど泥饅頭《どろまんじゅう》のおばけっ！」

急いで跳ね起きる。まだ夢でも見ているのだろうか。二つ目の泥饅頭が『なんだとっ』と甲高い声を張り上げた。

『誰が泥饅頭だ！』黒い物体が叫ぶ。『このうすのろ人間め！』

「ひっ、饅頭が喋った！」

翔真は半ばパニックになる。本当に夢を見ているのかもしれない。泥饅頭がぷんぷんと怒りながらキーッと歯を剝いた。げっ歯類のそれだった。

すると、頭上でバサバサと羽音がする。薄闇越しに何かが飛び回っていた。嘴《くちばし》をパカッと開き、笑い声が振ってくる。『ケケケッ、泥饅頭とはまた傑作ですな！　いいぞ、人間』

「鳥まで喋った！」

『人間、なぜあれは鳥で我《われ》が泥饅頭なのだ！』『それはお主《ぬし》が紛れもない泥饅頭だからだ』

何を！　何だ！　と、空中と地上で人ではないものたちの声で人語が飛び交う。翔真は啞《あ》然《ぜん》となった。これはもう夢に違いない。本当はまだ眠りの中にいて、おかしなイキモノたちの夢を見ているのだろう。

そう現実逃避をしかけていた時だった。

「おい、お前たちいい加減にしろ」

低い男の声が背後から聞こえてきた。翔真はぎょっとして肩を大きく撥《は》ね上げた。まさか部屋にもう一人いるとは思わず、緊張が走る。

音もなく誰かが立ち上がる気配がした。翔真の頭上にさっと影が落ちる。

反射で両腕で頭を覆った次の瞬間、カチッ、カチッと天井から紐《ひも》を引っ張る音がした。すぐに蛍光灯が灯《とも》り、一気に部屋が明るくなる。

「……っ」

翔真は眩しさに思わず目を閉じた。ゆっくりと目を開けると、昔ながらの古い電灯の紐を嘴で銜《くわ》えて、羽が桃色の小ぶりの鳥がぶらさがっていた。

更に振り返ると、翔真のすぐ後ろに、見たことのない黒ずくめの男が立っている。この暑いのに、かっちりとした黒いシャツとジャケットを着込んだ長身のその男は、よく見ると広い肩の右側に泥饅頭をのせていた。

いや、泥饅頭にしてはふさふさしている。黴《かび》が生えているのかと思ったら、獣毛だった。円らな瞳がキッと翔真を睨みつけてきた。男の背が高いので、肩にのっている泥饅頭の方が翔真よりも僅《わず》かに目線が高い。泥饅頭が偉そうに言った。

『失礼極まりない人間め。我のどこが泥饅頭に見えるというのだ。一度視力の検査をせよ』

「……ね、鼠《ねずみ》が喋った」

『鼠ではない！　ハムスターだ！』

『私も鳥ではない。かわいいインコ様だぞ、人間』と、桃色のそれがバサバサ羽ばたきながら言った。

「珊瑚《さんご》、黒曜《こくよう》、うるさい。少し静かにしろ」

ふいに黙っていた男が口を挟んだ。「母体とお子の無事を確認するのが先だ」

低いが通りのいい凛《りん》とした声音に、浮ついた空気が一瞬で引き締まった。

インコはすぐに羽を閉じて男の左肩に下り立ち、右肩のハムスターも黙り込む。

男が翔真を見やった。咄嗟にびくっと背筋を伸ばす。男はじっと爪先《つまさき》から頭の天辺《てっぺん》まで舐めるように視線を這わせた後、「どこか不具合はないか?」と、訊《き》いてきた。

「え?」と、翔真は俄《にわか》に戸惑う。

「大分損傷が激しかったが、どうやら綺麗《きれい》にくっついたようだな。見たところ、欠けたり縮んだりといった部分はなさそうだ。内側はどうなっているかわからないが」

話が見えない。翔真は何を言われているのか意味がわからず、ぽかんとする。

『まさかお主、昨夜の一件を忘れたのか?』と、インコが言った。

『やはりうすのろ』ハムスターが鼻で笑う。『あれほどのズタボロ状態のお主が今もそうして生き延びていられるのは、ここにおられる暁《あかつき》様のおかげであるぞ!』

すぐさま男の両肩から口々に責め立てられて、翔真はいよいよ言葉を失った。何だろう、この人語を喋る小動物は。もしかしたら、中身はロボットなのだろうか。

暁と呼ばれた男が「黙れ」と一蹴《いっしゅう》する。一羽と一匹が揃《そろ》って口を閉ざした。

「うるさくして済まない」暁が殊勝な態度で頭を下げて寄越した。「それはそうと、体の具合はどうだ? ちゃんと医師の治療は受けたのか」

翔真が病院で世話になったことを知っている口ぶりだった。

「……平気です」翔真は戸惑いがちに答える。「お医者さんからは貧血だと言われました。家に帰った時はまだ体がだるかったけど、眠ったらすっきりしたし」

「そうか」暁がほっと安堵《あんど》の息をついた。「それはよかった」

翔真はおずおずと訊《たず》ねた。

「もしかして、俺のことを病院に運んでくれた方ですか？」

黒ずくめの長身の男。三十歳前後という年齢も、医者や看護師の証言と一致している。

顔の印象は聞けなかったが、よく見ると男は端整な顔立ちをしていた。少し長めの前髪から覗く切れ長の目もとは涼やかで、すっと通った鼻筋に、形のいい唇が絶妙なバランスで配置されている。甘さよりも精悍《せいかん》な印象が強い、正統派の男前である。

暁が軽く目を瞠《みは》り、頷《うなず》いた。

「ああ、やっぱりそうだったんですね」

翔真は引き攣《つ》っていた顔の筋肉を緩めて、笑みを浮かべた。

「俺、ゆうべは帰宅途中に突然倒れたみたいで。実は、その前後の記憶が曖昧《あいまい》なんですよ。偶然通りかかったあなたが俺を病院に運んでくれたことは、看護師さんから聞きました。助けていただいて、本当にありがとうございました。お礼を伝えたかったんですけど、連絡先を何も残されていなかったので、どうしようかと思ってたんです。よかった、会えて」

そこまで言って、ふと違和感に気がついた。

「あの。ちなみに、ここが俺の家だとどうしてわかったんですか？　家の中にはどうやって入って……」

「玄関は鍵《かぎ》がかかっていたから、そこの窓から上がらせてもらった。窓を開けたままで眠っては無用心だぞ」

暁が顎で縁側をしゃくってみせる。なるほど。

「た、確かに、窓は開けっ放しでしたけど、玄関のチャイムを鳴らしてくれたらよかったのに。勝手に上がり込まれたら、泥棒かとびっくりするじゃないですか」

「お子の気を追って来てみれば、お前が倒れていた。もしや修復の際に不具合が起きたのではないかと、慌てて心臓の音を確かめたんだ」

泥棒呼ばわりされるとは心外だとばかりに、暁が言った。どうやって家をつきとめたのかは置いておいて、彼は昨日の今日でまた翔真の具合が悪くなったのではないかと心配してくれたようだ。

「それは……すみませんでした。ご心配をおかけしました」

『まったくですな』インコが口を挟んできた。『せっかくお子を宿したというのに、母体の生命エネルギーが尽きたら元も子もない』

ハムスターも後に続く。『あれだけ手足がねじれて、内臓も飛び出していたのだ。修復のためにお子のエネルギーを吸い尽くしてしまったのかと、焦った焦った』

「あの」翔真は男の両肩を凝視して訊ねた。「その肩にのっているのはロボットですよね？　今はこんなに饒舌《じょうぜつ》なペット型ロボットがあるんですね」

暁が「ロボット？」と、妙な顔をして眉間《みけん》に皺《しわ》を刻んだ。

「こいつらは俺の使い魔だ。よく喋るが、そこそこ働く」

「ツカイマ？」

翔真が首を傾《かし》げると、『誰がペットだ！』と、インコとハムスターが同時に吠えた。暁がうるさそうに両肩を手で覆う。『ああっ、暁様何を！』『前が見えませぬぞ！』

暁が一つ咳払《せきばら》いをし、気を取り直して再び口を開いた。

「記憶がないと言ったが、具体的にはどこまで覚えているんだ？」

問われて、翔真は記憶を手繰《たぐ》り寄せる。店を閉めた後、いつものように帰路についた。そこまでは覚えている。だがその先が曖昧だ。目が覚めたら病院のベッドの上だった。

「帰り道に、大きな犬が二頭いたような……。突然目の前に現れて、襲いかかってきて、とにかくすごく恐ろしかった記憶があるんですけど。でも、それも、よくわからないんですよね。もしかしたら全部が、俺が貧血で倒れている間に夢の中で見た出来事かもしれなくて」

「夢じゃない」

暁がきっぱりと否定した。

すかさず彼の両肩から小動物が口を挟む。『お主はそいつらに襲われかけておったのだぞ』

『そこを危機一髪で暁様に助けられたのだ』

翔真は混乱した。あれらは夢ではなく、すべて現実に起きた出来事だと彼らは言う。

ふいに暁と目が合った。じっと見つめられて、澄んだ漆黒《しっこく》の瞳に取り込まれそうになる。

ぞくっと首の後ろが粟立《あわだ》ち、靄《もや》がかかったような記憶の一部がはっきりと蘇ってきた。

「そういえば、途中から野良犬とはまた別の犬が現れた気がする」

そうだ。あの場には大型の野良犬が二頭と、そしてもう一頭。真っ黒な毛並みの気高《けだか》い犬がいた。翔真に襲いかかろうとする野良犬から彼が守ってくれたのではなかったか。助けてもらって、そうしてその後――。

「あれ？　ちょっと待てよ」

翔真はこんがらがる頭の中を整理しながら独りごちた「もしあれが夢じゃなくて現実だったとして、何で俺は生きてるんだ？　確かあの時、急に車が猛スピードで走ってきて、俺、その車に轢かれたんじゃなかったっけ。吹っ飛ばされて、地面に叩きつけられて。痛くて、苦しくて、息もできなくて……どんどん、体が冷たくなっていって……」

記憶を辿《たど》って、俄に体が震え出した。

まるで自分のものではないかのようにぴくりとも動かない体、ありえない方向に折れ曲がった手足――。意識が遠退き、急速に体温を失っていく感覚を体が覚えている。ぞっとする恐怖が胃の底から迫《せ》り上がってきて、翔真は思わず口もとを押さえた。

「俺、やっぱりあの時死んでたんじゃ……っ」

「確かに」と、暁が淡々と言った。「あのまま放っておけば、死は免《まぬが》れなかっただろうな。

それくらい、お前の体は損傷が激しかった」

他人事《ひとごと》のように続ける。

「だから、お前の体にお子の魂を宿すことにした。そのおかげで、皮膚を突き破ってむき出しになった骨も、無惨に引き千切《ちぎ》れた肉も、ぼろぼろに裂けた皮も。すべてを修復し、もとどおりのお前の姿形に戻すことができたというわけだ」

「は？」

翔真は自分の耳を疑った。咄嗟に両手を見下ろす。素早く拳《こぶし》を握って開いてみる。自分の意思どおりに動く手足。病院でも確かめたばかりだ。体のどこにも違和感は見当たらない。

しかし、暁の話がまったくのでたらめだとも思えなかった。翔真は確かに車に轢かれたのである。その記憶が脳だけではなく全身に刻み込まれている。車にぶつかった衝撃、まるで自分が人形になったかのようにいとも簡単に宙に舞った。震え上がるような体感は夢の中の出来事として処理するにはあまりにもリアルだ。

だが、瀕死の人間が、何事もなかったかのように元の体に戻るものだろうか。

常識的に考えてそんなことはありえない。

そこで暁の先ほどの話だ。翔真の体に『オコノタマシイ』を宿したと言ったか。そのおかげで翔真は生き返ったのだと。一体どういうことなのかさっぱりわからなかった。現実問題として、そんな黒魔術のような蘇生法《そせいほう》があるわけがないのだ。けれども、実際、翔真はこうやって擦り傷一つない体で生きている。初対面の暁が翔真に意味もなく嘘をつく理由もない。

「まあ、お前の気持ちもわからないではない。いきなり人間がこんな話をされても、すぐには理解できないだろう」

困惑する翔真に、暁が言った。

「言葉よりも体で感じた方が早い。まずは自分の腹を触ってみろ」

「腹？」

翔真は言われるまま自分の腹部に手を当てた。すると、服の上からでもわかるほど、ぽこんぽこんとはっきりした脈動が伝わってきたのである。何だ、これ――。

「うわっ」

びっくりして、慌てて腹から手を離した。翔真は信じられない気持ちで自分の手を見つめる。何だったんだ、今の感触は。まるで自分の体内に別の生命体がいるかのようだった。

急いで見下ろした腹部は、細身の平たい男のものである。見た目に変わった様子はない。

翔真はごくりと唾《つば》を飲み込む。恐る恐る両手を引き寄せて、再び腹部に当てた。

ぽこん、ぽこん、ぽこん、ぽこん。

腹の内側から、規則正しい脈動が翔真の手のひらを元気よく押し返してくる。

「何だよ、これ！　俺の腹の中に何かいる……っ」

「だから言っただろう」暁が聞き分けのない子どもを諭すような口ぶりで言った。「お前の体はお子を宿しているんだ。安心しろ、着床は無事成功した。お前は母体の素質があると認められたんだ」

「は？　母体？　いや、何を言ってるのか全然意味がわからないんだけど！」

取り乱すと、「暴れるな、お子に障《さわ》るだろ」と暁に睨《にら》まれた。

「だって、こんなのどう考えてもおかしいでしょ。俺が子を宿す？　そもそも俺、男なんだけど。妊娠するわけがない」

「魔族の子を宿すのに、人間の性は関係ない。男だろうと母体として適性が認められれば何の問題もない」

「マゾクの子？」

また耳慣れない言葉が飛び出して、翔真は頭を抱えた。暁が不思議そうに目を瞬《しばたた》かせる。

「……ああ、そうか。まだ俺たちの正体を明かしてなかったな。これでは話が進まない」

そう頷いた彼は、おもむろに翔真から数歩離れた。次の瞬間、ふっと均整の取れた長躯《ちょうく》が目の前から消え失せたのである。まるでイリュージョン。翔真はぽかんと目と口を丸くして虚空を凝視した。そこへ、『おい、どこを見ている』と、どこからか声が聞こえてきた。

我に返り、きょろきょろと辺りを見回す。すかさず『違う、下だ』と、せっかちな声。慌てて視線を足もとに落とすと、そこにはなんと、大きな黒犬が座って翔真を見上げていた。

「犬！」

翔真は考えるより先に両手で口もとを覆った。動物アレルギーを懸念しての行動である。

それにしても、どうしてここに犬がいるのだ。さっきまでそこには人間がいたはずなのに。

不覚にも動物と近距離で対峙《たいじ》してしまい、咄嗟に覚悟したが、不思議なことに症状は何も出なかった。いつもなら、間違いなくこの時点でくしゃみを連発しているはずである。

ところが、くしゃみも出ないし、目も肌も痒くない。アレルギーを発症して以来、こんなことは初めてだった。考えてみれば、ロボットでないのならインコやハムスターにも体が反応していたはずだ。

翔真は首を傾げながら、目の前の生き物をまじまじと見つめた。

短毛種の大型犬。筋肉質で引き締まった雄々しい体つきに、黒光りするビロードのような美しい毛並み。ツンと長い鼻を上に向けて、少し見下ろすような眼差《まなざ》しで見つめてくるその凛々《りり》しい顔立ちを見て、ピンときた。

これはドーベルマンだ。

同時に昨夜の記憶が朧《おぼろ》ながら蘇った。そうだ、翔真を獰猛な野良犬たちから守ってくれた犬も大きなドーベルマンだった。あの時出てこなかった犬種を思い出してすっきりする。いわば恩犬だ。その直後、暴走車から彼を庇って、翔真は代わりに轢かれたのだが。

しかし、なぜそのドーベルマンがここにいるのだろうか。

漆黒の瞳がじっと翔真を見つめてくる。切なげな眼差しに、どういうわけか妙な懐かしさを覚えて胸がぎゅっとした。

「君、ゆうべの犬だよね？」

翔真はきょろきょろと辺りを見回しつつ、恐る恐るドーベルマンに話しかけた。

「いつからここにいたの？　というか、暁さんはどこに行って……」

『おい、さっきからどこを見ているんだ』いきなりドーベルマンがぱかっと口を開いた。『ここにいるだろうが。暁は俺だ』

「ひっ、犬が喋った⁉」

翔真は自分の目と耳を疑った。信じられなかったが、声を発していたのは目の前の犬だった。目と口をあんぐりと開けて固まっている翔真を、畳の上でチョロチョロしていたインコとハムスターがにやにやと面白そうに眺めて言った。

『どうだ、驚いたか人間。暁様は魔犬族なのだぞ』『そして我々は暁様の使い魔である』『インコの珊瑚！』『ハムスターの黒曜！』

戦隊ヒーローみたいなポーズを決めてみせる小動物たち。翔真が呆気《あっけ》にとられているうちに、ドーベルマンは姿を消し、再び人の恰好《かっこう》をした暁がそこにいた。

彼は使い魔たちを容赦なく鷲掴《わしづか》みにすると、ボールの如く脇に転がす。『ああっ』『酷い』

「こいつらが言ったとおり、俺たちは魔界から来た魔族だ。わけあって、魔族の子を産んでくれる母体を探して人間界にやって来た」

「魔族の、子？　母体を探す……？」

視覚に続いて耳に飛び込んでくる非現実的な言葉の連続に、翔真の思考は混乱を極めた。

だが、どうやら先ほどのドーベルマンと暁が同一人物であるのは見ての通りだし、翔真の腹には確実に何かがいる。今もぽこんぽこんとそれが元気に脈打っているのがわかる。

暁が言った。

「人間といっても、母体になるのは誰でもいいというわけではない。魔族の子を宿すからには母体と魔力との相性が重要だ。母体が拒否反応を起こせばお子の魂を宿したところで無駄になる。その点、お前の体は予想以上にお子の魂との相性がよかったようだ。瀕死の状態の体を母体にするのは賭けだったが、成功したみたいだな。お前の体もお子のおかげでここまで回復したんだ。お子も母体が気に入ったようで、すこぶる元気だ」

ふいに優しく眇《すが》めた目で、翔真の腹を見つめた。

「順調にいけば、お子は百日ほどで生まれてくるだろう。その間、お前は母体としてお子を守り、無事に産むことを第一に考えてくれ」

「ちょ」我に返った翔真は慌てた。「ちょっと待ってよ。急にそんなことを言われても困るんだけど。よくわかんないけど、母体っていうのは、相性さえよければ別に俺じゃなくてもいいんでしょ？　だったら、他の人を探してください。とにかく、俺の中から早くこれを取り出してもらえますか……」

「言い忘れていたが」と暁が遮った。「お前の体はまだ不完全な状態なんだぞ」

「え?」

「外見は元どおりのように見えても、中身はまだ修復の途中なんだ。あれだけぐちゃぐちゃだった体をここまで回復させたのは、紛れもないお子の力だ。もし今、お子の魂をお前の中から取り出してみろ。せっかく繋がったお前の体はあっという間にバラバラに逆戻りだぞ」

「ぎゃ、逆戻り……?」

翔真は思わず押し黙った。真っ向から視線を合わせた暁が、「そうだ」と頷く。

「お子の成長と共に、お前の壊れた体も徐々に修復されるはずだ。お子が生まれる頃には、人間としての機能が完全に元通りになっているだろう。だが、その前に腹の中のお子にもしものことがあれば、その時点でお前も死ぬ。文字通り、お子とお前は一心同体なんだ」

翔真はごくりと喉を鳴らした。

「……え、俺、こいつがいなくなったら……死ぬの?」

再び腹部を押さえる。小さいが、確かに手のひらを押し返す脈動が伝わってくる。

ちょっと待て。翔真は必死に思考をめぐらせた。暁の話が本当なら、翔真の命は彼らに握られていることになる。お子だの、母体だの、わけがわからないことだらけだが、断ったらそこで翔真の人生は終了。最初から選択肢は一つではないか。

「安心しろ」暁が言った。「お子が無事に生まれれば、この契約は終了だ。たった百日ほどだ。

それ以上はお前を巻き込むことはないし、お子がお前から離れても体に支障はない。何事もなかったかのように、以前の生活に戻るだけだ。そこは保証する」

『運がよかったな、人間』と、インコが頭上から翔真を見下ろして言った。『暁様が機転をきかせなければ、あの野蛮な犬どもに襲われた時点ですでに命を落としていたかもしれぬぞ』

床から見上げてくる態度だけは大きいハムスターも、偉そうに言ってのける。

『暁様の気紛《きまぐ》れに感謝せよ。深くこうべを垂れて崇《あが》めるのだ、人間。グズグズするでない』

その時、パンッと手を打つ音が鳴った。暁だった。途端に、ピーチクパーチクうるさかった小動物たちが、ぴたりと口を噤《つぐ》んでおとなしくなる。

静かに目線で促されて、インコとハムスターがそそくさと暁の両脇に移動する。

暁も居住まいを正し、ぴんと背筋を伸ばして翔真を見やった。

「我々はお子のご尊父であられる領主様から命じられてここに参った」

厳《おごそ》かな口調で言う。

「お子が無事に生まれるまで、母体をあらゆる外敵から守り、かつ母体がお子を産むために最適な生活を送れるよう身の回りの世話をすることが我々に課された使命だ。共に手を取りお子を守ってゆこう。そういうわけで、これからしばらくよろしく頼む」

暁が深々と頭を下げる。主《あるじ》に倣《なら》ってインコとハムスターもちょこんと殊勝に頭を下げた。

「……え？」

翔真は固まった。何がなんだか意味がわからない。だが、いまひとつ腑に落ちないうちにも、その場の空気を読んでしまう己の性格が恨めしかった。翔真は雰囲気に呑まれたように急いで自分もその場に正座する。こうする以外に他の方法が思いつかなかった。何せ、この取引を拒否すれば自分の命が危ないのだ。

「あの、えっと……はい。こちらこそ、その……よろしくお願いしま……す？」

語尾が疑問形に跳ね上がったのは、せめてもの抵抗だ。

礼儀正しく下げられた三つの頭に向けて、翔真は慌てて自分も頭を下げた。

■2■

店の戸口のベルが鳴る。

ドアを押し開けて客が入ってきた。

「いらっしゃい、田中さん」

「よう、翔ちゃん」常連の田中が手を上げる。「おっ、徹さんじゃないか。ようやく戻って来てくれた。元気になったかい。いやあ、よかったよかった」

カウンターの中に復帰した徹の姿を見つけて、田中は待ってましたとばかりに声を弾ませた。徹も気恥ずかしそうに頭を掻《か》き、「ご心配をかけました」と会釈を交わす。

腰と腕を痛めて休んでいた徹が今日から仕事復帰することになった。

厨房担当が戻ったことで、約一ヶ月ぶりに〈かすがい〉のフードメニューも復活だ。

しばらくコーヒーの香りしか嗅《か》いでいなかった常連客が、徹の復帰の噂を聞きつけて朝から入れ代わり立ち代わりに訪れていた。おかげで翔真も久々に休む暇がないほど忙しい。

「徹さん。ナポリタン、三つ。ランチAが二つです」

「はいよ」

奥からジュワッと熱したフライパンに溶き卵を流し入れる音が聞こえてくる。一月《ひとつき》ぶりに厨房に立った徹は張り切っていた。お客さんたちの楽しそうな笑い声。店内がいつになく活気づいている。翔真もうきうきとした気分でドリンクを準備してテーブルに運んだ。

「お待たせしました。オレンジジュースとアイスコーヒーです」

「徹さんが戻ってきてよかったわねえ。翔くんも一人で大変だったでしょ」

事情を知る二人連れの女性客が声をかけてきた。

「この二日ほどお店が閉まってたでしょ。徹さんに続いて、とうとう翔ちゃんまで倒れちゃったんじゃないかってみんな心配してたのよぉ。体の調子はどう。大丈夫なの？」

翔真はぎくりとした。

「ちょっと急用が入って、臨時休業にしたんですよ。俺はこの通り、元気ですよ」

おどけた調子で右腕を曲げてみせる。半袖シャツから覗く小さな力こぶを見て、ご婦人たちが「あらあら、まあ」と笑った。

カウンターに戻ると、奥の厨房で徹が忙しそうにフライパンを振るのが見えた。まだ次の皿はできていない。翔真は備品を探すふりをしながら、ふうと息をつく。変な汗を掻いた。

「体の調子とか、急に振られて焦ったぁ。まさか、バレたわけじゃないよな……？」

きょろきょろと辺りを見渡して、翔真はエプロンの上からそっと腹を押さえる。見た目には以前と何ら変わりない。細身の成人男性の体だ。まさかこの薄っぺらな腹を見て、中に何かがいるとはさすがに思わないだろう。翔真自身、まだ信じられなかった。正直に言うと、忙しく動き回っていたついさっきまで、例の存在をすっかり忘れていたくらいである。

「……いるんだよな?」

腹をさすると、返事をするように小さな脈動が返ってきた。ぽこん、ぽこん。――やっぱりいる。翔真は盛大な溜《た》め息《いき》とともに項垂《うなだ》れた。

夢の続きでも見ているに違いない。そう思い込もうとしたが、あれから幾度となく腹に手を当てては、非現実的すぎる現実を再確認する羽目になった。まるで「ここにいるからな」と、翔真を人質にとって脅しているかのようである。

実際、人質にとられているのである。

翔真は三日前の帰宅途中、轢き逃げに遭った。その時、一緒に居合わせた彼らによると、翔真の体はすでに手遅れなほどダメージを受けていた。つまり、限りなく死に近い状態だったのである。その翔真が、なぜ今こんなふうに元気に動き回っているのかというと、どうやら腹の中にいる『お子』のおかげらしいのだ。

見るに堪《た》えないほど損傷が激しかった翔真の体は、『お子』の力によって、何もなかったかのように修復されたのである。

しかもその修復はまだ完了していないらしい。今も翔真の体内では細胞の修復が現在進行形で行われているのだ。都合上、見た目を優先したため、中身はまだ壊れたボロボロの状態だという。要するに、『お子』のおかげで翔真の体は人間として機能しているのである。逆に言うと、万が一『お子』がいなくなった場合は、その瞬間、翔真の体は朽《く》ち果て、たちまち死に至るというわけだ。

では、『お子』とは一体何者なのか。

——魔犬族の領主様のお子だ。そのお子の魂が今、お前の腹に宿っているんだ。

そう翔真に説明したのは、暁という魔族の男だった。野犬から翔真を助けてくれた恩犬であり、また瀕死の翔真の体に『お子』を宿し、命を救ってくれた恩人である。

暁も魔犬族であり、領主様とは彼の主だそうだ。彼の取り巻きである喋るインコとハムスターは彼の使い魔である。暁は領主城で護衛兵長として働いており、このたび領主から直々《じきじき》に特別任務を命じられて人間界へ渡ってきたという。その目的というのが、魔族の子を産むことが可能な人間の『母体』を探し出し、無事に子を誕生させること。

魔界では今、ある伝染病の流行で、魔族の間で子が生まれなくなるという異常事態に陥っていた。魔族存続の危機である。

魔界屈指の研究者たちが集められ、どうにか子をなす術《すべ》がないかと日々研究が続けられた。その結果、魔族の精子と卵子を受精させた生命体を体の構造がよく似ている人間の体内に宿し、仮の母体で一定期間育てることで、魔族の子を誕生させる方法を発見。他の方法と比べても一番安全でかつ合理的だという結論に辿り着いたのだ。

子の生命体を託す母体は、本人の性に関係なく、人間であることが重要となる。そして、子自身との相性が絶対条件。つまり、男だろうが女だろうが、子との相性がよければ母体として合格なのである。もし相性が悪ければ、せっかく子を宿しても魂同士が反発しあい、最悪共倒れする可能性もあるのだとか。

その点、翔真は優秀な母体だった。

腹の中のお子とは好相性ですこぶる波長が合ったらしい。親譲りの強い魔力を持つお子に気に入られたおかげで、翔真のボロボロに傷ついた体はあっという間に回復したのである。

——外傷の修復が完了し、とりあえずどこかに運び込むつもりでいたんだが、そこで問題が起こった。通りがかりの男女に見つかってしまったんだ。平気だと言うのに勝手に救急車を呼ばれてしまい、仕方がないから病院へ一旦《いったん》お前を預けることにしたんだ。

そういうわけで、翔真は病院に運び込まれたのだった。

お子のおかげで病院の検査で異常は見られず、お子自身も引っかからなかったようだ。貧血と栄養失調という診断を受けて、翌日には無事退院した。ようやく自宅に帰り、一息ついていたら、暁たちが現れたのである。

不可解な点がいくつかあったが、彼らの説明で一応は納得した。

とにもかくにも、翔真がこの先も生き続けるためには、腹の中の子が無事に生まれることが絶対条件なのである。

出産予定日は約百日後。その頃には翔真の体の修復も完了し、お子の誕生とともに、翔真も晴れて完璧な人間の体を取り戻すというわけだ。

だが、もし仮に、その間にお子の魂が何らかの理由で傷ついたり、弱ったりすることがあれば、当然母体にも影響が現れる。

翔真の場合は、お子の成長と同時に母体の細胞修復を行っているため、傷ついたお子が自身の回復を優先させて翔真への魔力提供を停止した時点で、肉体の修復作業がストップ。修復状況によっては命取りになる。そうなると、もうこの母体はお払い箱だと判断され、すぐにお子の魂を翔真から取り出して、別の母体を探さなければならない。お子がいなくなった翔真を待っているのは、完全なる死、である。

死ぬのか、俺？

どうしてこうなった。

一人で頭を抱えていると、「翔ちゃん、ちょっと」と、誰かに呼ばれた。

瞬時に我に返った翔真は慌てて立ち上がる。カウンターに身を乗り出すようにして手招きしていたのは、常連の男性客だった。洒落《しゃれ》たハンチング帽が粋《いき》な老紳士だ。

「ごめんなさい。あ、金尾《かなお》さん、いらっしゃい。ご注文ですね、ちょっと待って下さい」

「いやいや、そうじゃなくて」

浮かない顔をした彼は、落ち着かない素振《そぶ》りでしきりに戸口へ視線をやっている。

「どうかしました？」

「いやさ」金尾が声をひそめて言った。「店に入ろうとしたら、そこの窓からじっと中を覗き込んでいる怪しい男がいてさ」

「怪しい男？」

「そうなんだよ。ほら、あれ」

金尾が視線で窓際を指し示す。翔真も釣られるようにして目を向けた。入り口横の大きな窓。観葉植物に隠れるようにして、不穏な影がちらついている。

一瞬、巨大なドーベルマンが窓に張りついているのかと目を疑った。

まだ九月だというのに真っ黒なトレンチコートを羽織り、大きなサングラスをかけた、全身黒ずくめのいかにも怪しい男。

「――！」

ぎょっとした翔真は、思わずガンッと膝小僧《ひざこぞう》を足もとの収納棚にぶつけた。金尾が目を瞬かせる。

「大丈夫かい？　すごい音がしたけど」

「……大丈夫です。ちょっと、行ってきますね」

痛みを堪《こら》えて膝小僧をさすりつつ、翔真は急いでカウンターを出る。

ドアを開けると、すぐ左横に黒いトレンチコートの背中が見えた。

長身を屈《かが》め、窓にへばりつくようにして中の様子を窺っている。両肩には桃色インコと黒ハムスターがワンセットみたいにちょこんと乗っかっていた。この小動物たちは翔真にしか見えないらしい。これも腹の中にいる『お子』の魔力が影響しているようだ。

『おや、我々がちょっと物珍しい食い物に目を奪われているうちにいなくなりましたぞ』

「何？　本当だ。いないぞ、どこに行った」

『サボリですな』『間違いなく。あれはそういう顔をしてましたからなあ』

「どういう顔だよ」

むっとして背後から口を挟むと、窓にへばりついていた彼らがそろってびくっと体を震わせた。驚いたように振り返る。

「翔真」暁がサングラスをずらして言った。「どこへ姿を消したかと思えば、いつからそこに？」

「お客さんからクレームが入ったんだよ。窓の外から店を覗き込んでいる怪しい男がいるってさ。何やってるんだよ、こんなところで。しかもそんな不審者丸出しの恰好で、営業妨害もいいところなんだけど」

残暑の厳しい昼下がり、翔真は見ているだけで熱中症になりそうな黒コート姿の暁を睨みつける。しかし、暁は悪びれたふうもなく、汗一つ掻いてない涼しい顔で答えた。

「お前を一人にして、万が一にもお子に何かあっては困るだろうが。きちんと見張っていないと」

翔真はうんざりと溜め息をついた。

突然翔真の前に現れて、お子と母体を守ることが自分たちの使命だと言ってのけた魔族の彼らは、成り行きでその日から翔真の家で居候《いそうろう》することになった。

おかげで、自由気ままな一人暮らしが一変した。

何をするにも誰かが傍についていて、翔真のやることなすことじっと見張っている。見張るというよりは、人間の生活がよほど珍しいのか興味津々《しんしん》に見守っているといった感じだ。

幸い、翔真の動物アレルギーは魔族相手には反応しないことがわかった。

正確に言うと、獣系の魔族相手でも多少の症状は出るようだ。翔真が暁と最初に接触した際、くしゃみを連発したのがそれだ。しかし、お子を宿している現在の翔真の体は別で、お子の魔力の影響で一時的に体質が変化し、魔族への耐性ができたのだとか。

珊瑚や黒曜も同様だ。肩に乗られようが、顔の傍をちょろちょろと動き回られようが、まったく平気なのである。

動物の傍にいて、こんなにも何も起こらないのは初めてのことだった。彼らを動物と言っていいかは不明だが、この点は新鮮で少し嬉《うれ》しかった。

とはいえ、一日中彼らに張りつかれているとやりにくい。

一昨日《おととい》の夜、徹の復帰が本格的に決まって、昨日も店を臨時休業にして一日準備に追われたのである。仕入れ業者に連絡し、メニューの調整をして、しばらく棚にしまっていた食器を片っ端から洗った。そんな翔真に暁たちはべったりとくっついてまわり、鬱陶《うっとう》しいことこの上なかったのだが、客もいないし放っておいたのだ。彼らの相手をする暇もなかった。

今朝の出勤前、今日は絶対に店にはついてくるなと伝えたはずだが。

翔真はキッと目尻を吊り上げて言った。

「仕事の邪魔になるから店には来るなって、今朝も言っただろ」

「だからこうやって、外からそっと見守っていたんだろうが」

ああ言えばこう言う。「そっと」と言いながら、随分と目立っているではないか。翔真は歯がゆい気持ちで唇を嚙《か》みしめた。

「おい」暁が仏頂面《ぶっちょうづら》の翔真をじっと見やって訊いてきた。「体に異変はないか？」

「異変？」翔真は一瞬きょとんとして、かぶりを振る。「いや、特には」

暁が渋い表情を浮かべた。

「しばらく見ていたんだが、お前は少し働きすぎじゃないか。あんなにちょこまかと動いてお子が目を回したらどうするんだ。もう少しお子のことを考えて自分の体を労われ。もうお前一人の体ではないんだぞ」

ちょうど通りかかったサラリーマン風の男性がぎょっとした顔でこちらを見てきた。

翔真はかあっと顔を熱くして、「声が大きい」と暁の口を手のひらで塞ぐ。

「何言ってんだよ！　変な誤解をされるだろ」

「誤解とは何だ。無茶をするなと言っているんだ。お前の体は大事な体なんだぞ」

「だから、無茶なんかしてないってば。これが普通なの。今まで全然働いてなかったんだから、今日からまたバンバン働かないと……え、ちょっと、わっ」

突然手を伸ばしてきた暁が、断りもなくいきなり翔真の腹部に触れてきた。反対の腕は翔真の腰に回し、抱き寄せるようにして支えられる。一瞬で距離が縮まり、翔真は目の前に現れた暁の美貌《びぼう》に思わず息を呑む。僅《わず》かに目を伏せた暁は、真剣な面持《おも》ちで翔真の腹の中の脈動を確認すると、「順調だな」と安心したように呟《つぶや》いた。

よしよしとエプロンの上から愛《いつく》しむように優しく腹を撫でられる。

「元気に大きくなってくれよ」

「な……っ」

翔真は焦った。顔が真っ赤になるのが自分でもわかった。そんな二人を今度は散歩中らしき老夫婦がちょっと不思議そうに、どこか微笑ましげに眺めて通り過ぎてゆく。

「ちょっ」翔真は我に返って、腕を突っ張った。「もういいだろ、早く離れて」

慌てて距離を取り、踵を返す。恥ずかしくて顔が火を噴いている。

「じゃあ、俺は戻るよ。見張ってなくても俺は何ともないし、大丈夫だから。それよりも、そっちこそもうこの辺りをうろつくのはやめてよ。その恰好もおかしいから。通報されたら困るし、仕事が終わるまでおとなしく家で待ってて。熱中症になるよ」

『翔真殿』

ドアを開けようとしたらシャツがくいっと引っ張られた。振り返ると桃色インコが嘴でシャツを摘まんでいる。左側がむずむずするかと思えば、黒い毛玉がよじよじと腕を這い上がってくる。珊瑚と黒曜が翔真の両肩から口々に言った。

『我々はもう限界ですぞ』『なぜこんなにも人間界は暑いのか！』

「は？」翔真は目をぱちくりとさせた。「暑いって、そりゃまだ九月だし」

大体、炎天下にそんな恰好をして路上に立っているからだろうと、心の中だけでぼやく。黒いトレンチコートに、羽毛に、毛玉。視覚がすでに暑苦しい。

『こんなに暑いとは聞いておりませんでしたぞ』『とにかく水を一杯くだされ。喉がカラカラで死にそうです。ねえ、暁様？』

使い魔たちが主に水を向ける。話を振られた暁は無表情のまま涼しい顔をして言った。

「……確かに、暑い」

突如、長身がぐらっと大きく揺らいだ。

「えっ、ちょ、嘘だろ」

『『暁様！』』

突然倒れこんできた暁に翔真と使い魔たちは慌てた。どさっと圧《の》し掛かる長軀を翔真は必死に支える。「……暑い」と、朦朧《もうろう》とした様子の暁が呟いた。ほら言わんこっちゃない、間違いなく熱中症だ。まずはそのコートを脱げと心の中で叫びつつ、翔真はどうにかドアを開けて店内に助けを求めた。

「何だ、翔ちゃんの知り合いだったのか。あの、真っ黒な男前」

カウンターに座った三人の年輩客がちらちらと窓辺に視線を投げながら言った。

ランチタイムが終わり、一旦客足が引いた店内である。

「すみません、手伝ってもらっちゃって。熱中症になりかけてたみたいで」

常連さんたちの手を借りて、路上で倒れる寸前だった暁を店の中に運び込んだのだった。

空調が効いている店内で息を吹き返した暁は、今は窓際の席で冷たいアイスコーヒーを飲んでいる。口に合ったのか、すでに二杯目をおかわりしたところだ。ちなみに珊瑚と黒曜はアイスクリームを堪能《たんのう》しているが、翔真以外の人間には見えていない。

「まあ、あんな恰好をしてたら熱中症にもなるわな。外は何度あると思ってるんだよ」

「本当ですよ」と、翔真は大いに頷く。

どう考えてもこの季節にそぐわない服装をしていた暁は、翔真が無理やり着替えさせた。

——なぜって、これがこの国の正式な変装スタイルなんだろ？　お前に気づかれないために、こっちもいろいろと下準備をして来ているんだ。どこがおかしいというんだ。

努力の方向性がいろいろと間違っている。一体、何を参考にしたのだろうか。

顔に出ないので平気なのかと思ったが、やはり魔族も日本の暑さには弱いらしい。

翔真が貸したオーバーサイズのＴシャツに着替えた暁は、そよそよと吹く空調の風を気持ちよさそうに浴びている。ぐったりとした姿を前にどうしたらいいものかと慌てたが、体を冷やし、水分をとったらすっかり落ち着いたようだ。

「気分はどう？」翔真は窓際のテーブルの前に立って聞いた。「もう一杯淹れようか」

空いたグラスを持て余していた暁が、申し訳なさそうに見上げてきた。

「すまない。迷惑をかけた」

殊勝に頭を下げられて、思わず面食らった。

「いや」翔真は慌てて言った。「無事でよかったよ。うん。まだ暑いから気をつけないと」

暁の顔がたちまち引き攣った。翔真に気をつかわせたことを恥じたのだろう。かえって落ち込ませてしまったようだ。

「母体を守らなくてはならないのはこっちだというのに、反対に助けられるとは。――つくづく情けない」

暗雲を背負って項垂れてしまう。先ほどまで頭に濡《ぬ》れタオルを巻きつけて冷やしていたせいで、少し長めの黒髪は湿っておかしな癖がついていた。それが垂れた犬の耳のようだと思う。しゅんと俯《うつむ》いた様子が、彼のもう一つの姿であるドーベルマンと重なって見えて、まるでご主人様に叱られてしょげ返っているみたいだった。

不覚にも動物好きの胸がきゅんと疼《うず》いてしまう。

「そ」翔真は必死に励ました。「そんなことないって。えっと、何か他の飲み物を持ってこようか？　それとも食べ物の方がいい？」

暁がちらっと上目遣いに翔真を見て寄越す。僅かに気《け》だるさを残す熱で潤《うる》んだ漆黒の瞳は綺麗で妙に艶《つや》めいていて、じっと見つめられると吸い込まれてしまいそうになる。

「……それじゃあ、できれば同じものをもう一杯」

「あ、アイスコーヒーでいい？　他のものでもいいけど」

「いや、コーヒーがいい。ここのコーヒーは、今まで飲んだどのコーヒーと比べても文句なしに一番美味い。これほどコクがあり、まろやかでやさしい口当たりには驚いた。感動ものだ。ここまでいい香りが漂ってくる」

急に真顔になって熱弁を振るわれて、翔真は目を瞬かせた。暁は店内のコーヒーのにおいをすべて吸い込むかのように大きく息を吸って、恍惚《こうこつ》の表情を浮かべてみせる。

「……あ」翔真は照れくさくなった。「ありがとう。コーヒーが好きなんだ？　実は、コーヒーだけは俺が淹れてるんだよ。他のフードメニューは徹さんっていう調理人さんなんだけど。よかったら次はホットにしようか？　アイスを二杯も飲んだから体が冷えたでしょ。その前に水やスポーツドリンクも飲んでるし。香りを楽しむなら、ホットの方がお勧めだよ」

「いいのか？　頼む」

途端にきらきらと輝き出した暁の目を見て、翔真は思わず自分の頬が緩むのがわかった。意外と現金だなと思う一方で、まさかコーヒーを褒められるとは思わず存外に喜んでいる自分がいる。嬉しい。何せ、翔真の最大にして唯一の武器である。

翔真は空のグラスを受け取り、浮かれた足取りでカウンターへ引き返した。

ちょうどカウンター席の三人が腰を上げたところで、会計をして見送った。丁寧に淹れたコーヒーを暁のテーブルに運ぶ。「ごゆっくり」と告げる声も、少々浮かれ気味なのが恥ずかしい。彼の非常識を咎《とが》めるつもりが、逆になんだか上手《うま》く丸め込まれてしまったような気もするが、気分はよかった。家に帰ったらもう一度きちんと話し合おう。

カウンターに戻って作業をしていると、ふいに厨房からガタンと大きな物音が聞こえた。翔真は急いで厨房へ駆け込んだ。

「どうしたの、徹さん！」

徹がしまったという顔で床を眺めていた。引っくり返った箱から野菜が転がり出ている。

「徹さん、大丈夫？」

「ああ、俺は平気だ」徹が苦笑いする。「手が滑ってしまって」

野菜を一緒に拾いながら、翔真は猛省した。今日は開店から客がひっきりなしにやって来ていた。徹も久々の仕事復帰で張り切っていたが、病み上がりの体で厨房を一人で切り盛りするのはいつも以上に大変だったに違いない。この後のティータイムは翔真が上手く回せても、夕方以降はまたフードメニューの注文が増える。徹の復帰の噂がご近所さんにも伝わっているだろうから、客も多いだろう。その間に明日の仕込みも進めなければならない。

「この野菜、皮を剝くの？　今、お客さんがすいているから、俺も手伝うよ」

「えっ」と、徹がぎょっとした顔で振り返った。「それはちょっと……。気持ちだけもらっとくよ。翔真の友達が来てくれているんだろ？　話し相手でもしてこいよ」

「あの人は……そういうんじゃないから」

友人ではないし、人間でもない。向かい合ったら延々とお子の話を聞かされる気がする。

「こっちのジャガイモ、皮を剝いておくよ」

「あ、おい」徹が慌てた。「気をつけろよ。頼むから指を切らないでくれよ」

「平気だって、ピーラーを使うから。皮剝きぐらいは俺にもできるよ」

ジャガイモにピーラーをあてる。ところが、想像していたよりもジャガイモが硬い。皮が薄いのでどこまで力を入れていいのかもわからない。もっとするする剝けると思っていたのに、これはなかなかに難しい。

ぎこちない手つきで慎重にピーラーを表面に滑らせていると、つるんとジャガイモが手の中から飛び出した。「あっ」翔真は咄嗟にジャガイモを摑もうと空に手を伸ばす。指先が当たって、トスを上げたジャガイモが大きく弧を描く。上手く戻ってきたと思ったが、予想以上に飛んだジャガイモは翔真の頭上を大きく越えて、更に後ろへ――。

「うわっ、とっとっと……」

パシッと小気味いい音がした。手を伸ばした拍子に大きく仰《の》け反《ぞ》った翔真の肩を、背後から誰かが支えてくれていた。暁だった。

いつの間に厨房に入ってきたのだろう。Tシャツ姿の暁は、長いもう片方の手で見事にジャガイモをキャッチしていた。

「あ」翔真は急いで体勢を立て直して言った。「ありがとう。でも、ここは関係者以外立ち入り禁止だから。おなか減ったなら、何か食べる？　メニューを見て待ってて。今行くから」

ジャガイモを受け取ろうと手を差し出しつつ、厨房の出入り口へと促す。しかし、暁はジャガイモを返すどころか、翔真の手からピーラーを奪い取った。

「え、ちょっと」

「これを剝けばいいんだな？」

翔真を押しのけて、シンクで丁寧に手を洗った暁は、ジャガイモとピーラーを持ち直すと、シャリシャリと皮を剝き始めた。あっという間にジャガイモは茶色い皮が取り除かれて全身つるんとしたクリーム色になった。

「すごい」翔真は純粋に感心した。「魔族なのにそんなことまでできるんだ」

「人間の衣食住は一通り学んでいる。これくらいは誰にでもできるだろう」

暁が何でもないことのように言った。翔真は白けた気分で、それができなかった人間がここにいるんだけど、と心の中で思う。

段ボール箱の中を見やり、暁が言った。「そこのイモをすべて剝けばいいのか？」

「手伝ってくれるの？」

「ああ。母体に傷がついては大事だからな。先ほどのお前の手つきだが、危なっかしくてとても見ていられなかった。下手すぎる。あれではイモではなく自分の指の肉を削《そ》ぐぞ。イモが血まみれになるのが目に見える」

「うっ」

「ここは俺に任せて、お前はむこうに行ってろ。ほら、客が来たぞ」

直後、入り口のベルが鳴った。翔真は一瞬迷ったが、ここは頼ることにした。不思議そうにちらちらと二人の様子を窺っていた徹に、助っ人だと暁のことを簡単に伝えて急いでフロアに戻る。すると、突然、見たこともない子どもが二人、とたとたと駆け寄ってきた。

「翔真殿、客ですぞ」「とりあえず奥の席に座らせておいたゆえ。ささ、早くお冷やを」

どちらもまだ十歳に満たない女の子である。ツインテールの子は桃色の、おかっぱの子は黒色の着物にそれぞれ白い胸当て付きのフリルエプロンをつけていた。昔の女給スタイルだ。

「……誰？」

「鈍いお方ですな」「反射神経もあれですが、オツムの方もちょっとあれですな」

やれやれと揃ってかぶりを振り、かわいらしい顔で毒を吐く。このバカにしたような口ぶり。翔真ははっと視線を窓際に転じた。テーブル席でアイスクリームを食べていたはずのインコとハムスターがいない。

「もしかして、珊瑚と黒曜？」翔真が信じられない気持ちで訊ねると、二人が「いかにも」と頷いた。

「ここでは人間の姿の方が何かと便利だからと、暁様がこの姿を与えて下さったのですよ」

「我々も手伝いましょうぞ。ちなみに、この姿は他の人間にも見えておりますからご安心を」

翔真は目をぱちくりとさせる。「そんなことができるの？」

「ささ、お冷やはどこに？」「我は注文を取りに行ってまいりまする」

「え、あ、うん。注文はこの伝票に書いて。あと、お冷やはこのグラスに入れてトレイに載せて運ぶんだけど……」

説明しているうちにもまた新たな客がやって来る。そろそろティータイムに突入である。


夕方になるとますます忙しく、翔真たちは閉店までてんてこ舞いした。

やはり今日は徹の顔を見にやって来た客が多かった。普段はこの時間帯はあまり見かけない仕事帰りのサラリーマンや家族連れもいて、喫茶店では珍しい定食メニューを次々と注文してくれる。

祖父の代から〈かすがい〉を愛してくれているお客さんのありがたさを、しみじみと感じる。その一方で、徹がまた腕や腰の痛みをぶりかえさないかと心配したが、ここで支えてくれたのが暁だった。

「いやあ、助かった。翔真の友人と聞いて内心ヒヤヒヤしたが、下ごしらえも完璧で文句なしの包丁捌《さば》きだったよ。俺一人だったら手が回らなくなっていたところだった」

厨房では、予想以上の働きぶりを見せた暁を徹が大絶賛していた。また、フロアでは健気《けなげ》に手伝うレトロな着物エプロン姿の子ども給仕が目を引き、お客さんに「かわいい」と好評だった。実際、二人はきびきびと動き、翔真も彼らのおかげで大いに助かった。

「あー、疲れた。でも久々に働いたって感じがしたなあ」

閉店作業を終えて、ようやく帰路につく。店の前で徹と別れて、翔真は一人夜道を歩いているところである。

暁たちは最後の客を見送った後、家で待っていると翔真に告げて一足先に引き上げていった。ちなみに暁は翔真の友人、珊瑚と黒曜は暁の妹という設定になっている。徹は暁ともっと話したかったようで残念がっていたが、三人とも慣れない作業で疲れたに違いない。今頃は家でぐったりと横になっているのではないだろうか。

「うーん」と、翔真は夜空に両手を突き上げて思い切り伸びをした。

散々動き回って手も足も棒のようだが、全身を包むのは心地よい疲労感だ。このところずっと不完全燃焼のくすぶった状態が続いていたので、疲れたが気持ちよかった。

「おなかがすいたな」

今日は忙しすぎてまかないを食べる暇もなかった。暁たちも腹をすかせているだろう。コンビニにでも寄って帰ろうか。久々に奮発してがっつり肉系の弁当にしよう。

ムームーとスマートフォンのバイブが鳴った。ジーンズのポケットから引っ張り出すと、画面には知らない番号が表示されていた。誰だろうか。

「──もしもし？」

『翔真か』

艶《つや》のある低音が返ってくる。暁だった。

「え？」翔真は目をぱちくりとさせた。「何で俺の番号を知ってるんだよ。ていうか、スマホ持ってたの？」

『今どこだ？　もう店は出たのか』

こちらの質問をまったく無視して、暁が訊いてくる。

「もう店は出て、今帰る途中。そうそう、これからコンビニに寄ろうと思ってるんだけど、何が食べたい？　おなか減っただろ、何でもいいよ。珊瑚と黒曜にも訊いてみてよ」

『コンビニというのは、あれだな。早朝から深夜まで、あるいは二十四時間営業の食い物や日用品など何でも売っている店のことだな』

「そうそう、そのコンビニ」

暁は案外日本について詳しい。過去にも何度か任務で魔界と人間界を行ったり来たりしてきたそうで、その度に勉強したのだという。

『そこには行かなくていい。そのまま家に帰って来い』

「え、何で？　言ってなかったけど、今うちの冷蔵庫はすっからかんなんだよね。昨日は店の準備をしながら適当に買ってきた惣菜《そうざい》を摘まんで済ませたし、今朝は早かったから食べてないしで、ろくに冷蔵庫を開けてない。最近、買い物もまともに行ってないからさ」

『買い物なら俺が行った。ちなみに食事の準備もできている』

「えっ」翔真は思わず訊き返した。「ごはんを作ってくれたの？」

『そうだ。だから早く帰って来い』

「わかった。急いで帰る」

『おい、早くとは言ったが、急がなくてもいいぞ。いいか、ゆっくり慎重に帰って来い。走って転びでもしたら大事だ。腹を打ちでもしてみろ。お子がびっくりするだろうが――やはり、これから迎えに行く。外はもう暗いし、危険もいっぱいだ。今どの辺りにいるんだ？』

「いや、いいって」翔真は慌てて断った。「大丈夫だよ。気をつけつつ、急いで帰るから」

過保護な暁のぼやきが続いていたが、翔真は通話を切って家路を急いだ。

見慣れた住宅地を歩き、やがて見えてきた古い日本家屋に明かりが灯っている。

オレンジ色の柔らかな明かりに包まれた家を見て、翔真はひどく懐かしい気分になる。

祖父が亡くなって以来、誰かのいる我が家に帰るのは初めてだった。

「……ただいま」

玄関ドアを開けると、いいにおいが漂ってきた。あたたかいごはんのにおい。この感覚も久しく忘れていたものだ。

それに空気が清々《すがすが》しい。日中閉めっ放しなので、夏の間はドアを開けた途端、こもった湿気が澱《よど》んだ空気と一緒に押し寄せてくるのだが、今日はそれがない。気のせいか見慣れた玄関もくすんだ壁が一段明るくなったようだし、全体的にすっきりとして見える。

いそいそとスニーカーを脱いでいると、奥からパタパタ、チョロチョロとインコとハムスターが現れた。

『おかえりなさいませ、翔真殿』『ちょうどいいタイミングでのご帰宅ですな、夕餉《ゆうげ》の準備が整ったところでありますぞ』

「ただいま。いいにおいだね。おなかがすいたー」

その時、じゃらじゃらと木珠《もくじゅ》のれんの音がして、台所からひょこっと顔が覗く。一瞬、祖母かと思ったら割烹着姿の暁だった。

暁が翔真を見やり、ほっとしたように言った。

「無事に帰ったか。大丈夫だったか、何もなかっただろうな」

「ないよ」翔真は苦笑した。「それより、おなかペコペコ。手を洗ってくる」

洗面所で手洗いうがいを済ませて、台所に戻る。食卓には立派な食事が準備されていた。こっくりとした照りが美しい豚バラ大根に、卵の黄色とにんじんのオレンジが鮮やかなシリシリ。カリッと香ばしい焦げ目がついた羽つきギョーザまである。ガラス皿に真っ赤なトマトに鰹節《かつおぶし》と刻んだ大葉と生姜《しょうが》がのったサラダは見た目にも涼やかで、ふわりと湯気が立つ具だくさんの味噌汁《みそしる》と炊き立ての白米は元気の源だ。

「すごい」翔真は思わず目を丸くした。「これ全部、暁が作ったの？」

びっくりして訊ねると、暁は茶碗にご飯をよそいながら「そうだ」と答える。

なぜ古風な割烹着姿なのかは不明だが、筋肉質な長軀に案外と似合っている上に、しゃもじを持つ姿は妙に板に付いていた。店でも思ったが、暁は料理をすることにかなり慣れているようだ。彼の包丁捌きには徹も感心していた。

まさかこの家でこんな豪華な家庭料理を食べられるとは。嬉しい限りである。

珊瑚と黒曜は食卓の脇に鎮座していた。暁が彼らの前に料理を取り分けた小皿を置いてやる。暁が席についたのを確認して、翔真は待ちきれずにそわそわと言った。

「食べてもいい？」

「ああ」と、暁が頷く。

「やった。いただきます」

合掌《がっしょう》して、さっそく箸を手に取る。まずは豚バラ大根。口に入れると豚バラの甘い脂に加えてほんのりごま油の香りがした。柔らかく味のしみた大根と一緒にゆで卵も入っているのが嬉しい。しっかりとした味付けはコクがあってご飯が進む。ほんのり甘めのシリシリも美味《おい》しく、ギョーザは噛むと中から肉汁が溢《あふ》れ出した。さっぱりとしたトマトサラダで箸休めをしつつ、野菜たっぷりの味噌汁が五臓六腑にしみ渡る。

「おいしい！　おかわりある？　いいよ、自分で入れるから」

「いや、茶碗を寄越せ。すぐに入れてやる」

差し出した茶碗を受け取って、暁が炊飯ジャーからご飯をよそう。その間にもギョーザを口に放り込んでいる翔真を、珊瑚と黒曜が唖然と見ていた。

『あれが痩せの大食いというやつか』『いやはや、きっと胃袋が二、三個あるに違いない』『暁様の手料理が美味いのはわかるが、あそこまでがっつかれるとさすがに引くな』『うむ。膨らんだ胃袋にお子が圧迫されて窮屈な思いをしていなければいいが……』

呆気にとられるふたりとは対照的に、暁は嬉しそうだった。

「おい、味噌汁もまだ残っているぞ。おかわりいるか」

「うん、もらう」

「よし。汁椀を寄越せ」

割烹着の後ろ姿が浮かれている。ふりふりと揺れる黒い尻尾が見えた気がして、翔真は目を擦った。もう一度、暁の尻を凝視する。やはり細長いドーベルマンの尻尾が見える。

「暁」翔真は恐る恐る訊いた。「尻尾が出てるんだけど。まさか、お店でも出てた？」

暁が振り返った。自分の背後を確認し、初めてそれに気づいたように驚いた顔をした。

「いや、店ではこんなヘマはしていない。今は少し……気が緩んでしまったみたいだ」

汁椀を差し出しながら、恥ずかしげに表情を歪《ゆが》めた。バツが悪そうに目線を伏せても、耳がほんのりピンク色に染まっている。

『翔真殿』と、ふいに肩に珊瑚が止まった。『暁様は照れておられるのだ』

『人間の姿を真似るくらい暁様ほどの魔族なら朝飯前だが、感情が昂《たかぶ》ると時折あんなふうに魔犬族の姿が垣間《かいま》見《み》えることもある』テーブルからちょろちょろと翔真の腕をのぼってきた黒曜が耳打ちした。『要するに、翔真殿が大層美味そうに暁様の手料理を平らげるので、暁様はとても喜んでおられるわけだな。なにせ、朝からせっせと炊事に洗濯に掃除と……』

「珊瑚！　黒曜！」暁の慌てた声が遮った。「余計なことを言うな」

主の叱責を受けて、ぴゃっと飛び跳ねたふたりがわたわたと元の場所に引き返してゆく。

翔真は対面を見た。目が合った暁が何とも言えない顔をする。耳の赤味が増している。

そういえばと辺りを見渡した。テーブルの料理に目を奪われて気づくのが遅れたが、今朝はこの台所がもっと雑然としていたはずだ。ところが、床に置きっぱなしにしていたゴミ袋や、蹴飛ばしたまま放置状態の古新聞の山もきちんと纏《まと》めてあるし、シンクに溜まっていた食器も綺麗に洗ってある。雑多に積み重なった食器棚は整理整頓され、そもそも今朝まで荷

物置き場になっていた食卓が綺麗に片付けられて、今は豪華な食事が並んでいるのだ。

「洗面所でも何となく違和感があったんだけど……そうか。洗濯物の山がなくなってたんだ」

ようやく気がついた。

「洗濯物は今朝、お前が出かけた後にすべて洗って干しておいた。今日は天気がよかったからな。留守の間によく乾いていたぞ。もう取り込んである」

暁が顎をしゃくった方向を見ると、台所と続きの居間に畳んだ洗濯物が三つの山に分けて置いてあった。休日に纏めて洗濯するつもりで溜め込んでいたそれらである。

「買い物にも行ったって言ってたよね。迷わなかった？　この辺は昔ながらの住宅街だから結構脇道も多いし、初めて通ると道がわからなくなって迷子になる人が多いんだよ」

「この家の周辺の地図は頭に入っているから問題ない。買い物は、お前がよく行く商店街を利用した。あと、トイレットペーパーとシャンプーが残り少なくなっていたから買っておいたぞ。日用品は駅前のドラッグストアだな」

「えっ、すごいね。わざわざ店ごとに買い分けてくれたの」

何をどこで買っているのかまで詳しく話しただろうか。不思議に思いつつも、代わりに補充してくれるのはありがたい。いつも買おう買おうと思ってうっかり忘れては、結局ストックがなくなって後悔する羽目になるからだ。

年代物の冷蔵庫を開けると、食材がぎっしりと詰まっていた。見て見ぬふりをしていた埃《ほこり》だらけの棚の上や床の隅もぴかぴかになっているし、台所だけではなく玄関も掃除をしてくれたらしい。帰宅時に覚えた違和感の正体はこれだった。埃っぽかった三和土《たたき》が綺麗に掃いてあって、靴箱の上も整理整頓されていたのである。どこもかしこも今朝出かける前とは見違えるようだ。まるで間違い探しをしている気分になる。

それにしても、暁の働きぶりに改めて驚かされた。

昼間、へんてこな恰好で店に現れた時はなんて傍《はた》迷惑な魔族だと思ったものだが、その後の彼は大いに見直した。閉店まで店の手伝いをしてくれて、一足先に引き上げたかと思えば、買い物をし、夕食の仕度をして待ってくれていたのである。

その他にも、使い魔たちの話によると今日一日だけで様々な家事を翔真の代わりにしてくれたようだ。とんだ働き魔族である。

これまで翔真は、魔族というイキモノは、もっと物騒であらくれで、理不尽《りふじん》に物事を引っ掻き回す厄介者――というイメージを勝手に持っていた。だが、いい意味で裏切られた。

完璧な主夫ぶりに感激していると、暁が一つ咳払いをした。

「おい。ちょっとそこに座れ」

言われて、綺麗になって蘇った自分の家をあちこち見て回っていた翔真はおとなしく席についた。対面に座った暁がテーブルに両肘《りょうひじ》をついて指を組み、じっと翔真を見据えてくる。先ほどまで照れた表情をしていたのに、一転して怖い顔で睨まれる。声を低めて言った。

「お前、これまで日々の食事はどうしていたんだ」

「食事?」翔真は首を傾げた。「適当に食べてたけど」

「冷蔵庫にまともなものが何も入ってなかったぞ。代わりに中を占めていたものがこれだ」

暁がテーブルの真ん中にどんと大きな袋を置いた。ビニール袋からこぼれ落ちたのは、栄養補助食品の数々。先日、ドラッグストアで安売りしていたので買い溜めしたものである。

翔真は「あー」と、言葉に詰まって天井を仰いだ。何を言われるのか大体想像がつく。案の定、暁の鋭い眼光が責め立ててきた。

「これは栄養補助食品というものだな」

「……あー、うん。でも、このゼリーもいろんな味があって、結構美味しいんだよ」

「栄養補助食品というのは、〝不足分の栄養素を補うことを目的とした食品のことをさす〟と、ここにもそう書いてある」

暁が見たことのないコウモリマークのついた情報端末らしきものを素早く操作して、画面を見せてきた。日本語表記の栄養補助食品を紹介するWebサイトだ。

「〝あくまでも補助的な役割であり、基本はバランスのよい食事を摂ることが望ましい〟だそうだ。今朝、お前は食事を摂らずにこれを一個持って家を飛び出していった。昨日も店での作業中にこれを吸っていたのを見たぞ。陰に隠れてちゅうちゅうと。そうだな?」

まるで取り調べのごとく暁に問い詰められて、翔真はたじろいだ。

「いやだって、朝はバタバタするし、便利なんだよ。忙しい時は食事に時間をかけてられないし、できるだけ簡単に済ませたいから……」

ばらばらばらと、頭上から何かが降ってきた。テーブルに転がったのは固形タイプの栄養補助食品だ。『こんなものまで隠し持ってましたぞ』と、破れたビニール袋を嘴にひっかけて珊瑚が言った。黒曜も小さな背中に担いだ別のパッケージを、これみよがしに暁の前に落とす。『翔真殿が鞄《かばん》に入れて持ち運んでいたブツです』

開封済みのそれは、仕事の合間に小腹がすいて摘まんだものだった。

「まったく、なんという有様だ」

暁がふるふると頭を振って嘆くように言った。「母体がこれではお子の健康が危ぶまれる」

「そんな大袈裟《おおげさ》な。俺はいたって健康体……」

笑った翔真の言葉を遮るようにして、暁がすっくと立ち上がる。テーブルを回ってこちらにやって来た。

「え？　何……わっ、ちょっと、どこ触ってるんだよ」

椅子に座る翔真の体にいきなりぺたぺたと手を這わせると、あちこちまさぐりだす。

「……細い。抱きしめたら簡単にポキッと折れそうじゃないか。腹は肉がなくてぺらぺらに薄く、腰も枯れ木のように細い。これはもっと太らせないとダメだな。どうやったらこんなにぺらぺらになるんだ」

そう不憫《ふびん》げに言って、翔真の薄い腹を執拗に撫でる。

「セ」翔真はカッと頬を赤らめた。「セクハラだ！」

「何だそれは？　初めて聞いたな。人間の食い物か？　ああ、翔真の好物か。それならたくさん用意しよう。いったいどんな食い物だ」

暁が真顔で端末を操作しかけたので、翔真は慌てて止めた。不思議そうに首を捻《ひね》った暁が再び翔真の腹部に手を当ててくる。叩き落とそうと腕を振りかぶったその時、「お子は元気そうだな」と、暁が嬉しそうに呟いた。翔真は面食らう。肩を回すふりをして腕を下ろした。

「お前が自炊をしないのは、そこの冷蔵庫と、昼間の下手くそなイモの皮剝きを見て察した」

「うっ」翔真は俄に頬を熱くする。「む、昔から料理は苦手で。じいちゃんにも、厨房には絶対に立つなって言われてたから……」

「洗濯物も溜めすぎだ。とりこんだものは畳まずソファに投げっぱなし。おおかた、毎朝そこから拾って着ているんだろう。目当てのものを探してあさるから、そこからまた洗濯物の山が崩れて、床にまで広がっている。せっかく洗っても、あれでは洗ってないものとの区別がつかないじゃないか」

「ううっ」翔真はがくりと項垂れた。図星をつかれて返す言葉もない。

もともと家事全般が得意ではなかった。それでも祖父と暮らしていた頃は、台所に立たない代わりにその他の雑用を引き受けていたのだ。それが祖父が亡くなって、徐々に手を抜くようになってしまい、今ではこんな体《てい》たらく。家事は休日にまとめてやることにして、その日にできなければ次にまわす。こだわるところはとことんこだわるが、それ以外は生活できればいいという考えだ。一階のスペースは特にこだわりがない。幸か不幸か訪ねてくる恋人も友人もいないし、部屋の掃除が行き届かなくても、偏った食生活をしていても、誰に怒られることもない。そうやって自由気ままな一人暮らしをここ二年ほどは送ってきた。

暁のダメ出しは更に続く。

「掃除もあれだな。全然なってない。店は綺麗にしているのに、この家はひどい有様だ。整理整頓ができてないから物があちこちに散らばっている。一応、掃除機をかけてはいるようだが、四角い部屋を丸く掃くタイプだろう。部屋の隅は埃がたまったままだった。ゴミも決まった場所にまとめてないから、収集日に慌てて掻き集めないといけない。二階の廊下にまでゴミ袋が落ちていたぞ。なぜ下まで持って下りないんだ。明日は燃えるゴミの日だろうが」

セクハラは知らないくせに、なぜこの地区のゴミ収集日を把握しているのだろう。

「え、ちょっと待って」翔真は焦った。「もしかして二階に上がったの？　まさか、俺の部屋に入ってないよね？　他の部屋は？　家の中のものは好きに使っていいけど、二階は立ち入り禁止だって言ってあっただろ」

思わず語気を強めると、暁が僅かに眉をひそめて言った。

「部屋には一切入ってない。廊下のゴミを拾って掃除機をかけただけだ」

「……そ」翔真はほっと胸を撫で下ろした。「そっか。なら、いいんだけど」

「どうした、二階に何かあるのか？」

暁がじっとこちらを見てくる。翔真は慌てた。

「ううん。いや、ほら、自分の部屋はあまり見られたくないし。奥の部屋は、じいちゃんが使ってて、今は物置になっているから物がいっぱいあって危ないんだよ」

「物置部屋を片付けるなら手伝うが。重い物を運んで腰に負担をかけるのはよくないぞ」

「いや、いい！」と、翔真は即座に首を横に振った。「落ち着いたら自分でやるから。今すぐ片付ける必要はないんだし。だから、構わなくていいよ」

暁は怪訝そうにしていたが、「まあ、とにかく」と、気を取り直して言った。

「このままではダメだ。お子のためにも翔真には徹底的な生活習慣の改善を行ってもらう」

「生活習慣の改善？」

「まずは食事だ。明日からは時間に余裕を持って起床し、必ず朝食を摂ってから出勤すること。母体の栄養状態はお子の成長に影響を及ぼすことが証明されている。十分な栄養を摂らないと、お子の成長速度が鈍る。特にお前の場合は自分自身の回復も遅れることになるぞ」

「はあ……」

「そして、環境も重要だ。常に住み家は清潔に保ち、体調管理を整える。お子は不潔を何より嫌う。腹の中にいようとも母体を通して伝わってしまうからな。特に風呂は大事だぞ。毎日ピカピカに体を磨いてもらいたい。そうするとお子も気持ちがいいんだ。あとは、夜更かし厳禁。清潔な寝床で上質な睡眠を十分にとらないとお子が疲れてしまう」

「……うん、うん」

少々うんざりしてくる。翔真の生返事に気がついたのか、暁の声音が急に低まった。

「もし、お子が愛想を尽かし、途中でそっぽを向いてみろ。俺たちはただちにお前からお子を取り出して、新たな母体を探さなければいけなくなるんだぞ。それがどういうことかわかっているのか？」

凄まれて、翔真は咄嗟にごくりと喉を鳴らした。

「お子に出て行かれたら、俺の体は……」

『死にますな！』『間違いなくぽっくりと！』翔真に代わって、使い魔たちがさも愉快げに答える。知ってはいても、改めて言葉にされて言われると衝撃的だ。翔真は諦めて項垂れた。

「もうこんな時間か。よし、食事はすんだな」

壁時計を確認した暁がパンパンッと仕切り直すように手を打った。

「風呂の準備はしてあるから、ゆっくり入ってこい。暑いからと言って、湯船に入らずシャワーだけで済ますのはダメだぞ。体を冷やすのはよくないからな。ちゃんと湯船に浸かって疲れをとること。上がったらマッサージをしてやる。一日の立ち仕事で体の筋肉が張っているだろうからきちんとほぐしてから眠るように。そうそう、ホットミルクは砂糖と蜂蜜《はちみつ》とどちらが好みだ？　メープルシロップやきな粉もあるぞ。さあ、どれがいい」

トントントン、とテーブルに小瓶や容器が並べられる。とんだ世話焼き魔族である。

「……じゃあ、蜂蜜で」

「よし、蜂蜜だな。特製ホットミルクを作ってやろう」

声を弾ませて、暁が食器を片付け始めた。翔真は茫然と割烹着の後ろ姿を眺める。今もまだ犬の尻尾が出ていた。気を緩めるのは別にいいのだが、何がそんなに嬉しいのだろうか。むしろ、翔真はこの共同生活に早くも不安を覚え始めているというのに。彼らと一緒に三ヶ月以上もの長い間、上手くやっていけるだろうか。

ふりふりとご機嫌な尻尾を見つめて、翔真は小さく溜め息をつくと風呂場へむかった。

■3■

「あら翔ちゃん、最近調子が良さそうねえ。肌艶がいいわあ。何かいいことでもあった？」

常連客の老婦人に声をかけられて、翔真は笑顔で取り繕う。

「そうかな？　徹さんが戻って来てくれたし、最近は食欲があってよく食べるから」

昼下がりの〈かすがい〉店内である。

ランチタイムが終了して客もまばらだ。食後のコーヒーを飲みながらくつろいでいるいつもの顔ぶれが数人ほど。

翔真がここ何日かですっかり言い慣れた答えを返すと、婦人が上品に笑った。

「ああ、そうよね。徹さんがいない間は大変だったでしょう。そういえば、ちょっとこの辺りにもお肉がついたかしらね。健康的でいいことだわ」

「そうなんですよ」翔真は頰を擦ってみせる。「結構太っちゃって」

「どこがだよ」と、すかさずカウンター席から横槍《よこやり》が入った。「お前さんはもとが細いんだから、もっと肥えたってかまやしねえよ。半月ほど前に入院してたんだって？」

祖父と飲み仲間だった田中が心配そうに切り出した。

誰に話したわけでもないが、いつの間にかご近所さんの間で噂が広まっていたようだ。先日、翔真が病院で退院の手続きをしているところを、目撃した人がいたらしい。

そのせいで、今週に入ってからは、店の内外でたびたびその話を振られるのである。そうして示し合わせたように、最近の翔真は調子がよさそうだ、肉付きがよくなったと嬉しそうに言って寄越す。みんな心配してくれているのだ。ありがたいことだと感謝する。

翔真は苦笑した。

「うん、ちょっと貧血で倒れちゃって。でも入院っていっても、念のため一晩泊まっただけだから。翌日には退院したんだよ。もうすっかり元気。心配かけてごめんね」

二人が揃って首を横に振り、孫を見るような優しい眼差しを翔真に向けた。

「まあ、元気ならそれでいいんだ。徹さんが復帰して、まかないが食えるようになってよかったなあ。ほら、翔ちゃんは料理がからっきしだからよぅ」

「そうだったわねえ。でも、お店以外での食事はどうしてるの？　ちゃんと食べてる？」

「それはご心配なく」

翔真は笑顔で頷き、ちらっとカウンターの奥に視線を送る。厨房では徹が夕方の仕込みに取りかかっている。その隣に、せっせと野菜の皮を剝く長軀があった。暁である。

彼が〈かすがい〉で働くようになって二週間が経《た》った。

同時に、翔真の家で同居を始めて二週間。翔真の生活環境はがらりと変わった。

翔真の肌艶のよさや健康的な体重の増加は、ひとえに暁と使い魔たちのおかげである。

この半月で、翔真は規則正しい生活を送ることを余儀なくされた。

毎朝、目覚まし代わりにカーテンが開けられて、朝陽とともに起床。身支度をして居間に下りると、体調管理のための魔族式体操が待っている。インコとハムスターが先生だ。その間に暁お手製の朝食が出来上がり、みんなで食卓を囲んで「いただきます」。

その後は、翔真と暁、使い魔たちの二組に分かれて別行動になる。

使い魔の彼らは、朝食を終えると暁の命令でどこかへ出かけていく。なんでも、お子を産むには魔族専門の助産師の力を借りる必要があるらしい。その助産師を捜すのが彼らの使命である。聞かされていた住所はすでに空き家になっていて、肝心の本人が行方《ゆくえ》知れずなのだそうだ。

一方、翔真はというと、暁との同伴出勤が当たり前になっていた。

意外な家事能力を発揮してみせた暁を徹がいたく気に入り、調理補助としてスカウトしたのである。暁としては、怪しまれずに翔真の護衛ができて好都合だという理由から、二つ返事で引き受けてくれた。今では立派な〈かすがい〉の戦力だ。まかない係も買って出て、もはや翔真の食生活は完全に暁に支配されていた。

一日の仕事を終えて帰宅すると、できたての夕食が待っている。

一足先に帰宅した暁がせっせと準備してくれているのだ。できた魔族である。

せめてものお礼のつもりで、食後のコーヒーは翔真の担当にさせてもらった。

魔界にもコーヒーが存在するようだ。時間の流れが違う魔族の感覚で言えばここ最近、人間で言うと何十年も前の話になるそうだが、人間界から持ち帰った魔族が魔界にもコーヒー文化を広めたという。中でも魔犬族というのは無類のコーヒー好きらしい。暁も例に漏れず大好きなのである。特に翔真が淹れたコーヒーは彼の口にあったようで、いたくお気に入りだった。

淹れ立てのコーヒーを差し出すと、暁はまず形のいい鼻をひくひくと動かす。香ばしいにおいを思う存分吸い込んでから、ゆっくりとカップを手に取り、口をつける。

「やっぱり、翔真のコーヒーは格別だな。魔界のコーヒーとは比べものにならないくらい美味い。極上の一杯をいただく至福の時間だ。これを飲むたびに、俺は幸せを感じるんだ」

恍惚《こうこつ》とした表情でそんなふうに言うのである。

「コーヒー一杯で大袈裟だなあ。そんなこと言ったら、暁の手料理を三食食べさせてもらってる俺なんか、一日中幸せを感じてるんだけど」

これには翔真も思わず苦笑してしまうのだった。

食事を終えると、入浴だ。適温の湯船にゆっくりと浸かり、一日の疲れを流した後は、極上のマッサージと特製ホットミルクが待っている。暁の施術は絶妙で、立ち仕事で強張った筋肉を魔法の手で存分にほぐしてくれる。これによって最高に癒されて、気持ちよく就寝できるのだ。その他にも健康的な母体を維持するためにあれやこれやと甲斐甲斐《かいがい》しく世話を焼かれ、いたれりつくせりの生活を送っていた。

とはいえ、いくらお子のためとはいっても、受身でいるばかりでは申し訳ない。

休日は翔真も積極的に家事に参加することにしている。ところが、これが何ぶん雑なため逐一ダメ出しが入るのである。

『翔真殿、それは色物ですぞ。白いシャツと一緒に洗ってはなりませぬ！』

『翔真殿、先ほど掃除機をかけたと言ったが、この埃は我にしか見えぬ幻か？ こんな大きな埃を見逃すとは、翔真殿の目は節穴ですな！』

「もう、うるさいな！ ちょっと黙っててよ。俺には俺のやり方があるんだよ！」

常に口うるさい使い魔たちに見張られて、さながら小姑《こじゅうと》にいびられる嫁の気分である。

その間にも暁はテキパキと自分の仕事を済ませて、翔真の手が回らない雑用までそつなくこなし、更にぐったりと疲れきった翔真たちのために甘いおやつまで用意してくれるのだから、その働きぶりは尊敬の極みだった。

「翔真は無理をするな」「疲れたらきちんと休め。体に障る」「凝っているならマッサージをしてやろうか？」「食べたいものがあるなら何でも言え。すぐに作ってやる」

そんなふうに甘やかされてばかりいたら、体重は増えるし、肌艶もよくなって当たり前なのである。

体重は増加傾向にあるものの、以前と比べると体調はすこぶる良好で、健康的な毎日を送っている自覚があった。すべては暁の完璧なスケジュール管理のおかげだ。

腹のお子も順調に育っているようだった。

翔真にはよくわからないが、毎日腹に手を当てて確かめている暁がそう言うからには、順調なのだろう。翔真自身は見た目にも体質的にも今のところ特に変化はない。そのため、一日の大半はその存在を忘れがちなのだが、時折思い出したように腹に手を当てると、ぽこんと自分のものではない微《かす》かな脈動を感じるのだった。

「よし。厨房は片付いたぞ。そっちはどうだ？」

厨房から徹が大声で言った。閉店後の〈かすがい〉である。

翔真はフロアの掃除を終えて、モップをロッカーにしまいながら返事をした。

「こっちも終わりましたよ」

「お疲れ」徹がフロアに出てきた。「あれ、暁くんは帰ったのか？　いつの間に」

「ああ、うん。さっき急用ができたって。徹さん、ゴミ出しに行ってたから」

暁は表向きは翔真の友人であり、現在は求職中の身ということになっている。ひとまずは臨時の助っ人という立場で厨房に出入りしているため、翌日の仕込み作業が終われば上がってもいいという約束だ。実際は、翔真たちが店じまいをしている間に、買い物をし、先に帰宅して夕飯の準備をしているのだが、徹には二人が同居していることは伝えてない。

今日は珍しく、暁も残って先ほどまで片付け作業を手伝ってくれていたのである。

この後、別件で出向く用ができたということだった。ついさっき、珊瑚と黒曜から連絡を受けてどこかに出かけていったのである。もしかしたら、件《くだん》の助産師が見つかったのかもしれない。

翔真はチノパンのポケットから小さなお守りを取り出した。同居初日に暁からもらったものである。念のためだと、いつも持ち歩くように言われていた。よく見かける袋型のもので、かわいらしいウサギの刺繍《ししゅう》が施されていたが、裏返すと『安産祈願』と書いてあった。

店の戸締りをして、いつものように徹と別れる。途端に翔真は浮き立った。

「よし、しばらく暁たちは帰って来ない。今夜は一人だ」

同居生活をはじめてから、翔真にはずっと気になっていることがあった。それを確かめるには暁たちがいては都合が悪い。彼らが出かけている今夜は絶好のチャンスだ。

急いで帰宅すると、当然ながら真っ暗だった。ここのところ明かりが灯る家に帰るのが当たり前になっていたので、何となく違和感がある。そういえば自分で鍵《かぎ》を開けるのも久しぶりだなと思いつつ、玄関ドアを開けると、中からもわっと湿った空気が押し出されてきた。

――夕飯は今朝作って冷蔵庫に入れておいたから、温めて食べるんだぞ。風呂はきちんと湯を張って肩まで浸かること。横着してシャワーだけで済ませるなよ。なるべく早く帰るが、遅くなるようだったら、きちんと戸締りをして先に寝ていろ。俺たちのことは心配しなくても大丈夫だ。鍵がなくてもどうにかする。

暁の声がふいに耳に返った。

洗面所で手洗いうがいを済ませ、台所の冷蔵庫を開ける。ラップで覆われたオムライスと小鍋が入っていた。几帳面な暁の筆跡でメモまで添えてある。

〈チンしてケチャップをかけて食べること。スープは鍋ごと火にかけて、弱火で温める方がよい。サラダも残さず食べるように。なるべく早く帰るよう努力する〉

『チンして』とは、翔真が教えた電子レンジで温める意味の俗語である。すっかり主夫が板に付いた文面を読んで、翔真は思わず笑ってしまった。

サラダボウルの横には手作りドレッシングの器まで置いてあった。

「子どもじゃないんだから、食事の一回や二回どうとでもするのに。朝からこれだけ作るの大変だっただろうな。ちゃんと寝てるのかな」

ふと心配になった。

とはいえ、この短期間ですっかり暁に餌付《えづ》けされた翔真の舌は、もう健康食品やコンビニ食では物足りないと感じてしまう。

メモで指示された通りに準備して、「いただきます」と一人で手を合わせる。ふわふわの卵に包まれたオムライスと野菜たっぷりのスープにサラダを、黙々と綺麗にたいらげた。

「あー、美味しかった！」

――そうか。それはよかった。

ふいに空耳が聞こえて、翔真は咄嗟に辺りを見回した。どういうわけか、楽しそうに食器を洗う割烹着姿の幻まで見えるようだ。黒い犬の尻尾がふりふりと嬉しそうに揺れている。

「……疲れてるのかな」

目を擦る翔真の胸に、もやっとしたものが広がった。一人が寂しいと思うなんて、祖父が亡くなって以来だった。

時間がもったいないのでシャワーで簡単に済ませたかったが、そこも律儀《りちぎ》に暁の言いつけを守った。適温の湯船にしっかり肩まで浸かってから浴室を出る。

帰宅して一時間半が経つが、まだ暁たちが戻ってくる気配はなさそうだ。

翔真は足早に二階に向かった。

古い階段をぎしぎしと軋《きし》ませながら上がると、三つのドアが現れる。

一番手前が翔真の自室だ。その奥は物置として使っていて、廊下つきあたりのドアの前には段ボール箱が積んであった。念のため、カムフラージュ用に翔真が置いたものである。暁たちには立ち入り禁止を言い渡している、いわゆる秘密の部屋だ。

この部屋だけは誰にも見られるわけにはいかない。

彼らは勘がいいので、少しの物音ですぐさま駆けつけてくる。彼らの在宅中に下手に動くことはできないのだ。

翔真はほとんど空の段ボール箱を脇に避けてドアを開けた。

しばらく換気をしていなかったせいで、空気がこもっている。翔真は電気をつけると、窓を開けた。湯上りで火照《ほて》った肌に涼しい夜風を受けながら、ゆっくりと振り返る。

六畳ほどの狭い板間。中央にラグマットを敷き、ソファベッドが据えてある。

そのソファベッドを中心に部屋を埋め尽くしているものたちを眺めて、翔真は自分の顔がこれ以上なく緩むのを感じた。

大小の犬、犬、犬。

愛らしい犬のぬいぐるみの数々が所狭しと並んでいる。翔真が『オアシス』と呼ぶこの部屋は、二年かけてこつこつとつくり上げた至福の空間だった。

「ふふ、久しぶりだなあ。みんな元気だったか」

翔真は喜びを抑えきれずぬいぐるみの山にダイブする。

円らな瞳の犬たちが一斉に飛び上がり、翔真に覆い被さるようにして崩れ落ちてきた。かわいい子らに埋もれて幸せの絶頂に舞い上がる。

この子たちはすべて翔真の趣味である。正確に言うと、ぬいぐるみが好きというよりは、動物一般——とりわけ犬が大好きなのだ。

ところが、翔真は動物アレルギーで、本物には触ることはおろか近寄ることも難しい。以前、怪我を負った犬をどうしても放っておけず、必死に抱きかかえて病院に連れて行った結果、アレルギー症状が悪化して自分が入院する羽目になってしまった。それ以来、特に気をつけるようにしている。

物理的に触れることはできないとわかっていても、生来の動物好きは変えられなかった。近付きたくても近付けない。触りたいのに触れない。そんなジレンマに長年ストレスを溜め続けてきたのだ。

ならばと。本物を飼えない翔真が思いついたのが、この『オアシス』だったのである。

本格的にぬいぐるみを集め出したのは祖父が亡くなった後のことだ。

自分ではそういう自覚はなかったのだが、今になって思えば当時の翔真はこの広い家に一人きりになって寂しかったのだと思う。一緒に暮らしてくれるペットを迎え入れることができればよかったのだが、それができない以上、その代わりを求めるようになった。通販サイトやゲームセンターで気に入ったぬいぐるみを見つけては一つ、また一つと手に入れて、気づけばこんな秘密部屋ができあがっていたというわけだ。

「あー、幸せ。やっぱり、こうしてると落ち着くなあ」

翔真は巨大な犬のぬいぐるみに抱きつき、盛大に頬擦《ほおず》りをした。しばらく触れることもままならず、そろそろ我慢の限界だったのだ。

成人した大の男が大量のぬいぐるみを愛《め》で、両手に抱えて頬をすりすりしている様は、傍から見れば目を疑う光景に違いない。しかし、ここは翔真の自宅。誰が見ているわけでもないので気にせず思う存分にすりすりできるのである。

「みんな元気か？　よしよし、しばらく会えなかったもんなあ」

ぬいぐるみに埋もれて至福の時間を過ごしながら、ぼんやりとこの半月の記憶を辿る。

暁たちと同居を開始して以降、この部屋には一切足を踏み入れていなかった。夜な夜な通販サイトの商品を物色したり、休日にゲームセンターで何時間も粘ったりするのもご無沙汰《ぶさた》だ。四六時中彼らがべったりと張り付いているせいで、そんな暇もなかった。

いくら彼らでも、翔真の趣味を知ったら揃って引くだろうことは目に見えている。お子至上主義の彼らは、情操教育がどうたらこうたらと説教を始めるかもしれない。すべてはお子のためと、大事なぬいぐるみたちを処分されたら泣いてしまう。

「……やっぱり秘密にしておかないとな。あいつらならやりかねない。というか、この禁断症状は暁のせいでもあるんだけど」

もちもち生地のクッション型ぬいぐるみを抱きしめながら、翔真は八つ当たり気味にぼやいた。そうなのだ、全部暁が悪い。

暁がふとした瞬間に、あの細長い尻尾をひょっこり出現させるからだ。動物好きの翔真にはそれが何よりも目の毒なのである。

彼としては嬉しさ余っての感情表現なのだろうが、その嬉しそうにふりふり揺れる尻尾を毎回見せられる翔真は堪《たま》ったものではなかった。あの尻尾に触れたくて堪らず、もやもやむずむずムラムラする。もはや拷問に近い。

これまでにもこういう衝動は何度かあった。生身の動物を見て抱きつきたくなるたびに、ぐっと堪《こら》えて家まで持ち帰り、『オアシス』に飛び込んで発散していたのである。

ところが、同居人がいる今はそれもままならない。

暁は無自覚に尻尾を振って煽《あお》ってくるし、しかし翔真はこの部屋に駆け込んでぬいぐるみに抱きつくわけにもいかず、日々悶々《もんもん》としていたのである。

「あんなにちらちらと尻尾だけ見せられたら、気になって仕方ないんだけど！　どうせなら触らせてくれよー、尻尾のチラリズムは辛《つら》いよー」

ぬいぐるみ相手に愚痴《ぐち》りながら、翔真の脳裏に黒いドーベルマンの姿が蘇る。

そういえば、暁が犬の姿に変化してみせたのは二度のみだ。インコやハムスターは毎日見ているが、暁の基本形態はヒトガタだ。

すらっと筋肉質で美しく、凛々しい雰囲気が壮絶にかっこいい犬の暁を思い出し、翔真は切ない溜め息を漏らす。

欲望がむくむくと膨らむ。

あんな、尻尾だけ気紛れにふりふりさせるからよくないのだと思う。動物好きを弄《もてあそ》ぶ悪い尻尾だ。

もういっそ、全身犬の姿になってはくれないだろうか。

「そうしたら、今度こそ抱きついて思う存分すりすりすりしてやるのに……」

「何をすりすりするんだ？」

突然背後から声が聞こえてきて、翔真はびくっと文字通り飛び上がった。

ぎょっと振り返り、途端に青褪《あおざ》める。部屋のドアを開けて暁が立っていた。

いつからそこにいたのだろう。暁の両肩には珊瑚と黒曜が乗っている。六つの目がじっと翔真を見ている。

「いっ」翔真は焦った。「いいいいつ帰ってきたんだよ」

「つい先ほどだ」と暁が答える。「居間にも台所にも姿がないし、なぜか『開かずの間』の明かりが点《つ》いていて不審に思ったんだ。もしや泥棒でも入ったかと開けてみれば……」

表情を変えずに翔真の周辺をゆっくりと見回す。

「──どうやらそういうわけではなさそうだな」

たちまちかあっと赤面した翔真は、反射的に飛び起きて暁の視界を遮ろうと手を振った。

「ち、ちがっ、これは、何でもないんだよ……うわっ、うっぷ」

慌ててぬいぐるみたちを隠そうとするも、到底隠せるような数ではない。じたばたと闇雲《やみくも》に暴れたせいで、ソファいっぱいに積み上げたぬいぐるみの山が一斉に雪崩《なだれ》を起こし、どさどさどさっと翔真に襲いかかってきた。

「おい、大丈夫か」

『翔真殿と一緒にお子まで生き埋めですぞ！』『早く助けなければ！』

暁が慌ててぬいぐるみをどかしにかかる。珊瑚と黒曜も手伝って、翔真はようやく救出されたのだった。


『いやはや、我々が立ち入り禁止のこの部屋が、まさかこんなことになっていたとは』

珊瑚が巨大な犬のぬいぐるみの上空を旋回しながら、ぷっと笑った。

『絶景かな、絶景かな』と、黒曜もぬいぐるみの山の天辺に登って叫んでいる。

その間で、翔真は小さくなっていた。

正座をする翔真の前には暁が立っていて、興味深そうにこの異様な空間を眺めている。

盛大に引いているに違いない。

「なるほど」暁が腑に落ちたように言った。「翔真はこういうものが好きなんだな」

「いや、そういうわけじゃなくて……」

『そのようですよ、暁様。これは翔真殿のご趣味なのです。我々に隠していた翔真殿の大事なご趣味！』

『我々もこの目で見たではありませんか。翔真殿が人形どもに執拗に頬をすり寄せて、何やら熱く熱く語りかけているところを。我々は翔真殿の秘密を暴いてしまったのです』

「わーっ」

翔真はいたたまれず、咄嗟に叫んで両手で顔を覆った。その傍で珊瑚と黒曜がさも愉快げにケラケラと笑っている。恥ずかしすぎて今すぐ消えてしまいたい。

暁だけが一人真顔のままじっと室内を見やり、再確認するように訊いてきた。

「大量の人形が置いてあるが、人形が好きなのか」

「……だから、ぬいぐるみが好きなわけじゃなくて、俺が好きなのは犬の方」

「犬？」

暁が軽く目を瞠った。

「そう、犬」翔真は観念して正直に話した。「俺は犬が好きなの。でも、俺がアレルギー体質なのは話しただろ。本物の犬に触れないから、代わりにこうやって犬のぬいぐるみを集めて日々のストレスを癒してるんだよ」

文句があるかと逆に開き直ってみる。てっきり鼻で笑われるのかと思ったが、暁は大真面目《おおまじめ》な顔をして言った。

「ストレスだと？　翔真は今、ストレスを抱えているのか」

何てことだと、額《ひたい》を押さえて天井を仰ぐ。

「まさかそんなものを溜め込んでいたとは。迂闊《うかつ》だった。こんなに近くにいたのにお前の体調の変化に気づけなかったなんて」

舞台俳優さながら頭を抱えて嘆く暁を前に翔真はぽかんとなった。暁が真摯《しんし》な眼差しで翔真を見やり、肩を摑《つか》んで訊ねてくる。

「他に体調不良はないか？　何か不調があればきちんと言ってくれ」

「……今のところ元気だけど」

『ストレスというものは目に見えないものですからな』と、珊瑚が口を挟んだ。黒曜も加勢する。『体内に溜まったものは、できる限り排除するのが望ましいですぞ。お子にも悪影響を及ぼしまする』

「何？　それは困るな。ストレスを取り除くにはどうするのが一番いいんだ。人形が少ないんじゃないか？　ありとあらゆるところから掻き集めて、今すぐこの部屋を満たそう」

「いやいやいや」翔真は慌てた。彼なら本気でやりかねない。

「えっと、ぬいぐるみじゃなくて、犬がいいんだよ」

「ああ、わかってる。だから、犬のぬいぐるみをできるだけ集めるつもりだ」

「んー、違うんだよ。えーっと、だからその……できれば、ぬいぐるみじゃなくて、本物の犬が触れたら、ストレスなんてすぐに解消するかなー、と」

ちらっと上目遣いに暁を見やった。目が合った暁が怪訝そうに首を傾げる。

『なるほど』と、勘の働いた珊瑚が言った。『そういえば、人間界にはアニマルセラピーなるものがあると聞きますな』

「アニマルセラピー？」暁が訊き返す。「何だそれは」

『動物とのふれあいを通じて、ストレスの緩和や癒し効果を得るなどを目的とした療法だとか。翔真殿のストレスもこれで改善されるかもしれませぬ』

『母体がストレスを溜め込むのはお子のためにもよくないですからな。暁様、試してみてはいかがでしょう』

「試すとは？」

『それはもちろん、翔真殿がお犬様を希望というのですから、ここは一つ、暁様が』

『そうですな。それが一番よろしいかと。翔真殿のあれるぎーとやらも、今はお子のおかげで我々には無効ですから、暁様が適任かと』

「いや、しかし……」

『『お子のためですぞ！』』

渋る暁がぐっと押し黙った。『お子のため』の一言に弱い魔族である。使い魔たちに諭されて、暁は観念したように溜め息をついた。

「――仕方ない。ストレスを溜め込んで母体が不安定になっては困るからな。そんなに触りたいのなら触らせてやる」

そう言うと、暁はぽんっと煙の如く姿を消した。代わりに立派なドーベルマンが現れる。

ドーベルマンが近寄ってきた。凛々しくも愛らしい円《つぶ》らな瞳が見上げてくる。翔真も期待の眼差しで見つめた。一瞬の沈黙が落ちる。

「……触ってもいいの？」

おずおずと訊ねる。ドーベルマンがこくりと一つ頷く。

翔真はどきどきしながら手を差し伸べた。艶やかな体毛に触れる。手のひらの下でぴくっと筋肉が小さく震えた。黒い短毛は思ったよりも硬めだが、ビロードのように滑《なめ》らかだ。

「うわ、気持ちいい……」

すべすべとした手触りが何とも言えない。夢中で被毛の感触を確かめる。

そのうち、撫でるだけでは物足りなくなってきた。

「ねえ」翔真はうきうきと訊ねた。「ちょっとだけ抱きついてもいいかな？」

『……好きにしたらいい』

「やった」

さっそくしなやかな肢体に抱きついた。ぬいぐるみにそうするように、犬の体に頬擦りをする。もちろんくしゃみは出ない。目も皮膚も痒くならない。素晴らしい、お子の力！

ぎゅっと抱きつき、翔真はドーベルマンのにおいを思う存分嗅いだ。

「すう……はあ……。ほのかに香ばしくて、ちょっと甘くて、焼き立てのパンみたい」

陶然となる翔真に、暁がくすぐったそうに身を捩《よじ》りながら言った。

『……帰りにパン屋に寄ったからな。遅くまで開いている店を調べておいた。たまにはパンが食べたいと言うから、明日の朝食用のパンを買ってきたんだ。おい、もうそろそろいいんじゃないか』

困ったように長い尻尾が揺れる。暁の耳はピンと立っているが、尻尾は断尾《だんび》していない。本来のドーベルマンは垂れ耳で長い尻尾をしている。立ち耳、短い尻尾のイメージが強いのは、人の手によって断耳《だんじ》、断尾がなされているからだ。昔は警察犬や軍用犬として活躍していたため、聴覚を鋭くし、長い尻尾を摑まれたり嚙まれたりするのを防ぐなどの目的があったようだが、現在は家庭犬には必要性を感じないとして、自然のままの姿のドーベルマンが増えていると聞く。

暁の場合はまた違って、もともと魔犬族のドーベルマンはこういう姿なのだそうだ。長い尻尾が「そろそろ勘弁してくれ」と言いたげに左右に忙しく揺れだす。それを視界の端に捉えつつも、翔真は離れがたくますますきつく抱きついた。毛は短くもふもふではないが、見た目よりも断然あたたかい。窓から滑り込む涼しい夜風と相まって、ちょうどよい心地よさにうっとりする。

「お願い、もうちょっとだけ。あー、癒される。毎日こうやって抱きつきたい」

『……ま、毎日?』

暁の声が動揺に上擦《うわず》った。すかさず両側から使い魔が口を挟む。

『仕方ありませんな。暁様はこれから毎日、翔真殿のご趣味に付き合うのがよろしいかと』

『なにせ暁様に抱きつけば母体が安心するのです。天然のストレス発散マシーンですぞ。ほ

ら、暁様もぎゅっとして、すりすりしてやればいいのです』

『いや』暁が助けを求めるように言った。『そもそもこんなふうに羽交《はが》い絞《じ》めにあっては身動き一つできない。おい、ちょっと触りすぎじゃないか？　大体、俺はこういうことには慣れていないんだ。ここは、見た目だけはかわいらしいお前たちの出番だろ』

『ですが、翔真殿の食指は我々にはまったく動かないようで』

『泥饅頭とまで言われましたからな。まだ根に持ってますぞ』

『くっ、首が絞まってる。おい、翔真。そろそろ寝る時間だ。明日も早いのだろう？　いつまでくっついている気だ。もう十分だろ、さっさと部屋に戻れ。せっかく風呂に入ったのに湯冷めする——あっ、こら、そこをそんなふうに擦るな。やめろ、くすぐったい……っ』

『辛抱！　しばしの辛抱ですぞ、暁様』

『お子のため、すべてはお子のためです！　ここは何卒《なにとぞ》ご辛抱を！』

かつて翔真はこれほど長い間犬に抱きついたことがあっただろうか。いや、ない。こんなにも体調に何の変化もなく、ただただ犬を愛でて過ごすのは初めてのことである。

「犬、かわいい……大好き。幸せすぎるぅ……」

『——……っ』

諦めて無の境地に旅立った暁は石の如く固まり、虚《うつ》ろな目でじっと一点を見据えている。

ぬいぐるみもかわいいが、本物に触れる喜びは格別だった。とろりとした滑らかな手触りとほどよい体温が安心を呼び、眠気を誘う。使い魔の必死の声援が子守唄《こもりうた》に聞こえてきた。

思う存分犬を抱きしめるという念願を叶えた翔真は、至福の眠りに身を委ねた。

■4■

――続いてのニュースです。

本日未明、二十代の男二人が「自分たちは轢き逃げ犯だ」と〇〇警察署に出頭し、署の前で被害者に対する謝罪を大声で述べ、「鼠の尻尾と鳥の羽が生えた巨大な犬のバケモノが現れて罪を償《つぐな》えと脅された。バケモノに殺される前に早く自分たちを捕まえてくれ」と話しているということです。警察は二人に事情を聴いて詳しい経緯を調べることにしています……。

＊＊＊

暁たちとの同居生活もそろそろ一月が経とうとしていた。

翔真の乱れた生活リズムはもはや完全に改善された。食事は言うまでもなく、毎日布団はふかふかだし、洗濯物もピシッとアイロンがかけてあり、掃除は隅々まで行き届いている。

暁はちゃんと寝ているのか心配になるくらいのスーパー家政夫ぶりを発揮していた。魔族に睡眠は不要なのだろうか。

日中は暁は翔真と〈かすがい〉にいるし、珊瑚と黒曜は相変わらず行方不明の助産師捜しで飛び回っている。見つかったのかと思ったが、どうやら翔真の勘違いだったようだ。

店のベルが鳴って客が入ってきた。

そろそろティータイムに差しかかる時間帯である。

若い女性の二人連れだ。大学生だろうか。平日の昼間に現れた彼女たちは、〈かすがい〉のいつもの客層から若干外れており、少々浮いて見える。

「いらっしゃいませ。二名様ですか。奥の席へどうぞ」

翔真は案内すると、女性たちは何やらこそこそと話し出した。

「あの、こっちのカウンターでもいいですか？」

「カウンターですか」翔真は頷いた。「はい、どうぞ」

テーブル席の方がゆったりと座れるのに、彼女たちは「やった」「特等席」と、なぜか嬉しそうにカウンター席に腰かける。

理由はすぐに判明した。彼女たちの熱視線は半分見えている厨房の中に注がれている。忙《せわ》しげに手を動かす徹——ではなく、その奥でタマネギを切り刻んでいる暁が目当てらしい。

最近、こういう若い女性客が増えた。

暁の類稀《たぐいまれ》なる美貌が客を呼び寄せるのだ。

特に宣伝したわけでもないのに、いい男の噂はあっという間に広がるらしい。イケメンスタッフの情報を、どこからか入手した彼女たちは、わざわざこんな寂《さび》れた喫茶店にまで足を運んでくれるのである。こちらとしてはありがたい限りだ。

暁自身は自分の容姿に特段価値を見出《みいだ》していないようだったが、男の翔真から見てもうっかり見惚《みと》れてしまうくらいにかっこいいのは明白だった。徹も「もしかして、芸能人のお忍びか？」と勘繰っていたほどだ。

女性が夢中になるのもよくわかるというものである。とはいえ、当の本人はあまり注目されることを好んでいないようで、なかなか厨房からは出てこないのだけれど。彼が興味のあることといえば、専《もっぱ》ら翔真の腹の中にいるお子のことなのである。

彼女たちが注文したのはケーキセットだった。

残念ながら、コーヒーは翔真担当だ。ケーキも近所の洋菓子店から仕入れたものなので、暁は一切かかわっていない。

何だか申し訳ないなと思いつつ、ケーキセットを運ぶ。

「お待たせしました。本日のケーキセットです。ごゆっくりどうぞ」

「ありがとうございまーす」

スマホを手に持った彼女たちはご機嫌だった。遠目に暁の姿を眺めながらお茶をするだけでも楽しいらしい。ケーキの写真を撮るふりをしつつ、画面が厨房に向いていることに気がついた。

「すみません、スタッフの写真はご遠慮ください。ケーキの写真なら好きなだけどうぞ」

「あ、はーい」と、彼女たちが肩を竦《すく》めて一旦スマホを引っ込める。その後はケーキの写真を撮影して、スマホをフォークに持ち替えていた。素直に聞き入れてくれる客でよかった。

せっかく来てくれたので、会計くらいは暁と代わろうか。そう一瞬考えたが、暁が彼女たちにちやほやされる様子を想像して、たちまち翔真は冷めた気持ちになり思い留《とど》まった。


暁たちと暮らすようになって、翔真の生活には新たな習慣がいくつか加わった。

その中の一つが早朝ウォーキングである。

「翔真、出かけるぞ」

「うん、今行く」

ちらっと居間を覗く。珊瑚と黒曜はまだぐうぐう眠っている。ゆうべもあちこち飛び回っていたらしく、随分と遅かったようだ。

スニーカーを履いて玄関を出ると、暁が待っていた。普段はシャツにスラックス姿だが、今は翔真が商店街の衣料品店で見つけてきたジャージの上下を身につけている。さすがに黒ずくめはかえって目立つと反省して、やめたらしい。

どこにでも売っているジャージでも、長身ですらっと手足の長い暁が着ると一気にスタイリッシュになる。メンズ雑誌のグラビアを飾るモデルみたいである。

うん、今日もかっこいい。

翔真は黒いキャップの鍔《つば》の位置を直している暁を見やり、内心で大きく頷いた。

暁は家政夫としては申し分ない技量の持ち主なのだが、なぜか自分のことに関してはとことん興味がない。翔真のことなら、その日の天気や気温を考慮して服装チェックをしたり、寝癖《ねぐせ》を直してくれたりと、甲斐甲斐しく世話を焼くのに対し、自身の身支度は超がつくほど適当なのである。一応、人間界で母体とともにお子を誕生させるという名目で、魔族の領主からは適当な額が与えられていると聞いたが、その金はほぼ翔真につぎ込まれていた。

食事や日用品にかかる費用は必要経費だと、買い物担当の暁がすべて負担しているのだ。その代わり、暁が身につけるものは翔真が見繕うようにしている。一度、暁がどこで手に入れたのか、『子宝王』という文字がでかでかとプリントされたTシャツを着て、堂々と現れたのには度肝を抜かれた。そのまま店に出勤しようとしたので、慌てて止めたのである。ゲン担ぎのつもりらしかったが、いろいろと誤解を招くところだった。翔真に指摘を受けた暁は、人間界のファッションは複雑すぎると首を捻っていた。

家を出て、いつものように近くの河原へ向かう。

川沿いの道は整備されていて見通しがよく、ジョギングや散歩に利用する人が多い。翔真たちのウォーキングコースでもある。

ウォーキングを始めたのは、軽い運動は母体にもいいと珊瑚たちに言われたからだった。加えて、先日、久々に体重計に乗ってみて翔真はぎょっとしたのである。この一ヶ月で体重が五キロも増えていた。

お客さんからふっくらしたと言われ出した頃の体重が、暁たちと出会う前と比べてプラス二キロ。そこから二週間弱で更に三キロの増加。

鏡を見ると変わらず腹はぺったんこだが、確かに顔まわりには少々肉がついたように思う。数字は嘘をつかない。

――それくらい増えたところで気にする必要はない。もとが細すぎたんだ。お子が元気に育っている証拠なんだから、もりもりと二人分しっかり食え。

暁は肥えた翔真に満足し、むしろ嬉々《きき》として台所に立っているが、当の翔真はさすがにショックだった。

いくら赤ちゃんのためとはいえ、太りすぎは禁物だと書店で立ち読みした育児雑誌にも書いてあった。お子のためにも適度な運動を心がけなければならない。そしてそれが、翔真自身の体の修復速度にも反映されるに違いない。美味しい手料理に腹鼓《はらつづみ》を打ち、ぶくぶく太るだけでは駄目なのだ。

そんなわけで、暁に付き合ってもらっての早朝ウォーキングである。

本当は手っ取り早くカロリーを消費するためにジョギングを希望していた。しかし、激しい運動は母体に負担がかかるからと暁に止められたのだ。ウォーキングも有酸素運動だし、ある程度歩き続ければ脂肪燃焼効果が高まる。確かに適切な歩き方とペースを守るだけでしっかりと汗を掻く。当面の目標はカロリー消費より体力の維持と健康管理。いきなりハードなジョギングをするよりも、運動不足の体にはこっちの方が合っているようだ。

十月に入った朝の空気は澄んでいてすがすがしい。

残暑が厳しかった先月と比べると、ようやく朝晩が涼しくなってきた。ウォーキングをするにはもってこいの季節だ。

「少し休憩しよう」

暁の言葉で二人は河原に下りた。ここは折り返し地点で、いつもこの場所で水分補給をすることに決めている。

「随分と歩けるようになったじゃないか。最初の頃はぜいぜいと息を切らしていたのに」

「まあね」翔真は暁お手製のスポーツドリンクを飲んで笑った。「足にも結構筋肉がついてきたみたい。そのうちムキムキになっちゃうかもなあ。暁よりも逞《たくま》しい体になったりして」

「俺も一緒に歩いているのに、お前だけ筋肉がつくわけがないだろ。お前が逞しくなれば、俺はより逞しくなっている」

「……真顔でさらっと厭味《いやみ》を言うなよ」

翔真は項垂れる。「どうせ暁みたいなムキムキボディにはなれないよ」

しなやかな筋肉が美しいドーベルマンの如く、ヒトガタの暁も筋肉の各部位が見事にバキッと割れている。服を着ると細見えするが、脱ぐとすごいのだ。

思わずむくれる翔真の顔を、暁が怪訝そうに覗き込んできた。

「おい、何を拗《す》ねてるんだ。どうした、もっとドリンクを飲むか？　レモンの蜂蜜漬けもあるぞ。大丈夫か、家まで帰れるか？」

「何でもない。でもレモンは欲しいかも。暁の蜂蜜漬けは美味しいから」

「そうか！　今出すから待っていろ」

おろおろとしていた暁の顔が途端にぱあっと華やいだ。いそいそとボディバッグから容器を取り出す。ピックでレモンを突き刺し、嬉しげに差し出してくる。ここが家ならぽんっと犬の尻尾が出現している場面である。頼むからこんなところで尻尾を出さないでくれよと、内心ひやひやしながら翔真はレモンを頬張った。絶妙な甘酸っぱさが口いっぱいに広がる。

「うん、美味しい」

「そうかそうか。もっと食え」

その時、前方から歩いてくる人影があった。翔真はびくっとする。

咄嗟に一歩後退《あとじさ》り、暁の背後に隠れた。近付いてきたのは愛犬の散歩中らしき年輩の男性だった。気づいた暁が翔真をさりげなく川縁《かわべり》へと押しやる。男性と距離があき、川を眺めるふりをする翔真たちの背後を愛犬と一緒に通り過ぎていった。

翔真は詰めていた息を吐き出した。

「大丈夫か」暁が心配そうに訊いてきた。「アレルギー症状は出てないか」

「うん、平気。外だし、そんなに近付かなきゃ大丈夫なんだけど、何となく体が条件反射で動いちゃって」

散歩中の犬と出会うと、体が勝手に逃げを打つ。これは犬だけでなく猫やその他の動物も同じだ。

「そんなに酷いのか」

「子どもの時から動物アレルギーだって言われてたんだけど、特に気をつけるようになったのは二年ぐらい前からかな。ちょっとこじらせて、入院する羽目になっちゃって」

まだ祖父が生きていて、翔真は〈かすがい〉でアルバイトをしていた頃のことである。

仕事を終えて帰宅途中、翔真は大怪我を負った犬に出くわしたのだ。その犬は足を負傷したらしく、何度も立ち上がろうとしては失敗していた。何があってそうなったのか体中ぼろぼろで、見るに堪えないほどあちこちから血を流していた。とうとう路上に倒れこんでしまったその子を、翔真は放っておけなかった。考えるより先に体が動いた。

かなり大きかった記憶があるが、とにかくその犬を抱えて近くの動物病院へ走った。

犬を受け入れてもらい、翔真は待合室で無事を祈った。医師から命に別状はないと聞いてほっとしたのを覚えている。そして、その後の記憶がない。

「気がついたら、病院のベッドの上でさ。傍でじいちゃんがずっと手を握ってくれてた。獣医さんと話をしてる時に、急に発作を起こして救急車で運ばれたらしいんだよね。それから丸二日意識が戻らなくて、一時は危なかったって聞いた」

気丈な祖父が人目も気にせず涙を流して泣く姿を翔真は初めて見た。

あれ以来、翔真はそれまで以上に動物への接し方に気をつけるようになった。

「そういえば、あの時の犬はどうなったのかな」

翔真は川面を眺めながら呟いた。「あの子もしばらくは入院してたらしいけど、気がついたらいなくなってたんだって。勝手にケージから逃げ出したみたいで……いや、連れ出されたのかな？」

退院してすぐに動物病院を訪ねたが、すでに件の犬は姿を消していたのである。病院のスタッフが捜したが見つからなかったそうだ。

「首輪をしてなかったから、野良かと思ったんだけど、実は飼い主がいたかもしれないんだよね。犬が消えた代わりに入院費と治療費が置いてあったとかで、スタッフさんたちもみんな首を傾げてた。あの子、今はどこにいるのかわからないけど、元気にしてるかな」

「……してるんじゃないか」黙って聞いていた暁が静かに口を開いた。「犬は案外しぶとい。それに、受けた恩は忘れない」

ぶっきら棒に、だがきっぱりと言い切る。

「きっと、運良く生き延びたそいつも、お前に感謝しているはずだ」

「そうかな。だったらいいんだけど」

翔真は笑った。暁の言うとおり、きっとどこかで元気に生きているに違いない。そう思えて嬉しくなった。

「今はあの動物病院もなくなっちゃったからなあ」

「そうなのか？」

「うん。一年くらい前に閉めちゃったんだよね。おじいちゃん先生だったから、引退した後は息子さんの家で暮らしてるはずだよ。実は俺のじいちゃんの知り合いで、最後に会いに行った時、あの犬の話をしたんだけど、不思議な犬だったなあって言ってた。大怪我をしてたのは覚えてるんだけど、どんな犬だったのかはあまり記憶に残ってないみたいでさ」

あの時の犬がどんな外見をしていたのか、正直なところ翔真もあまり覚えていない。自分が生死を彷徨《さまよ》っている間に、記憶がだいぶ薄れてしまったようだ。思い出そうとすると犬のまわりに靄がかかり、シルエットだけが浮かんで顔の表情や体の模様等はよくわからない。大きな犬、としか言いようがなかった。

大きな犬、と考えて、なぜか脳裏に黒いドーベルマンが浮かぶ。

「ねえ、暁。犬の姿になってよ。何だか今、ものすごくあの体に抱きつきたい」

「バカ言え」暁がたちまち顔を顰《しか》めた。「こんな公《おおやけ》の場で変化できるか。どこで誰が見ているかわからないんだぞ」

もちろん冗談だったのだが、至極最もな切り返しに、翔真は思わず笑ってしまった。人間よりもよほど常識的な魔族なのだった。

晩がちらっと横目にこちらを見て言った。

「……家に帰ってからなら、少しだったら構わないが」

「いいの？」翔真はびっくりして暁を見つめた。「いつもは夜限定なのに」

ストレス予防の一環として、暁が犬の姿に変化して抱きつかせてくれるのは就寝時という決まりになっている。最初にドーベルマンに抱きついてぐっすり眠ったのが癖になってしまったらしい。あれ以来、翔真はあの手触りがないとどうにも寝つきが悪いのだ。渋る暁と交渉の結果、暁が折れた。毎晩抱き枕として翔真に添い寝してくれることになったのである。

その代わり、それ以外はできる限りヒトガタでいたいというのが暁の希望だ。気が緩み、感情が昂ると、時折無意識に尻尾が出現してしまうのが、ひそかに彼のコンプレックスのようだった。人間界で暮らす以上、いくら気を許している相手の前とはいえボロが出るようでは困るというのが彼の言い分だった。翔真は他人の目に触れなければ別に構わないし、むしろ大歓迎なのだが、暁は普段から自分を戒《いまし》めないと不安なようだ。真面目なのである。

そんな彼が今日は珍しい。

「昨日は、せっかくの休日を俺の自転車の稽古に付き合わせてしまったからな。その礼だ」

暁がバツが悪そうに言った。翔真は軽く目を瞠る。

ああ、なるほど。そういうことか。翔真は昨日の出来事を思い出していた。店が定休日のその日、翔真は昼間も暁とこの広い河原を訪れていた。暁が自転車に興味を示したからだ。

——人間界に来るたびに見かけていたんだが、あの乗り物は誰にでも操れるのか？　車のように免許がいるのか？　囲いがないのにみんな全身剥き出しで跨《また》がっているが、あれは生き物ではないだろ？　そもそもどうやって動いているんだ？

町中で自転車を漕ぐ主婦を見かけるたびに、常々自分もあれを操作できたらと考えていたらしい。買い物の際、荷物の持ち運びに便利だからだそうだ。

相談を受けて、翔真は最近あまり使っていない古い自転車を物置小屋から引っ張り出した。そうして、自転車初体験の暁に、文字通り手取り足取りつきっきりで指導したのである。みっちり練習して、夕方には川沿いの道を自力ですいすいと漕げるようになったのだった。

「そんな、お礼なんていいのに」

言いながら、翔真は顔がにやけるのを抑えきれない。暁が自分から進んで抱きつかせてくれるのはなかなかないことだ。他人と抱擁する習慣があまりない魔犬族にとって、慣れないスキンシップらしい。ましてや人間に抱きつかれることなどそうあることではないという。

「でも、せっかくだから遠慮なく抱きつかせてもらおうかな」翔真はうきうきとしながら土手の上を指差した。「そうだ、あの辺に植えてある木って桜なんだけど、春になったらすごく綺麗なんだよ。桜並木の下をサイクリングするのもいいよね」

「桜か。この国には桜餅《さくらもち》というものがあると聞いたが、美味いのか」

「桜餅かあ。うん、美味しいよ。それじゃあ、みんなでお花見しようよ」

「お花見？」

「うん。桜を眺めながら、お弁当を食べるんだよ。桜餅も買おう」

「ふうん、楽しそうだな。徹さんに聞いたら、桜餅の作り方を教えてくれるだろうか」

「いいね、手作りの桜餅なんて贅沢なお花見。楽しみだな。じゃあ、約束ね」

翔真は自分の小指を差し出した。暁がきょとんとする。

「あ、そっか。暁は知らないのか。日本人が約束をする時の昔ながらの風習だよ。こうやって、小指と小指を絡《から》ませるんだけど」

暁に小指を催促して、翔真は自分のそれを絡ませた。軽く上下に振って指切りをする。

「これでお花見の約束をしたってことね」

「なるほど」と、暁が自分の小指を折り曲げしながら興味深そうに眺めている。

「来年のお花見が楽しみだな。早く春がくるといいな。まだ秋だけど」

今は緑の葉の桜並木を眺めながら半年ほど先を想像する。

「桜餅って言えば、この先に美味しい和菓子屋さんがあって……ん？」

翔真は思わず言葉を切った。一拍置いて、急いで自分の腹部に手を当てる。

「どうした？」と、不審に思ったのか暁が翔真を見た。目を合わせて、翔真は言った。

「なんか今、ちょっと動いたような……？」

いつものぽこんぽこんといった脈動ではなく、内側から何かにつつかれたような微かな違和感があった。

「何？」暁が目を見開いた。「ど、どこだ？　どの辺りが動いたんだ？」

「ここらへん？　ほんの少しだけど蹴られた感じがした……」

翔真が指をさしてみせると、すぐさま暁がその場に跪《ひざまず》いた。翔真の腹部に耳を当てるようにして顔をくっつけてくる。

「……何も聞こえないぞ」

「本当に？　じゃあ、俺の気のせいだったのかな……あっ、今！」

暁が顔を撥《は》ね上げた。無言で視線を交わし、二人揃って目を丸くする。

「本当だ。確かに動いたぞ」暁が興奮気味に言った。「これがお子の胎動か。初めて聞いた」

初めて？　珍しくはしゃいでいる暁を見下ろし、翔真は不思議に思う。

「暁って、これまでも赤ちゃんを宿す母体を探してこっち《人間界》に来てたんだよね？　赤ちゃんの胎動くらい聞いたことあるんじゃないの？」

暁が一瞬ぴくっと動きを止めた。「いや」と、かぶりを振って立ち上がる。

「確かに、過去にも何度か母体探しの任務でこちらに来ているが、俺の仕事はあくまで子の魂を着床させるまでだ。その後は護衛担当の者と交代して、俺は魔界に戻るのが常だった。だから、母体とお子の護衛を務めるのは今回が初めてなんだ」

「そうなの？」

翔真は目をぱちくりさせる。これが初護衛だとは知らなかった。てっきり暁はこれまでにも母体に選ばれた人間と共同生活を送ってきたものとばかり思っていた。

顔を曇らせた暁が意を決したように口を開いた。

「護衛として人間界での長期滞在は初めてだから、事前に自分なりにこの国の人間の生活を研究して、食事や生活習慣を学んだつもりだったんだが――なにぶん時間が足りず、完璧とはほど遠い仕上がりだ。正直、翔真に不自由させているのではないかと不安は尽きない。俺のやり方に不満があったら遠慮なく言ってくれ。すぐに改善する」

真摯な眼差しに見つめられて、翔真は咄嗟に背筋を伸ばした。「いやいやいやいや」と、すぐさま首を左右に勢いよく振る。

「不満なんて一つもないから！　むしろ、暁が来てから俺の生活は格段によくなったよ。暁の手料理のおかげで、お店のお客さんにも肌艶がよくなったって褒められるし、家の中も毎日綺麗にしてくれてすごく気持ちがいいし。俺一人じゃ手が回らないことも全部暁がやってくれるから、不自由どころか快適すぎて、かえって申し訳ないくらい。暁がいてくれて俺はありがたいと思ってる。本当だよ！」

必死に喋ったせいか、僅かに息が上がっていた。暁も驚いたふうに目を見開いている。二人の間を早朝のすがすがしい空気が流れてゆく。

「……そうか」ふいに暁がふっと相好《そうごう》を崩した。「それならいいんだ。よかった」

ほっと安堵したように目尻を下げて嬉しそうに微笑む。

翔真はどきっとした。思わず息を呑み、その綺麗な顔に浮かんだ笑みにしばし見惚れる。

初めて見る彼の表情に、どういうわけか胸が高鳴った。

「——そ」翔真はわけもわからず焦った。「そういえば、助産師さんって見つかったのかな」

「いや」暁がかぶりを振った。「助産師にはそれぞれの縄張りがあって、いつ自分の担当区域で母体が見つかってもいいように、むこうもアンテナを張っているはずなんだが……ここの担当はどこで油を売っているのやら。そろそろ見つけないとまずいんだが」

「そっか。俺にもできることがあったら言ってよ。もしかしたら珊瑚たちが入れないような場所にいるかもしれないし、人捜しぐらいなら手伝えるから」

自分の中で何かが芽生える感覚がした。

暁が翔真のために、陰でそれほどの努力をしていたことを初めて知った。

これまでの翔真は、さすがに自分の命がかかっているので他人事とまでは言わないが、心のどこかでこの状況を絵空事のように捉えていた節があった。ここにきてようやく、自分がお子を産むために選ばれた母体であることを自覚できた気がする。

お子も含めて、翔真を大事にしてくれている暁の気持ちに、翔真も応えなければと思う。

ただ待っているだけではなく、自分にも何かできることはないだろうか。使命感のようなものに衝《つ》き動かされて、そんな前向きな気持ちが込み上げてきた。

暁が軽く目を瞠った。

「ああ、ありがとう。必要になれば、翔真の力を借りることになると思う。その時は頼む」

「うん、わかった」

まずは意識のあり方だ。お子のために、暁たちに言われなくても自分にできることは自分でする。手始めに、この前書店で見つけた育児雑誌の胎教特集号を買おうと決めた。

■5■

それから一週間後のことである。

珊瑚と黒曜が必死になって行方を追っていた助産師がとうとう見つかった。

「——で、こんなところに本当にいるの？」

翔真は疑いながらきょろきょろと辺りを見渡した。どこを見ても視界に入ってくるのは様様な種類の犬、犬、犬。

平日のドッグランである。

市街地を少し離れた場所にあるここは、トリミングやペットホテルなどを併設する中規模の有料施設だ。傍にはキャンプ場もあって週末は家族連れなどで賑わうそうだが、そちらはすいている。一方、ドッグランはあちこちで犬の鳴き声が飛び交っていた。

珊瑚と黒曜が朗報を持ち帰ったのは昨夜のことである。ちょうど店の定休日だったので、今日は朝からレンタカーを借りて、翔真の運転でやって来たのだ。

『翔真殿は我々の血と汗と涙の結晶を疑うと？　はぁ～、我々がどれほど苦労してつき止めたとお思いか！』『いやはや、なんと失敬な。毎日朝早くから夜遅くまでしこたま働かされてこの仕打ち。ブラックですな！』

フェンスの上から珊瑚と黒曜がキレ気味に言い返してくる。どこでそんな言葉を覚えてくるのだろう。翔真は嘆息する。饒舌な使い魔たちとのやりとりにもすっかり慣れた。

「そこまで言ってないだろ。それらしい人物が見当たらないなって思っただけで」

見たところ愛犬を連れた飼い主ばかりである。年齢層はまちまちだが女性が多いようだ。

「助産師さんって男の人なんだろ？　男の人は、あそこのおじいさんとベンチに座っている年輩夫婦の旦那さんぐらいじゃないか。あっ、わかった。あっちのスタッフさんだ！」

翔真が言うと、珊瑚と黒曜が揃ってへっと鼻を鳴らした。

『残念、あれはただの人間ですな』

『どこをどう見ても魔族のマの字もない。まったく、翔真殿の目は節穴か！』

生意気な使い魔たちである。

「だったらどこにいるんだよ。他に男の人はいないし――」

『ヒトガタをしているとは限らない』

ふいに下方から甘めの低音が聞こえてきた。見下ろすと、ドーベルマンが鋭い眼差しで辺りを見回していた。ここがドッグランというからには、犬がいなければ施設に入れてもらえない。よって、暁が変化し、翔真はその飼い主という設定だ。使い魔たちはもとから翔真以外の人間の目には見えていないので問題ない。

「え？　それって……あ、ちょっと待って。先に行かないでよ」

暁がすたすたと先頭を切って歩き出す。珊瑚の背に黒曜が乗り、ぱたぱたとインコが羽ばたいて後に続く。翔真も急いでみんなを追いかけた。

遊具があるエリアに入ると、大小の犬が入り混じって遊んでいた。

「うわあ、犬がいっぱい」

翔真は感激する。まさに夢のような光景である。動物動画を見て羨《うらや》むだけだった自分が、実際にその場所に足を踏み入れているのだ。立っているだけで感動が込み上げてくる。これも暁が魔力で翔真の動物アレルギーを一時的に封じてくれたおかげだった。

魔族には耐性ができたものの、人間界の動物に対しては相変わらずだ。普段の自分ならまずこの空間にいられない。くしゃみと鼻水の嵐で、とてもではないが数分が限界だ。

ところが、今は目の前で犬が駆け回っている。それを自分は手の届く距離で微笑ましく眺めている。浮かれる気分を抑えきれない。

飼い主同士が喋っているのが目に入った。お洒落に着飾ったお互いの愛犬に触れ合っている。ここではこういうコミュニケーションも当たり前のように行われているのだろう。もしかして、翔真も話しかけたら犬に触らせてもらえるだろうか。

「あれって、コーギーだよな。手足が短くてかわいいなあ。もう一匹はビション・フリーゼだ。ふわふわの白い毛が気持ち良さそう……」

『おい』鋭い声が飛んできた。『どこを見ているんだ。よそ見をするな』

はっと我に返ると、下方から睨み上げてくる暁と目が合った。

「ごめん、ごめん。こんなにたくさんの犬を間近で見ることが初めてだから、ちょっとテンションが上がっちゃって」

そわそわと浮き立つ翔真に、暁がじっとりと半目を向けてくる。

『……でれでれとして、犬なら何でもいいのか。鼻の下がだらしなく伸びているぞ。まったく、情けない』

「えっ、うそ」翔真は咄嗟に自分の顔に手をやった。暁が面白くなさそうに鼻を鳴らす。

『浮かれすぎだ。ここに来た目的を忘れるな。犬と遊びに来たわけじゃないんだぞ』

「わ、わかってるって。ちゃんと助産師さんを捜すよ」

だから、その軽蔑《けいべつ》するような目はやめてほしい。翔真は居心地悪く視線を逸《そ》らした。まるで浮気者とでも言われているみたいである。

なぜか罪悪感に駆られて、翔真は急いで浮ついた気分を引き締めた。

暁を連れて歩きながら、用心深く周囲に目を光らせる。

ふいに視線を感じた。気がつくと、それまで遊具で遊んでいた犬たちが、どういうわけか一斉に動きを止めてこちらを見ていた。どうしたのだろうか。たくさんの円らな瞳と目が合って、翔真の心は再び浮つきはじめる。もしや、この子たちはみんな翔真と一緒に遊びたがっているのかもしれない。あちこちから突き刺さる熱視線に翔真は胸を躍らせた。どうしよう、犬にもてている——。

そこへ、一匹のビーグルがとてとてと翔真の方へ寄ってきた。傍に来たら抱き上げてもいいだろうか。ドキドキしながら待っていると、なぜかビーグルは翔真から少し離れた位置で足を止めた。うっとりと憧れの眼差しを向けている。その視線の先にいたのは翔真——ではなく、引き締まった筋肉質な体とビロードのような毛並みが美しいドーベルマンだった。

そこでようやく気がついた。てっきり自分に向けられているものとばかり思っていた犬たちの熱視線は、すべて暁に送られていたのである。

凛とした立ち姿は息をのむほどに神秘的で、颯爽《さっそう》と歩く様は頼もしい騎士のよう。犬だけでなく、飼い主までもが凛々しい暁に目を奪われる。神々しいオーラを放ちながらすたすたと歩き進む暁の前では、まるでモーゼの十戒《じっかい》のように犬たちがさっと左右によけて道ができた。カリスマ犬様のお通りだ。

誰もリードを持つ翔真のことなんか目もくれない。何とも言えない恐縮した気分だった。

「暁って、凄いんだね」

人目がなくなるところまで来て、翔真はようやく詰めていた息を吐き出した。

『?』暁が見上げてくる。『何がだ』

「いや、今の見たでしょ。どの犬も暁を崇めるようにうっとり見つめてたよ」

『そうなのか?』

「そうだよ。俺だって、初めて暁を見た時はすごくかっこいい犬だなって思ったもん。しかも、野良犬から俺を助けてくれて、正義のヒーローみたいだったからね。暁は本当にかっこいいよ」

『……そうか』

暁がふいにそっぽを向いた。そっけない態度で、明後日《あさって》の方向につんと長い鼻を上げてみせる。と思いきや、尻尾がこれ以上ないくらいぶんぶんと左右に振れていた。どうやら照れ隠しのようだ。

もう、素直じゃないんだから。

翔真はたちまち自分の顔がこれ以上なく緩むのを自覚する。なんてかわいいんだろうか。

『おい』暁が振り返り、むっとしたように言った。『また鼻の下がだらしなく伸びているぞ。今度はどの犬を見てそんな顔をしているんだ』

「……ふふ」

『何だ、その笑顔は。おい、どいつだ。どの犬を見てそんなにだらしなく笑っているんだ』

暁だよ、とは言わずに黙っておくことにする。にまにまと頬を緩ませながら、これはあれではないか思う。暁は嫉妬《しっと》しているのだ。翔真が他の犬を褒めるのが気に入らないに違いない。人間界の犬に対して魔族のプライドが傷つくのか、ライバル心がむき出しだ。

『まったく、お前はすぐによそ見をする』

不機嫌になる暁を前に、翔真は込み上げてくる衝動を抑え込むのが大変だった。今すぐぎゅっと抱きしめて、体中をめちゃくちゃに撫で回してやりたい。

脳内で暁をかわいがっていると、やがて大型犬用のドッグランにやってきた。

小型犬、中型犬のコースは多かったが、ここは比較的すいている。

大きな犬が何匹か走り回っている中、一匹だけコースから外れて飼い主にじゃれついている子がいた。

いや、どうやら自分の飼い主ではなさそうだ。別の犬の飼い主らしき若い女性二人を追いかけまわしている。もふもふの黒青色と白色の獣毛に覆われたシベリアンハスキー。わふわふと舌を出し、笑いながら逃げる女性たちを嬉しそうに追いかけている。その後ろからシベリアンハスキーの飼い主だろう青年が必死に捕まえようと奮闘していた。犬は巨体の割には驚くほど身のこなしが素早く、捕まりそうになるといつも寸前でするりと交わす。そうして女性を追いかけまわす。

「何だか、すごい犬だね。女の人が大好きみたい。飼い主さん大変そう」

鼻の下をだらしなく伸ばしてというのは、まさにあのシベリアンハスキーのことではないか。犬なのに、だんだんとその外見が女性好きのしまりのない人間の男のものに見えてくるから不思議だ。さすがにあの犬には、暁のように抱きつきたい衝動は湧いてこない。

「というかさ。あの飼い主さん、男の人だよね。もしかして、あの人が――」

『ああっ、ここにおられましたか。暁様！』『捜しましたぞ！』

入園ゲートをくぐった後、姿を見かけなかった使い魔たちが戻ってきた。

『暁様』と、珊瑚が言った。『あそこです。あのお方が助産師様で間違いありません』

羽で指し示す。その先では、しつこく女性につきまとうシベリアンハスキーを男性が体当たりで止めていた。

「やっぱりそうなんだ。あの男の人が……」

『いや、そっちじゃない』

暁がかぶりを振る。芝生《しばふ》に転がって何やらもめている飼い主とシベリアンハスキーを、呆れたように眺めて言った。『助産師はあの犬の方だ』

「せっかく楽しんでいたのに、とんだ邪魔が入った」

気だるげに頬杖《ほおづえ》をつき、未練がましく遠くを眺めながら、その男はさも不機嫌な声で言った。芝生の向こうから犬と飼い主たちの楽しげな笑い声が聞こえてくる。

ドッグランの敷地を離れて移動した、併設のカフェスペースである。

カフェはすいていた。翔真たちの他には二組だけだ。

天気がいいのと会話の内容が内容なので、ウッドデッキに案内してもらう。オープンテラスのテーブル席に翔真とヒトガタに戻った暁が並んで座り、対面に男性が二人着席した。魔族の助産師とその使い魔である。珊瑚と黒曜は背後の柵《さく》の上で置物の如く鎮座している。

「我々がこちらに来ていることを知っていて、行方をくらませるとはどういうつもりだ」

暁が低めた声で言った。

「別に行方をくらませたつもりはないさ」色気のある垂れ目の男が軽く肩を竦める。「前の場所は飽きたから仕事場を移転して、空いた時間を有意義に使っているだけだ。最近、体がなまっていてね。たまたまちょうどいい場所を見つけたものだから、運動不足解消のために通っていたんだよ。この仕事は体力勝負だろ」

「単に好みの女性が多いから通いつめていただけでしょう。仕事を休んで、ここだけでなくわりと遠出もしてましたよね。やはり人間の女性目当てで」

隣から淡々と口を挟むのは、翔真が助産師だと思っていた飼い主の方の青年である。

たちまち押し黙った色男がひとつ咳払いをした。何事もなかったかのようにしれっとコーヒーを啜っている。つい先ほどまで楽しげに女性を追いかけまわしていた、シベリアンハスキー――もとい、助産師だ。名は柊《ひいらぎ》。彼も魔犬族である。

犬の姿の時は鼻の下をでれでれに伸ばしていた彼は、ヒトガタになると暁と年恰好はほぼ変わらない長躯の男だった。明るい色をした長めの髪を首の後ろで一つに束ね、品のいいジャケットを羽織っている。目尻が下がった女好きのする甘い顔立ちに加えて、左目の下のほくろが色っぽい。暁が硬派なら、こちらは軟派な色男という印象だ。

一方、もう一人の青年は、見た目は翔真と同世代で、南天《なんてん》といった。柊の使い魔であり、主がドッグランに出入りするために、飼い主役を命じられたという。痩身《そうしん》で翔真よりも少し背が高い。すっきりとした涼しげな顔立ちは主とは対照的で落ち着いた印象を持った。

件の伝染病の影響で、魔族の子の出産の場を人間界に移して以降、多くの助産師が人間界に派遣された。柊もその一人だ。彼は、これまでにも母体の人間から何例もの魔族の赤ん坊を取り上げてきたエキスパートである。

「彼が今回の母体となる翔真だ」

暁に紹介されて、翔真は慌てて姿勢を正した。

「瀬尾翔真です。この度はよろしくお願いいたします」

頭を下げると、対面の柊が眇めた目で見てきた。

「……かわいい顔をしているが、男じゃないか」

あからさまにがっかりしてみせる。男に興味はないとばかりにすぐさま視線が外された。

翔真は戸惑う。おろおろと隣に目をやると、暁は鋭い眼差しを柊に据えて言った。

「母体に性別は関係ない。彼の腹にはすでにお子が宿っているんだ」

柊が器用に片方の眉を持ち上げた。ドッグランを眺めていた目がちらっと翔真を捉えた。

「本当にこいつが母体に選ばれたのか？　何かの間違いじゃないのか」

疑うような目つきに、翔真は思わず顔を強張らせた。

「ちょっと立ってみろ」と言われて、素直に従う。椅子《いす》から腰を上げた翔真を、柊がじろじろと舐めるように見てくる。まるで品定めをされているみたいで落ち着かない。

ふいに柊が席を立った。テーブルを回り込んで、翔真の傍にやって来る。気をつけの恰好で固まる翔真の全身を、あちこちぺたぺたと触りだした。尻まで撫でられた時はぎょっとしたが、柊の顔が予想外に真剣そのもので、何か意図があるのだと理解して我慢する。席に戻った柊は、しばらく黙考した後、どうにも腑に落ちないとばかりに首を傾げた。

「女じゃない上にとことん質が悪い。どこで拾ってきたんだ。それにしても肉づきの悪い、この上なく貧相な体だな。ぺらぺらで抱き心地も悪そうだ。ちゃんと食ってるのか？」

面と向かって毒づかれて、翔真は思わずぽかんとなった。呆気にとられて言葉を失くした翔真に代わり、それまで黙って二人の様子を窺っていた暁がむっと口を挟む。

「これでも肉がついた方だ。お子を宿した時にはもっと細かった」

「おいおい大丈夫かよ」柊が大袈裟に目を見開いた。「大体、これだけ近付いておきながら、ちっとも俺のセンサーに引っ掛からないというのは異常だぞ。母体特有のフェロモンがまったく出ていない。本当にこの母体で魔族の魂が育つか甚だ疑問だ」

再び立ち上がり、翔真の隣に立つ。改めて矯《た》めつ眇めつ眺め、そうして憐《あわ》れむような溜め息を漏らした。

「こっちに来てしばらく経つが、こんなにフェロモン皆無の母体を初めて見たぞ。本当に相性認定を行ってこの母体がリストに上がってきたのか？　魔界のシステムが故障しているわけではないだろうな」

翔真はぎくりとした。

咄嗟に俯き横目で隣を見やる。暁は表情を変えることなく柊を真っ直《ます》ぐに見据えている。

「間違いない」きっぱりと言い切った。「彼がお子の母体だ。その証拠に母体に拒絶反応は一切見られない。お子は彼を母体として認めている。相性はすこぶるよく、経過も順調だ」

「……確かに、拒絶反応はなさそうだけどな。触るぞ」

散々触っておいて今更だが、柊は翔真の腹部に手のひらを当てた。翔真は思わず緊張に身を強張らせる。柊の手が臍《へそ》の周辺を軽く押さえながら慎重に探る。

「しっかりと脈動が確認できるな。着床は成功して、今のところ順調に育っているというわけか。着床したのはいつだ？　二、三日前？」

「いや」暁がかぶりを振った。「一月前だ」

「一月前？」柊が驚いて目を瞠った。「一月でまだこれか？　通常ならそろそろ生まれる準備をする頃合いだぞ。魔族の赤ん坊が人間の母体の中で過ごす期間は平均して二月《ふたつき》ほどだ。それが――まだ、着床して数日ぶんほどしか成長していない。一体どういうことだ」

「わけあって、お子の成長速度が通常の半分以下になっている。だが、お子の魂に問題はない。このまま順調にいけば、時間はかかるが無事に生まれてくるはずだ」

「赤ん坊の成長の遅れは、明らかにこの母体のせいだろう」

柊が翔真を一瞥《いちべつ》した。目が合って、翔真はいたたまれなくなる。呆れ返った声音で「もういい、座れ」と言われて、のろのろと腰を下ろした。

「まあ、これだけ魅力のない母体なら、他の魔族に狙われる心配もないだろうけどな」

「……狙われる？」

翔真は鸚鵡《おうむ》返しに訊き返した。席に戻った柊が「何だ。何も教えてないのか」と、暁に水を向ける。一瞬表情を曇らせた暁が、言葉を選びながら慎重に口を開いた。

「魔族の子を宿した人間は、一時的に体質が変化し、特殊なフェロモンの分泌が活発になるんだ。一度子を宿した母体を別の魔族が狙うことは暗黙のルールとして禁じられているが、稀に魅力的なフェロモンを放つ母体が見つかると、魔族の間で取り合いになることがある。より強力なフェロモンの母体の方が、子も強い魔力を持って生まれる確率が高いからだ」

「その点においては、この母体が気に病む必要はないな。何せ母体フェロモンゼロだ。優秀どころか大ハズレだよ」

鼻で嗤《わら》った柊を、暁が「おい」と低く凄んだ。しかし柊は気にするふうもなく、翔真を挑発するように真っ向から見据えてくる。興味本位の軽い口調で続けた。

「とりあえず、拒絶反応がないのなら赤ん坊の魂は今のところ無事だろう。だが、ハズレの母体でどこまで育てることができるやら――見ものだな」

ハズレの母体。嘲笑《ちょうしょう》混じりの声が翔真の脳裏に鈍く響いた。失礼なことを言われているのだとわかっていても、何も言い返すことができない。

柊はテーブルに両肘をついて、優雅な仕草で長い指を組むと、翔真をじっと見つめた。

「だが、研究対象としてはなかなかに興味深い。こんなに魅力のない母体がどうして魔界のリストに上がってきたのか不思議だな。何か秘密でもあるのか？　そうだ。この後、その体を少し調べさせてくれないか」

突然手を握られて、翔真はびくっとした。

「へえ、思ったよりもきめ細かな肌をしている。つるつるじゃないか。肌の張りだけならこれまで見た母体の中でも一、二位を争うぞ……」

手の甲をすりすりと撫で回される。翔真はどういう反応をしていいのかわからず、顔を引き攣らせていると、ふいにさっと横から別の手が伸びてきた。大きな手のひらが二人の手に覆い被さったかと思うと、柊の手首をぐっと摑む。

柊が痛みに顔をしかめた。翔真を見ていた目が横にずれて、暁を睨みつける。暁も無言で睨み返す。不穏な沈黙がテーブルに降り落ちる。

数瞬の間の後、柊がぱっと翔真から手を離した。やれやれと、顔の横に両手を上げる仕草をしてみせる。

テーブルの上に取り残された翔真の手を暁が優しく摑んだ。

暁がおもむろに腰を上げた。手を引かれて翔真も一緒に席を立つ。暁は翔真を自分の方へ引き寄せると、柊に向けて言った。

「あんたはその時がきたら、お子を無事に取り上げてくれればいい。母体とお子は俺が責任を持って守る。それと、母体には必要以上に近づかないでもらいたい。特に今のような一方的な接触は、この国ではセクハラと呼ばれる行為だ。母体のストレスにもなるし、今後はお子の成長過程を確認する以外の行動には気をつけてくれ。それでは失礼する。行くぞ」

「あっ、え……」

暁は翔真を連れてさっさとテーブルを離れる。柊と南天はぽかんとしていた。翔真は慌てて二人に会釈をし、引き摺られるようにその場を後にする。背後で南天が「セクハラですって」と、ぷっと吹き出す声が聞こえた。

カフェを出て、ドッグランへ続く木々に囲まれた歩道を進んでゆく。翔真の手はまだ暁に握られたままだった。

「暁、あのさ。さっきの話なんだけど」

早足で歩きながら、翔真は思い切って口火を切った。

「お子が俺の体にいるのって、俺が母体として選ばれたわけじゃなくて、単なる偶然なんだよね？」

暁の足が更に数歩進んで止まった。

初秋の爽やかな風がさわさわと木々を揺らす。遠くで飼い主と犬のはしゃぐ声が聞こえている。漆黒の髪を微風《そよかぜ》にそよがせて、暁が何も言わずに目線だけで振り返った。

目が合って、途端に翔真は申し訳ない気持ちでいっぱいになる。

脳裏に柊の嘲笑めいた声が蘇った。

「死にそうになってた俺を助けるために、暁がお子の魂を宿してくれたんだもんな。全部が成り行きで、予定外の出来事だったんだ」

そのおかげで翔真の命は助かり、今もこうして生きている。

「本当なら、ちゃんと優秀な母体を探して、その中にお子は入るはずだったのに。俺のせいで計画が狂っちゃったんだよね。ごめん、できそこないの母体で」

今すぐお子を取り出して、優秀な母体へ移してあげてほしい——とは、翔真の口からは言えなかった。そんなことをされたら、まだ修復しきっていない翔真の体はたちまちショック状態に陥るだろう。ずたぼろの臓器が壊死し、最悪、死んでしまう。

短い沈黙が落ちた。

落ち込む視線の先で、暁のスニーカーの爪先がゆっくりとこちらを向いた。

「誰ができそこないだ」

俯いた頭上から暁の低い声が降ってきた。

「お前はできそこないなんかじゃない。あの男の言ったことは気にするな」

「でも、実際その通りなんだよね」

翔真は地面を睨みつけながら口早に言い返した。「俺の体の修復作業にお子の魔力のほとんどを使ってるせいで、お子の成長速度が通常と比べてだいぶ遅くなっているわけだろ？俺から母体フェロモン？が、全然出てないっていうのも、そりゃそうだよ。だって俺、そもそも母体候補ですらないんだから。あの人が言った通り、大ハズレの母体なわけで……」

ふいに頭がぐっと軽く押さえつけられた。その反動で、続けようとした言葉を思わず飲み込む。

柊の手がぎこちなく翔真の頭を撫でた。

よしよしと優しく宥《なだ》めるというよりは、感情をどう伝えればいいのかわからないとでもいうふうに、若干荒々しい手つきで髪をくしゃくしゃと掻き混ぜるようにされる。

「ハズレなんかじゃない」

静かな口調で、だがはっきりと告げられる。「着床が成功した時点でお前は立派な母体だ。お子がお前を選んだんだ。相性が悪かったら、そもそもお子がお前を拒絶する。いくら俺が力を尽くしても、お子が拒めば着床すらできない」

「でもそれは、たまたま運が良かっただけで……」

「あの時は、俺も助かったんだ」と、切羽詰まった声に遮られた。

翔真は「え?」と目線を上げた。目が合って、暁が僅かに躊躇《ためら》うような素振りを見せる。

「実はあの日——、お子を宿す母体候補が見つからないまま、領主様に言いつけられた期限を迎えようとしていたんだ」

そんな時に翔真と遭遇したのだと、暁は話した。

「翔真を見つけて、一か八かで何とかギリギリのところでお子の魂をお前の体に宿すことに成功した。実は、お前の中にいるお子は、以前にも俺のミスで着床に失敗しているんだ。今回も失敗したら、お子の魂は魔力が持続せず、消失する恐れがあった」

翔真は驚きに目を大きく見開いた。そんな話は初耳だった。

「その上、まさかお前が俺をかばって、あんな状態になるとは思いもしなかったから、俺も必死だった。どちらとも助かる方法はこれしかないと、一縷《いちる》の望みを賭けたんだ」

暁がその場に跪き、そっと翔真の腹部に手を当てた。

「……大丈夫、お子はこの体をとても気に入っている。居心地がいいんだろう」

目立った胎動は感じなかったが、翔真にもお子の気持ちが伝わってくる気がした。暁が触れた腹の奥の方から、ぽかぽかとあたたかくなってくるような、不思議な感覚がある。

「今度こそ無事に生まれてきてほしい。そのために俺はできる限りの力を尽くすつもりだ。だから、翔真も……頑張ってくれ」

暁が祈りを捧げるようにもう一方の手も翔真の腹にあてがう。

陽光に漆黒の頭頂がきらめく。眩《まばゆ》さに目を眇めた翔真の胸にもぐっと込み上げてくるものがあった。

「……うん」

翔真は大きく頷いた。

「俺も、お子が無事に生まれてくるようにできる限りのことをするよ。頑張って、絶対に元気なお子を産んでみせる」

自分に言い聞かせるように、ゆっくりと気持ちを込めて告げる。

暁が顔を上げた。何か眩しいものを見るみたいな眼差しと目が合う。翔真ははにかむふうに笑った。暁もふっと目尻をやわらげて微笑む。

暁を何が何でも生まれてくるお子に会わせてあげたい。翔真の中に熱い使命感のようなものがふつふつと湧き上がっていた。

6

柊から呼び出されたのは、その二日後のことだった。

買い出しを頼んでいた珊瑚と黒曜が南天から伝言を預かったと、あわあわしながら店に戻って来たのである。

かくして閉店後、翔真たちは隣町の個人診療所を訪ねていた。

〈真開《まかい》クリニック〉——産婦人科である。

院長はもちろん柊だ。真開とは洒落なのか、柊が都合上人間界で使用している仮の名だという。どうやったのかは不明だが、医師免許を取得しており、魔族の出産の合間に人間の診察にまで携わっているらしい。クリニックに入院設備はないものの、妊婦健診や胎教講座などを中心に行っていて、意外にも評判はいいようだ——とは、珊瑚と黒曜の情報である。

クリニックはすでに診療時間を終えていた。

インターフォンを鳴らすと、すぐに柊の声が返ってきた。裏手に回るように指示される。

緊張する。翔真は柊にいい印象を持たれていない。何のために呼び出されたのか意図がわからず、心臓が早鐘を打っていた。柊に何を言われようとも、翔真はお子のために母体として責務を全《まっと》うする。そう心に決めている。その一方で、初対面で植えつけられた苦手意識が拭いきれず、つい過剰に身構えてしまう。

ふいに手が握られた。

「心配するな、大丈夫だ。俺がついている」

低い落ち着いた声が耳元で囁《ささや》いた。翔真は思わず横を見る。目が合った暁に微笑まれて、強張っていた肩の力が少し抜けた。翔真が頷くと、ちょうどドアが内側から開かれた。

開口一番、どんな厭味を投げつけられるのか。

「ようこそ、待っていたよ」

ところが、陽気な声で翔真を迎えた白衣姿の柊はこちらが面食らうほどに笑顔だった。

拍子抜けした翔真は思わず声が上擦ってしまう。にこにこする柊は、しかし背後に目を向けて、あからさまにがっかりした顔になった。

「こ、こんばんは」

「……何だ、お目付け役も一緒か」

暁がむっとする。「俺が一緒だと何か不都合があるのか」

それには何も答えず、柊は軽く肩を竦めるだけだった。「まあ、ちょうどいいか」と呟き、二人を中に招き入れる。珊瑚と黒曜はいつもより一回りほど小さくなって、翔真のオーバーサイズのカーディガンの両ポケットに収まっている。ちょこんと顔を出し、まるでぬいぐるみを持ち歩いているみたいである。

スタッフルームを抜けて、十五畳ほどのフローリングの部屋に案内された。白い壁と高い天井に囲まれた開放感のあるここは胎教講座に使用しているらしい。部屋の隅には赤ちゃんの人形が何体か置いてあった。

壁際には小さなテーブルと椅子が二脚据えてあり、翔真はそこに座るように言われた。椅子を引っ張ってきた柊が翔真と膝をつき合わせて座る。おもむろに白衣のポケットから聴診器を取り出した。

「服を上げて」

医師の顔をした柊に淡々と言われて、翔真は慌ててシャツの裾をたくし上げた。傍に立っていた暁が一瞬顔を顰めたものの、翔真からカーディガンを受け取って壁際に移動する。

どうやら、今日ここに呼ばれたのは母体とお子の定期健診のためだったようだ。

緊張気味に晒した肌に、ほどよい温度に温められたチェストピースが押し当てられた。

診察の仕方は独特だった。聴診器といえば、音を耳で聴くものだと思っていたが、柊は一旦聴診した後、今度は耳からイヤーチップを外して横のダイヤルを操作する。すると、何もない空中に画像が投影された。柊は真剣な面持ちでチェストピースを動かしながら画像をチェックし始めた。魔界製の特殊な器具で、これ一つで聴診も視診も可能らしい。

胸から腹、それから背中に聴診器を当てて一通り確認すると、今度は血圧と体重、腹囲などを測られる。測ってくれたのは水色のケーシーを身につけた南天だった。

測定している間に、柊からいくつか問診を受けた。

「まあ、話を聞く限りでは、母体に不具合は見られないようだが……やはり、一般的な成長速度と比べるとだいぶ遅れているな。経過は順調だが、着床からこの大きさになるまで時間がかかりすぎだ。ここまで遅いと心配になる。相変わらず母体フェロモンが皆無なところもあわせて、今後も要チェックだな。何か異変を感じたらすぐに来るように」

「はい。ありがとうございました」

「診察はこれで終わりか」

それまで黙って見守っていた暁が、タイミングを見計らって口を挟んできた。

「終わったのなら失礼する。夕食がまだなんだ。今日は朝から忙しかったから、翔真は消費したエネルギーをしっかり補給しないといけないぞ。この時間ならまだ駅前のスーパーが開いているな。買い物をして帰ろう」

そわそわと腕時計に目をやりつつ、翔真にカーディガンを着させてくれる。「いいよ、ボタンぐらい自分で留められるって」「いいから、じっとしていろ」と、こそこそ揉《も》めていると、ふいに頭上に影が差した。柊が鬱陶《うっとう》しげに半目で二人を見下ろし、言った。

「まさか、これで終わりだと思っているのか。そんなわけないだろう。これからが本番だ」

「本番？」

「無事にお子が生まれたとして、すぐに魔界に戻れるとは限らない。何らかの事情でしばらく人間界に留まる事例も過去には何件か報告されているんだ。万が一の事態に備えて、母体は赤ん坊の世話の仕方を学んでおくことが必要だ。お目付け役も同じく、赤ん坊を無事に魔界の親に引き渡すまでは自らが世話をする義務がある。というわけで、これからお子が生まれるまでの期間、お前たちには特別講座を受けてもらうぞ」

「えっ」

「何だと？」

きょとんとする翔真と暁をよそに、柊がパンパンと両手を打ち鳴らした。すると、南天が部屋の隅から赤ちゃんの人形を二体抱えて持ってくる。

「ただでさえ問題のある母体だ。何かしらトラブルが起こることを想定して、今のうちからしっかり準備しておけよ。さて。第一回目のレッスンは、赤ちゃんの抱っこの仕方だ。いいか、魔族の赤ちゃんというのはだな――」

柊先生によるスパルタレッスンが始まった。

十月も中旬に入り、ようやく日中の暑さもやわらいできた。

先月まではアイスコーヒーの出る頻度が圧倒的に高かったが、今月に入ると徐々にホットを注文するお客さんが増え始めた。日によってはアイスとホットが半々ぐらいになる。もう少しすれば、この比率は完全に逆転しそうだ。

「徹さん、ちょっといい」

翔真はゴミ捨てから戻ってきた徹を手招きして呼び寄せた。

閉店後の喫茶〈かすがい〉、厨房である。

「うん？」勝手口を閉めた徹が怪訝そうに言った。「何だよ、どうした。にやにやして不気味だな。暁くんまで一緒になって、今日はまだ帰らないのか」

どこか警戒するように歩み寄ってくる。狭い厨房の中央には、ステンレス製の作業台が据えてあり、翔真と暁は台を取り囲むようにして立っている。

「ちょっと、これを見て欲しいんだけど」

翔真は一歩脇に避けた。ひょいと首を伸ばした徹が作業台の上を見て大きく目を見開く。

そこには、まるで芸術作品の如く美しく盛りつけられたパフェグラスがある。

「おおっ」徹が声を上げた。「どうしたんだ、これ。まさか、翔真が作ったのか……？」

「そんなわけないでしょ」翔真は苦笑した。「作ったのは暁だよ。俺は味見係。でも、すごくよくできてると思うから、徹さんにも味見してもらいたくて」

「へえ、暁くんが作ったのか。美味そうじゃないか。見た目も華やかだし」

暁が照れ臭そうにこめかみを掻いた。

「でしょ。若いお客さんが増えたし、新作スイーツを何か作れないかなって思ってて」

「ああ、確かに。暁くん目当ての女性客が急増したからなあ。うちとしちゃ大歓迎だけど、どうも俺は甘味系のメニューを考えるのが苦手で。食べるのは好きなんだけどなあ」

〈かすがい〉のスイーツメニューといえば、祖父の代からケーキセットとバニラアイスクリームのみでやってきた。ケーキは近所の洋菓子店に頼んでいるものだし、アイスは市販のものを器に盛りつけただけ。祖父もスイーツにはあまり力を入れてこなかったようだ。

今まではそれでよかったが、せっかく若い子たちが来てくれるのだ。変わりばえしないメニューではもったいないなと思っていたところである。さっそく暁に相談して、二人で考えたのだ。

「そういえば」徹が思い出したように言った。「ここ最近は、休憩中も二人で何やらこそこそとやっていたけど、あれはこれを作っていたのか」

「俺が手を出すと台無しになっちゃうから、ほとんど暁任せだけど。俺がこういう感じってイメージした絵を描いて、暁が実際にそれを形にしてくれたんだよ」

家に帰ってからも二人で毎日遅くまで試行錯誤を繰り返し、ようやく完成したのである。

徹がパフェグラスを持ち上げて、矯めつ眇めつしながら言った。

「綺麗だな。食べるのがもったいないくらいだ」

「写真はもう撮ったから、肝心の味見をお願いします。季節のパフェってことで、今の時期は栗をメインにして、モンブラン風にマロンクリームを盛りつけてみたんだけど」

翔真は柄が長いパフェスプーンを渡す。パフェは栗の甘露煮やバニラアイス、翔真特製のコーヒーを使用したゼリーなどの六層仕立てになっている。一番下にはホイップクリームと粗く刻んだ甘露煮を敷いて、茶色の中に混ざった白と黄色が目にも鮮やかだ。

慎重にパフェにスプーンを差し入れて、豪快に頬張った徹が弾んだ声を上げた。

「うん、これは美味い。思ったよりもマロンクリームが重くなくてあっさりしているし、中のコーヒーゼリーの苦味が効いてるな。甘露煮がごろごろ入ってるのもいい。ナッツの食感も面白いし、年輩客にも受けがいいかもしれないぞ。なんといっても、うちの店らしくないこの見た目の華やかさがいいよ。どっかの洒落たカフェで出てきそうだ。うん、美味い！」

翔真と暁は思わず顔を見合わせた。

「さっそく新メニューとして加えよう。翔真もそれでいいよな？　パフェ担当は製作者の暁くんにお願いしたい。ティータイムが忙しくなるかもしれないけど、大丈夫か？」

「はい」暁が頷く。「ありがとうございます。頑張ります」

翔真も「やった」と、一人でガッツポーズをする。普段は冷静な暁も喜びを隠し切れず嬉しそうに微笑んでいて、翔真はますます嬉しくなる。毎日遅くまで試作、試食を繰り返し、意見を交わし合った甲斐があった。

翔真は暁に向けて笑顔で手を掲げた。きょとんとする暁に同じように手を上げさせて、ハイタッチを交わす。「人間は、嬉しい時にはこうやって感動を分かち合うんだ」

暁が目を丸くした。

「なるほど。……今のを、もう一度やってもいいか？」

今度は自ら手を掲げてみせる。翔真はもちろんと頷き、ハイタッチを交わす。

パチンと鳴らし合った手を見つめて、暁は嬉しそうだ。翔真もうきうきと気分が舞い上がっていたその時、腹の内側でふいに違和感を覚えた。お子が動いたのだ。

――お子の胎動は母体の精神状態によって日々変わる。母体が楽しい気分になると、腹の中のお子にもその感情が伝わるんだ。お子もうきうきとして動きたくなる。

レッスン時の柊の言葉を思い出した。

おずおずと腹部に手を当てると、ぽっこんぽっこんと、元気なお子の反応が返ってきた。脈動の音がいつもより弾んでいる気がする。翔真のプラスの感情がお子にも反映されているのだ。

「頑張ったもんね。君も見守っててくれただろ。ありがと。褒めてもらったよ」

腹を撫でながらこっそり話しかける。その様子が目に入ったのか、夢中でパフェを食べていた徹が心配そうに声をかけてきた。「どうした、翔真。腹が痛いのか？」

翔真はぎくりとして、慌てて「何でもない」とかぶりを振った。

「そうか？　このパフェ、せっかくだから何か名前をつけよう。シェフの気まぐれなんとか風みたいな。暁くんはどうだ。何か思い入れがあるなら、好きな名前をつけてもいいぞ」

徹の言葉に、暁がしばし黙考する。そして、

「……安産祈願パフェ、というのはどうだろう」

「え？」徹が訊き返した。「あん……何だって？」

「あーっ」焦った翔真は急いで二人の間に割って入る。「ああああ秋！　そう、秋って言ったんだよな。秋限定パフェ！」

徹が拍子抜けしたように言った。「秋限定パフェか。うーん、それはちょっと普通過ぎないか？　もうちょっとこう、捻ったネーミングの方が客の引きもあると思うんだけどなあ」

腕組みをして、ぶつぶつと何やら呟きだす。

翔真は変な汗を掻きながら、こっそり暁に耳打ちした。

「もう、徹さんの前でおかしなことを言うなよ。変に勘繰られたらどうするんだよ」

「悪かった」と、暁が反省した素振りを見せる。

「思い入れはないかと訊かれて、つい……。栗は全体的にバランスよく栄養成分が含まれているから、母体にはお勧めの食材だ。是非、翔真に食べてもらいたい――と、考えながら作っていたから、その思いがこう、ぽろっと零《こぼ》れてしまった。配慮が足りず、すまない」

しゅんと項垂れる。そんな顔をされたら、翔真の胸はたちまち高鳴ってしまう。真剣にパフェ作りに励む一方で、そんなことを考えていたのか。ふわふわと心に羽が生えたみたいに気分が舞い上がり、優越感にも似た感情に頬が緩むのがわかった。

暁の思考はお子最優先で、お子のために母体を気づかっているとわかっていても、いつも翔真を気にかけてくれているその気持ちが嬉しい。

「それはそうと、大丈夫なのか」

「え、何が？」

「さっき徹さんも心配してただろ。本当はどこか具合が悪いんじゃないか」

「ああ、違う違う」

翔真は笑って否定した。「実はさっき、お子が動いたんだ。それでちょっとおなかをさすっていたら、徹さんにそれを見られてたみたいで……あ、また。今日はよく動くなあ」

「お子が蹴ったのか？」

暁はすぐさまその場にしゃがみ込むと、翔真の腹部に自分の耳を押し当てた。

「……本当だ。今、ぽかって蹴ったぞ。翔真もわかったか？　前に聞いた時よりもよくわかる。蹴る力が強くなってるな。素晴らしい脚力だ」

ぱあっと顔を輝かせてはしゃぐ様子に、翔真は思わず笑ってしまう。何だか暁がお子の本当の父親みたいだ。

――お子にとっては、お前たち二人がこの世界での仮の親なんだからな。しっかり協力して育児に励めよ。

柊の声が脳裏に蘇った。暁はまだ愛《いと》しそうに翔真の腹に耳を寄せている。暁が父親役だとすると、母体の翔真は母親役だ。かりそめの夫婦だなと思いつつも、翔真は心が浮き立つのを覚えた。

「お前ら、そんなところで何してんだ」

翔真と暁は顔を撥ね上げた。作業台に両肘をついた徹が半目になってこちらを見ている。

「い、いや」翔真は焦った。「これは、エ、エプロンに何かついてたから、な、何だろうって、においを嗅いでただけで……っ」

咄嗟に口から出たでまかせに、暁も黙ってこくこくと話を合わせる。

「ふーん」と、徹が意味深な相槌《あいづち》を打った。「汚れたならちゃんと洗っとけよ。ちょっとびっくりしたじゃねえか。さっきのお前ら、昔の自分たちを見ているみたいだったぞ。俺と妊娠中の奥さん。腹の中の赤ちゃんが蹴ったって言うから、俺もドキドキしながら大きな腹にぺったり耳をくっつけてさ。あれとそっくり。お前たち仲いいし、一瞬、妙なことを考えちゃったよ。実はおめでたじゃないか、なーんて、んなわけねえな。物理的に無理だろ」

徹がけらけらと声を上げて笑う。

翔真と暁は引き攣った顔を見合わせて、徹と一緒になって笑った。


柊による特別講座は週一で行われる。

翔真は店の定休日に合わせてスケジュールを組んでもらえるようお願いした。だが、なぜかいつも、柊に前日の夜から呼びつけられる。

先日の第三回目もそうだった。仕事を終えて、さあ帰ろうとしたところに、珊瑚と黒曜がふらふらになりながら柊の伝言を預かってきたのである。

使い魔のふたりは、翔真たちが仕事中、暁の指示で母体にいいとされる薬草や食材をあちこち飛び回って集めてくれている。ところが、二日に一度は柊に捕まって、クリニックで扱《こ》き使われているらしい。時々母体に関する耳寄りの情報や、新たなマタニティ体操を覚えて持ち帰ってくるのは、そのためである。

三回目のレッスンも、結局泊まり込みで受ける羽目になった。

レッスンは、毎回赤ちゃんの人形を使って、暁と一緒にオムツの替え方から沐浴の仕方、ミルクの飲ませ方など、相変わらずのスパルタ方式で叩き込まれる。

柊曰く『ハズレの母体』である翔真を、彼は彼なりに心配してくれているようだった。

お子の魂の着床時に、翔真の体がどのような状態だったのか、暁から説明してあった。期限間近で突発的な着床だったという諸々《もろもろ》の経緯は伏せて、不慮の事故により母体が瀕死に陥り、双方が生き残るためにお子の魔力が分散されたのだと、今では柊も理解を示している。

南天の話によると、翔真は他の母体と比べて圧倒的に呼び出しが多いらしい。レッスンもみっちりと組まれていて、特別厳しいものなのだそうだ。愛の鞭《むち》というやつである。

翔真はその礼として、レッスンの合間に柊と南天にコーヒーを淹れることにしていた。暁と同様、魔犬族の柊や南天も無類のコーヒー好きなのである。

一度、店のコーヒーを差し入れたところ、二人とも随分と気に入ってくれたのだ。人間界での生活が長い柊は、もともと魔界のコーヒーよりも人間界のものの方が好みだそうだ。その中でも翔真のコーヒーは格別だと、珍しく絶賛してくれた。それ以来、翔真はクリニックを訪ねると、まず挨拶がてらに柊からコーヒーを要求される。

唯一の特技を、こんなふうに褒めてもらえるのは純粋に嬉しい。

また、気が合うのか合わないのか、暁と柊が翔真のコーヒーをめぐってたびたび小競り合いを繰り広げるのも、ここでしか見られない楽しみの一つだった。

三回目のレッスンは、後半から参加した別の母体とお目付け役も一緒だった。

レッスンで使用する人形は、前回から魔族仕様に変更された。人間の赤ちゃんに犬の耳と尻尾がくっついたものである。犬型の他にもウサギの耳や蝙蝠《こうもり》の羽がついた人形もあって、魔族の子を宿す人間が自分だけではないことに少し安堵した。

一緒にレッスンを受けた母体の青年は翔真より二つ年上で、お目付け役はスーツ姿の男だった。彼に魔族の赤ちゃんを託したのは魔兎《まと》の一族だという。人形はウサ耳がついたものを使用していた。同じ境遇の人間に会うのは初めてのことで、しかも同世代の男性だ。仲間を見つけて嬉しくなり、レッスンにもより気合いが入った。年が近い彼とはすぐに意気投合し、一緒にベビーバスを並べて沐浴の手順を学んだのだった。

頭の中で前回のレッスンのおさらいをしていると、カランカランと店のベルが鳴った。

「いらっしゃいませ」

ランチタイムが終わり、ティータイムにはまだ早い、ちょうど合間の時間帯である。

ドアを開けて店内に入ってきた客の姿を見て、翔真は思わず「あ」と小さく声を上げた。

「こんにちは。喫茶店を経営してるって聞いたから、来ちゃったよ」

そう言ってにっこりと人懐っこく微笑んだのは、まさに今翔真が思い出していた件の青年だった。羽鳥《はとり》といって、なんと漫画家さんだ。パーマをかけた軽やかなヘアスタイルが甘めの童顔によく似合っている。

翔真も笑顔で迎える。自己紹介で名刺代わりに店のショップカードを渡しておいたが、本当に来てくれるとは思わなかった。

「いらっしゃい。来てくれたんだ、ありがとう。羽鳥さんと、揚羽《あげは》さん」

細身の羽鳥の背後には屈強なスーツ姿の男が立っていた。お目付け役の揚羽である。

母体がどこに行くにも必ずついてくるお目付け役の立場は重々理解しているが、日常のなかで見るとやはり違和感は拭えない。おそらく翔真と暁も似たようなものだと思う。暁が傍にいることに翔真はもうすっかり慣れたが、傍から見れば二人がどういう関係なのか勘繰りたくなるような雰囲気はあるのだろう。特に羽鳥たちは、ラフな恰好をした青年とブラックスーツにビシッと髪を七三分けした男の異様な組み合わせだ。おまけにがたいがよく強面《こわもて》。

これで以前に暁が変装用に使っていたサングラスをかけたら、海外ＶＩＰのボディガードみたいだなと思いつつ、翔真は二人をあいているテーブル席に案内した。

「へえ、季節のパフェだって」メニューを見ながら羽鳥が言った。「美味しそう」

「新メニューなんですよ」

翔真は水のグラスを置いて説明する。あの後、徹たちと三人で考えたのだが、結局、都合がいいので〈季節のパフェ〉に落ち着いたのである。季節ごとに旬のフルーツを使ったパフェを提供するつもりだ。

「季節のパフェは、今は栗のパフェになります。おすすめですよ」

「そうなんだ。じゃあ、俺は季節のパフェにしようかな。揚羽も同じでいいよね。実は甘い物に目がないもんね」

急に水を向けられて、揚羽が気恥ずかしそうに頷いた。

飲み物はアイスティーとオレンジジュースで注文を受ける。

「自慢のコーヒーって聞いてたのに、ごめんね。実は今、コーヒー禁止なんだよ」

「魔兎はコーヒーが飲めないんです。お子にも障りますので、我慢してもらってます」

翔真は初耳な話に目を丸くした。

「そうなんだ。俺なんて毎日飲んでるんだけど、大丈夫なのかな」

「魔犬の一族はむしろ逆ですよ」揚羽が渋い声で言った。「コーヒーが大好きですからね。赤ん坊も喜んで飲む」

そうなのか。翔真はほっとした。羽鳥が残念そうに言った。「赤ちゃんが生まれたら、絶対にコーヒーを頼むから。その時はよろしくね。実は俺、コーヒーが大好きなんだよね」

翔真はカウンターに戻り、厨房を覗いて言った。「パフェ二つです」

「了解」と、暁の声が返ってくる。

「あ、二つともコーヒーゼリーは抜いてもらえるかな」

コーヒーが苦手なお客さんもいるので、そういう人にはほうじ茶ゼリーに代えて出している。お客さんからのリクエストで、コーヒーゼリー単品をスイーツメニューに追加したばかりだが、ほうじ茶ゼリーにもそうしてくれという声が多くて驚いているところだ。来週から新メニューに追加予定である。

まもなくしてパフェができあがる。パフェと飲み物をテーブルに運ぶと、羽鳥がうわあと目を輝かせた。「何これ、芸術すぎるんだけど。ちょっと写真撮ってもいい？」

急いで撮影を終えてスプーンを手に取った羽鳥が、ふと声をひそめて翔真に耳打ちした。

「さっき、パフェを持って奥から出てくるのが見えたんだけど、暁さんもここで働いてるんだね。なんだかすっかり馴染《なじ》んでて笑っちゃったよ。人間より人間らしくて」

「ああ、うん。うちも人手不足で、手伝ってもらってるんだよ。ああ見えて、料理上手だから。俺は日中ここでずっと働いてるし、お目付け役としても都合がいいんだって」

「なるほど。確かに、不自然に思われずに傍にいられるか。そういう意味ではうちも一緒かな。周囲には揚羽を俺のアシスタントって紹介してるし。こう見えて、意外と絵が上手なんだよ。器用だし、細かい作業も黙々とやってくれて助かってる」

揚羽がずずっとオレンジジュースをストローで一気に吸い上げる。耳がほんのりと赤く染まっていて、翔真は内心で微笑んだ。

「お互い、いいお目付け役でよかったよねえ」と、羽鳥がのほほんとして言った。

彼の性格なのだろう。魔族の子の母体となったことをすんなりと受け入れた上で、今のこの状況を楽しんでいるようだった。いつか漫画のネタにできたら儲けもんなのだそうだ。

揚羽ともうまくやっているようだし、同じ母体としてこういう話ができるのは嬉しい。

「この前の沐浴のレッスンの後にさ、かわいいベビーバスを見つけちゃって。実は衝動買いしちゃったんだよね。そしたら、店員さんに『パパ、頑張ってください』って言われちゃったよ。俺、パパなの？　いや、どっちかといったらママじゃね？　って考えてる自分がおかしくてさ。せっかく買ったから、家でも人形を使って沐浴の練習をしてるんだよね」

「えっ、そうなの。うちはあれ以来何もしてないんだけど。練習した方がいいのかな」

万が一のために供えて、ベビーバスを準備しておいた方がいいのだろうか。オムツも必要かもしれない。ベビー服も。あとで暁に相談してみよう。

仕事を忘れて話し込んでいると、ドアのベルが鳴った。

若い二人連れの女性客が入ってくる。そろそろティータイムに突入だ。翔真は「ごゆっくり」と二人に言って、急いで接客に戻った。

それからしばらく客足が途絶えなかった。

今日は特に女性客が多く、新作パフェが飛ぶように売れる。客のほとんどが暁目当ての若い女の子たちで、厨房が見えるカウンター席の取り合いになっていた。

忙しいせいか、甲高い女性の話し声が妙に耳についた。「パフェ作ってる人、かっこいいよね」「こっちに出て来てくれないかな。もっと近くで見たい」「美味しいし、かっこいいし、もう毎日食べに来る！」「太りたくないけど、目の保養がしたい～」

完成したパフェを持って暁が厨房から姿を現すと、店のあちこちで小さな歓声が上がるのである。

「翔真、パフェが二つできたぞ。次の三つをすぐに作る」翔真にパフェを渡して、すぐに厨房に引っ込んでしまうと、たちまち落胆の声が広がった。

暁自身はこの現象を特に何とも思っていないようだった。

その代わりに、なぜか翔真の中で毎度毎度もやもやとしたものが溜まっていく。最初の頃は、暁のおかげで客層が広がり、集客につながると内心ほくほくだった。ところが、最近は女性たちのあからさまな反応が煩《わずら》わしくてたまらない。

なぜだか無性に苛々《いらいら》して、またかと気分がささくれ立つ。

すると、連動するかのように下腹部がずんと重くなる感覚があって、翔真は慌てて気を取り直すのだった。翔真の心の浮き沈みがお子にまで影響を及ぼすことは、柊からも教わっている。あれだけ見目のいい暁が、女性にもてるのはもはや必然ではないか。彼のファンが増えて、店の経営が潤《うるお》ってくれるなら、翔真にとっても願ったり叶ったりである。それの何が気に入らないのだ。

自問するが、翔真にもよくわからなかった。わからないけど、なぜだか苛々するのだ。

「……っ」

下腹部がずんと僅かに重くなって、翔真は咄嗟に腹を押さえた。

「ごめん、ごめん」腹をさすりながら宥める。「大丈夫だから、何でもないよ」

ほんの思い過ごしぐらいの違和感だったが、お子もストレスを感じているのだ。

「大丈夫、どうかした？」

ふいに声がして、翔真は顔を撥ね上げた。羽鳥と揚羽が立っていた。

「あ、ううん。何でもない。お会計ですね」

伝票を預かる。羽鳥が店内を見渡して言った。

「随分と賑やかだね。喫茶店っていうか、コンセプトカフェに来たみたい」

いつになく華やいだ雰囲気に翔真は苦笑する。

「前はそんなことなかったんだけど、最近は女性客が増えて」

「ああ、だろうね」羽鳥が頷く。「暁さん目当てだ」

俄に店内がざわついた。厨房から暁が顔を出し、翔真を呼んでいる。羽鳥たちに気づくと軽く会釈をした。羽鳥が笑顔でひらひらと手を振る。

「すっかり人間界に馴染んでるねえ。正体を知らなかったら、メンズモデル顔負けのイケメンシェフだもん。女の子たちがキャーキャー言いたくなるのもわかるよ」

「……うん。まあ、そうだよね。暁、かっこいいし、料理上手だし、優しいし」

言いながら、翔真の中にますますもやもやとしたものが広がる。また下腹部がずんと重くなった気がした。

「……優しい、ねえ」

羽鳥がちらっと厨房の出入り口に目を向ける。すぐさま「うっ」と押し黙り、素早く顔を元に戻した。なぜだか同情めいた眼差しで見てくる羽鳥に、翔真は内心で首を傾げながらお釣りを手渡す。

「今日はありがとう。よかったらまた来てください」

「うん、そうさせてもらうよ。柊先生のクリニックでもまた会えるかな？　あーでも、瀬尾くんはお店の定休日が健診日なんだっけ。俺、しばらく仕事が忙しくなりそうだからなあ。出産までにやること済ませておきたいし」

「そっか、もう少しで出産予定日だったよね」

「そっちもでしょ？　おなかの中に魂を入れられたのが大体同じぐらいの時期だって、柊先生に聞いたし」

翔真は曖昧に笑った。翔真が通常の母体ではないことを、羽鳥は知らないようだ。

「やばい。そろそろ瀬尾くん、行った方がいいと思うよ。さっきから暁さんの視線が痛い」

「え？」と、翔真は振り向いた。てっきり厨房に戻ったと思ったのに、まだ暁は出入り口に立っていて、じっとこちらを見ている。新規のパフェの注文は入っていないはずだが、何か急ぎの用だろうか。

「あ、ごめん。じゃあ、また。ありがとうございました」

なぜかおかしそうに肩を震わせる羽鳥と、それを諌《いさ》める揚羽を翔真は見送って、こちらもなぜだか不機嫌顔の暁のもとへ急いだ。


「何だかお前、とんでもなくいいにおいがするな」

柊に会うなり開口一番そんなふうに言われて、翔真は思わず引いてしまった。

レッスン予定日の前日、いつもの如く仕事終わりに呼び出された、〈真開クリニック〉の一室である。

「おい、セクハラだぞ」

暁が二人の間に割り込もうとして、幼女姿に変化した使い魔たちに止められている。

「……何かにおいますか、俺」

翔真は慌てて自分の腕を嗅いだ。特に変わったにおいは感じられない。

しかし柊は聴診器を首に掛けたまま、難しい顔をして黙り込んでしまった。

「これは、想定外の事態だな」

しばらく黙考した後、ぼそりと呟いた。

「ハズレだと思っていたが、実は大当たりかもしれない」

「は？」

「このにおい、母体フェロモンだ」

柊が身を乗り出して言った。

「それもかなり強力なものだぞ。そうか、破壊された細胞の修復が進んで、母体が本来の性質を取り戻しつつあるのかもしれない。お子も母体の修復に回す魔力が減ったぶん、自身の育成に十分な魔力が使えるようになったんだろう。ここにきてお子が急成長しているんだ」

南天が差し出した血液検査の結果を確認して、更に驚いたように目を見開いた。

「おい、これは本当に大当たりかもしれないぞ」

「どういうことだ」と、暁が口を挟む。

「血液中の母体フェロモン値が大幅に増加している。一般的な母体ではここまで上昇しない。もしかすると、『運命の母体』――である可能性も出てきたぞ。それくらい高い数値だ」

「運命の母体？」

聞き慣れない言葉に翔真は首を傾げた。その脇で、使い魔たちが俄に狼狽《うろた》えだす。「そ、そんなバカな」「まさか、そんなことはありえませんぞ」

「なぜだ？」柊が怪訝そうに眉根を寄せた。「着床時にトラブルがあったとはいえ、こいつは一応、母体候補として正式にリストアップされた母体なんだろうが。その中でも、研究所によってお子との相性率が一番高い人間が選ばれているはずだ。母体内部の修復が完了に近づくにつれて、母体本来の性質が戻りつつあるということだ」

「いや、でも」「それは、しかし」と、使い魔たちは依然として戸惑い顔だ。ちらっ、ちらっと含みのある視線を主に送るも、肝心の暁は表情を変えずに黙ったままだった。

一向に話が読めずぽかんとしている翔真に、柊が説明してくれた。

「子の魂と母体の相性はあらかじめ調査して決定するが、稀に、魔界のデータでは測り切れないシンクロ率を弾《はじ》き出す母体がある。それを我々は『運命の母体』と呼んでいるんだ」

「はあ……」

「俺も実際には見たことがないが、『運命の母体』は着床後の子の魔力によって、母体フェロモンが激増するらしい。その強力なフェロモンを取り込んで生まれてくる魔族の子は強大な力を持ちうると言われている。過去には途轍《とてつ》もない魔力を持って生まれた赤ん坊が、一年後に一族の長になった例もある。魔界に存在する多くの国の王が、我が子のために『運命の母体』を探していると聞く。一部には手段を選ばない魔族連中も現れているぐらいだ」

いまひとつピンとこない翔真に、柊がじれったそうに続けた。

「とにかく、お前の母体フェロモンが示す異様な数値の上昇から考えられることは、お前が腹の中の赤ん坊にとっての『運命の母体』である可能性が高いってことだ」

「……いや、それはないと思いますけど」

「なぜそう言い切れる」柊が興奮気味に問い詰める。「何も知らない人間のくせして」

「それは、だって……」

翔真は口ごもった。先ほどの珊瑚と黒曜の気持ちがようやくわかった。

翔真がその『運命の母体』とやらである可能性は、一ミリだってありえないからだ。

なぜなら、翔真は魔界のデータが弾き出した母体候補とはまったく関係がない、あの場に居合わせただけの、単なる普通の人間にすぎないからである。

たまたま翔真の体とお子の魂との相性がよかっただけで、何もかもが偶然なのだ。そんな翔真が、ただでさえ稀少な『運命の母体』であるはずがなかった。

きっと、今回の数値は測定ミスだろう。あるいは、翔真の腹の中で起こっているイレギュラーな状況が影響し、一時的に何らかの理由で数値が跳ね上がったか。いずれにせよ、柊の勘違いである。

その説明を柊にはどう伝えればいいのだろうか。

翔真はちらっと暁に助けを求めた。しかし、暁は相変わらず難しい顔をして黙っている。

「まあでも、『運命の母体』と認定されたところで、喜ばしいことばかりではないからな」

柊がふと顔を曇らせた。

翔真は気になって訊ねた。「どういうことですか？」

「前にも少し話しただろ。強力な母体フェロモンを発する人間は、より優秀な母体を探し求める魔族の標的になることがある。お前にはその危険性があるってことだ。今はまだ発したフェロモンをすぐさま赤ん坊が吸収し、魔力に変えて母体の細胞修復に当てているが、修復作業が進むにつれてフェロモンは外にも漏れ出すだろう。おそらくこの先、そのフェロモンの魅力に誘われて近寄ってくる魔族が出始める。そうなると厄介だぞ」

柊が一段声を低めた。翔真は思わず喉を鳴らした。

「気をつけろ。その他にも、母体云々《うんぬん》関係なく、『運命の母体』の強力なフェロモンと魔力を狙って、赤ん坊ごと連れ去ろうとするタチの悪い輩《やから》も存在する。奴らは、手っ取り早く魔力を吸収するために手段を選ばないし、ところ構わず襲いかかってくる。俗に言う『母体狩り』というやつだ。『運命の母体』をめぐっては悲惨な事件も起こっていて、魔界でも問題になっているんだ」

とんでもなく残虐な方法でフェロモンを搾《しぼ》り取られた母体の話を聞かされて、翔真は絶句した。魔族の中には人間を喰う者もいるのだと初めて知った。自分はターゲットになりえないとわかっていても、想像を絶する恐怖に身の毛がよだつ。

青褪《あおざ》める翔真の隣にふいに影が差した。震える肩にそっと手が添えられる。

「大丈夫だ」

見上げると、暁が立っていた。

「何が起きても、お前とお子のことは必ず俺が守ると約束する」

真摯な眼差しに見つめられた途端、心臓が激しく高鳴り始めた。翔真の全身から寒気を伴う恐怖心が一瞬にして消え去り、代わりに異常な胸の昂りと急激な体温の上昇を覚える。

たちまち頬が熱くなって、翔真は咄嗟に目を伏せた。

『運命の母体』ではない自分に何かが起こるはずもないが、ここは暁の話に合わせて翔真も頷いて返した。

「……う、うん。頼りにしてるから」

任せろとでも言うように、大きな手のひらで肩をぽんぽんと叩かれた。

たとえ暁が本気でそう思っていたとしても、それはお子が無事に生まれてくるための使命感、責任感からくるものだ。わかっているのに、翔真に向けて、あたかも少女漫画のヒーローみたいなセリフを臆面もなく口にした暁に、どういうわけか胸の動悸《どうき》が治まらなかった。

俯いた頭上で暁と柊が何やら話していたが、翔真の耳は素通りするばかりだ。先ほどの暁の言葉だけを脳内で繰り返し再生してしまう。心臓が破裂しそうだ。

いますぐ家に飛んで帰りたい。急いで『オアシス』に駆け込み、ぬいぐるみの山に頭から突っ込んで埋もれてしまいたい。

しばらくまともに暁の顔が見ることができず、自分を取り戻すまでに時間がかかった。

＊＊＊

「先にこれを渡しておく。頼まれていたものだ」

柊が白衣のポケットから小瓶を取り出した。

暁は頷き、それを受け取る。すぐに上着のポケットに捩《ね》じ込んだ。

クリニックの廊下はしんと静まり返っていた。

先ほどまで講習を行っていた部屋では、へとへとに疲れ果てた翔真と使い魔たちがぐっすり眠っているはずだ。

暁も横になろうかと思ったら、柊に呼ばれたのだ。常夜灯だけの薄暗い廊下の片隅で、彼と向かい合っていた。

「お前はこのことを知っていたのか」

柊がいつになく真面目な顔で言った。

「このこととは？」

「とぼけるな。翔真が『運命の母体』だとわかっていて、今まで黙っていたのか」

「……いや」暁はゆるくかぶりを振った。「相性はいいと思っていたが、そこまでの確信はなかった。お子が翔真のことを気に入っているのは確かだから、驚くというよりは、やはりという気持ちが近いけれど」

淡々と返すと、柊が納得がいかないというふうに頭をがしがしと掻いた。

「とりあえず、今回の検査結果は上に報告しておく。一般的なフェロモン値の母体ならこっちも口を出すことではないが、さすがに『運命の母体』の可能性があるとわかったら、報告しないわけにはいかないだろう。場合によってはお子を危険に晒しかねない。早急に適切な対応が必要だ」

「いや、それは待ってくれ」

暁は焦った。「領主夫妻は、お子が無事に生まれてくることだけを切に願っておられる。それ以上のことは望まれていないんだ」

「どういうことだ？」

柊に問われて、咄嗟に返答に詰まった。

「とにかく、お子が無事に生まれるまで、俺は命にかえても自分の使命を果たすつもりだ。あんたにも迷惑はかけない。だから、母体のことはしばらく黙っておいてくれないか。報告に関してもすべて俺に任せてほしい」

柊が眉間に皺を刻んだ。二人の間に沈黙が落ちる。

「……そうか」しばらくして、柊が何かを察したように呟いた。「領主様の弟君のお子というのが、確か――」

再びしばしの黙考を挟んで、柊がこれ以上の追及を諦めたように肩を竦めてみせた。

「まあ、いい。そっちにどんな事情があるにせよ、俺も俺の仕事をするだけだ。ただし、母体とお子には傷一つつけるなよ。これ以上、お子の成長が遅れると、魔力ごと魂が母体に吸収されて一体化してしまう恐れもあるぞ。そうなると、お子も母体も無事ではいられない」

「ああ、わかってる」

「それと、そいつはきちんと飲んでおけよ」

顎をしゃくって言った。暁は膨らんだ上着のポケットを押さえる。

「あと」と、柊がお節介ついでとばかりに続ける。「あの母体を気に入っているのは、お子だけじゃないみたいだが。あまり深入りするなよ。どうせ――」

「……ああ、わかってる」

暁は頷くと、踵を返して部屋に戻った。

■7■

羽鳥《はとり》が再び店に顔を見せたのは、前回から二週間が経《た》った頃だった。

「こんにちは」と、笑顔で来店した羽鳥の後ろには、やはりスーツ姿の揚羽《あげは》が一緒だった。

「いらっしゃい。羽鳥さん。揚羽さんも」

翔真《しょうま》も笑顔で迎える。いそいそと二人のもとへ歩み寄った。すると、揚羽が何か落ち着かない素振《そぶ》りで俄《にわか》に目を泳がせ始めた。

「すまないが、急用を思い出した」

「え？　何それ」と、羽鳥が目をぱちくりとさせる。

「帰る頃に呼んでくれ。すぐに戻ってくる」

そう言うと、揚羽はそそくさと店を出て行ってしまった。羽鳥はぽかんと見送り、「何だよあれ」と不満げだ。

「しょうがないよ。暁《あかつき》もたまにあるよ。急用だって、一人でどっかに行っちゃうこと。羽鳥さん、この前と同じ窓際の席でいい？　今はすいてるからどこでもいいんだけど」

「あ、だったらカウンターがいいかな。おしゃべりできるし」

「わかった。どうぞ、好きな席に座ってて。今お冷やとメニューを持ってくるから」

翔真はお冷やとおしぼりを用意して戻る。羽鳥の前に置き、メニューを渡した。

少し迷って、羽鳥は新メニューの白玉パフェと紅茶を注文する。白玉パフェとは、常連のご婦人たちのリクエストに応えるべく、あれからまた暁と二人で考えたできたてほやほやの新スイーツである。さくっと軽い豆腐を使った白玉団子にアイス、餡子《あんこ》、濃いめのほうじ茶ゼリーなどをメインにして、秋は栗の甘露煮にサツマイモやリンゴの甘煮をトッピングしたものだ。おかげさまで好評をいただいている。

翔真は厨房にオーダーを通して、茶葉を取り出した。

「仕事は落ち着いたの？」

訊《たず》ねると、漫画家の羽鳥は頷《うなず》いた。

「とりあえずはね。次はこっちに集中かな」そっと腹部を撫《な》でて、声をひそめる。「たぶん、もうそろそろだと思うんだよね。柊《ひいらぎ》先生にも週末から来週にかけて気をつけておけって言われてるし。見た目に変化はないけど、赤ちゃんが育ってるって感覚がある。何て言えばいいのかな、そろそろ外に出るよーって、中ではしゃいでる気持ちが伝わってくるっていうか。ぽかぽかあったかくて、春が近づいているみたいな感じ？」

「ああ」翔真も頷いた。「今、これお子が喜んでるなーって、いうのがわかるよね。ぽかぽかあったかくなる感じもわかる」

機嫌がいい時のお子はおなかの中でうきうきとしているのが、感覚として伝わってくるのだ。日差しや風のあたたかさ、土のにおい、新芽の息吹《いぶき》。毎年春の訪れを全身で感じる瞬間の、あの浮かれた感覚に似ている。

「今日は暁さんはいるの？」

「うん、厨房にいるよ。さっき注文してくれたパフェを作ってる。後で呼ぼうか？」

「いや、大丈夫」と、羽鳥が丁重に断った。

しばらくして暁がパフェを持って厨房から顔を出す。カウンターの羽鳥に気づき、少し驚いたような表情を浮かべた。

「あ、羽鳥さんがまた来てくれたんだよ。揚羽さんも一緒だったんだけど、急用ができたって出て行っちゃって」

「そうか」暁が羽鳥に軽く頭を下げる。「ごゆっくり」

すぐに厨房に引っ込んでしまった。

「ごめんね、愛想が悪くて。いつもだいたいあんな感じで」

「うん、何となくわかるよ。前に見かけた時も塩対応だったもんね。逆に安全パイのお客さんには親切」

「？」

翔真が首を傾《かし》げると、再び暁がサンドイッチを持って厨房から出てきた。翔真が受け取ろうとすると、いいからと断られる。「そっちの準備をしてくれ」と言って、自らテーブル席にサーブする。普段は滅多にフロアに出てこない暁が給仕を買って出たことで、テーブル席から思いがけず黄色い声が上がる。そういえば、サンドイッチを注文したのは二人連れの女子大生風の客だった。

静かな店内に、彼女たちが暁に話しかける声が聞こえてくる。客が少なく暇なせいか、暁も珍しく律儀《りちぎ》に応えているようだ。翔真の中にまたもやっとしたものが広がった。妙に苛立《いらだ》ちながら、聞き耳を立ててしまう。

「そういえば」と、パフェを食べながら羽鳥が言った。

翔真は我に返り、急いでカウンターに視線を戻した。

「柊先生から聞いたんだけど、意外に母体とお目付け役の恋ってあるらしいよ」

「え?」と、翔真は思わず訊《き》き返した。羽鳥がカウンターに身を乗り出して手招きする。翔真も伸び上がるようにして顔を近付ける。羽鳥がひそめた声で続けた。

「ほら、お目付け役って言っても、肝心の赤ちゃんはおなかの中にいるわけだし、結局四六時中一緒にいるのは母体の方じゃない。一月半《ひとつき》も一緒にいれば情も移るし、相手に対してうっかりそういう気持ちを持つこともあるんだろうね」

「……それって、女性の母体の話?」

「女性もだし、男性の母体でもあるみたいだよ。もともと魔族の恋愛観って、子を生《な》す場合は別として、性別はあまり気にしないって聞いた。お目付け役は基本的に魔族の男が務めるらしいし、母体との組み合わせは俺らみたいな男同士のパートナーと男女のパートナーが半半ぐらいなんだって。その中で、いくつかは恋が生まれたりもするんじゃないかな。人間同士でも一月半あれば付き合って別れたりもするんだから、人間と魔族だっていろいろあって不思議じゃない。特にこの状況って普通の出会いじゃないわけだし、つり橋効果的なこともありそうだよね」

翔真はふいに浮ついた。そういう前例が実際にあると聞いて、なぜだか胸がときめいた。

「そ、それで……その人たちって、どうなったの？」

思い切って訊ねる。随分と近い距離で羽鳥と目が合い、彼が面食らったように目をぱちくりとさせた。

「実は、話の途中で患者さんが来て、その先を訊きそびれちゃったんだよ。今度、クリニックに行った時に訊いてみたら？　ていうか、瀬尾《せお》くんもこの話題に興味があるんだね」

「え？」翔真は焦った。「いや、べ、別に、そういうわけじゃないけど」

「あ、赤くなってる。怪しいなあ」

「ちっ、違っ、」

「あー、もっと赤くなった。かーわいー……」

ドンッ、とカウンターが鳴った。二人して目を丸くし、横を見やる。

いつになく無表情の暁が立っていた。カウンターには新しいお冷やが置かれている。乱暴

に置くから周囲に水が飛び散っている。

「ちょっと、暁」翔真は慌てて布巾を手に取った。その布巾を暁が長い手を伸ばして奪い取り、カウンターの上を丁寧に拭く。

羽鳥が言った。「……水なら、まだあるけど」

暁が凄《すご》むような低い声で応じる。「冷たいものにお取替えしております。どうぞ」

ずいっとグラスが押し出される。何とも言えない沈黙が流れる。数瞬ののち、羽鳥は思わずといったふうに俯《うつむ》いた。肩を小刻みに揺らしながら答える。「それはそれは、お気遣いどうも」


次に羽鳥を見かけたのは、翌週のことだった。

平日の午後、店の客足が引けるのを見計らって、翔真と暁は急いで買い出しに出ているところである。

今日はランチタイムが大盛況だった。近くの公会堂で著名人の講演会が行われたらしく、そこからお客さんが流れてきたようだ。想定外の注文数に、夕方分の食材も使い切ってしまったのである。

「自転車で来てよかったな」

翔真はスーパーでもらった段ボール箱に食材を詰め込み、まだ新しい自転車の荷台に積んだ。この量の荷物を手に持って運ぶのは大変だ。

暁も前カゴに可能な限り荷物を載せている。あとはエコバッグが一つ。軽いものばかり入ったそれを翔真が持ち、暁は慣れた仕草で自転車の両立スタンドを外した。

暁はあれからも自転車の稽古を重ね、今では難なく乗りこなせるようになっていた。

そんなに気に入るとは思わなかったので、家の物置にあった古い錆《さ》びた自転車を使ってもらっていたのだが、暁が本格的に乗るとなるとこれでは恰好《かっこう》がつかない。翔真は思い立ったその日に商店街の自転車屋を訪れたのである。買い物に使用するならカゴは大きめがいいだろう。軽いが丈夫で、乗り心地のいいものがいい。何台も試乗させてもらい、シルバーの真《ま》っ直《す》ぐなフレームと細身のサドルがスタイリッシュなデザインを選んだ。使い勝手のいいマチャリだが暁に似合いそうだ。

新しい自転車をプレゼントした時、暁は目をまん丸にして驚いていた。そうして、翔真がかえって恐縮するほど、大喜びしてくれたのである。

——翔真が俺のために選んでくれた自転車だ。大事に大事にする。

あの時の暁は使い魔もびっくりするくらい、まるで子どものようなはしゃぎぶりだった。本人も無意識のうちに犬の尻尾《しっぽ》が飛び出して、ちぎれるほどにブンブン振っていた。よほど嬉《うれ》しかったに違いない。そんな彼を見て、翔真は大満足だった。思った以上に高い買い物だったが、こんなに喜んでもらえるとはプレゼントした甲斐《かい》があるというものだ。

その後からだ。暁が自転車通勤を始めたのは。

といっても、朝は翔真と一緒なので乗らずに押して歩き、最近は帰りも同様だ。護衛の強化で帰宅時間も翔真に合わせているのである。ならば自転車を家に置いてくればいいのにと言ったが、暁は断固として拒否した。大事な自転車なので、常に目の届くところに置いておきたいのだそうだ。暇があれば手入れをしているので、購入時よりもピカピカである。

最近は自転車に乗る暁を見かけないが、実は密かに乗り回しているのである。

まだ翔真がぐっすり眠っている頃、暁はいそいそと起き出し、なんと自転車で市場まで出向いているのだった。仕事を終えると翔真と一緒に真っ直ぐ帰宅するのに、なぜか冷蔵庫は常に食材で満たされているのが不思議だったのだ。

商店街に出入りするうちに青果店や精肉店、鮮魚店の大将にいろいろと教えてもらったそうで、暁はまだ暗いうちから毎朝自転車を走らせているのである。それを聞いた時、翔真は呆気《あっけ》に取られてしまった。だが、暁は至極真面目《まじめ》な顔をして、「あそこは新鮮な食材の宝庫だぞ。毎朝、今日は何があるのかとわくわくしながら自転車を漕ぐのが楽しいんだ」と言うので、本人が楽しいのならまあいいかとやりたいようにさせている。

今朝も、「美味《おい》しい秋鮭《あきざけ》が手に入った」と、一緒にウォーキングに出かける前から嬉しそうにしていた。おかげで、翔真もふっくらしっとりと絶妙な焼き加減で仕上がった秋鮭の塩焼きを堪能《たんのう》したのである。その時期に栄養価が最も高くなる旬のものを食べることは、季節に対応した免疫力を高めたり、抵抗力をつけたりと、丈夫な体作りにつながるのだと、暁が教えてくれた。

お子のため、丈夫な母体作りのためとはいえ、暁が「翔真に食べさせたい」と思い、そのために動いてくれることが嬉しいのだ。翔真も暁の喜ぶ顔が見たいし、何だってしたくなる。もっと暁のことを知りたいと思う。一緒にいると楽しくて、時々暁のふとした言動に体の芯が甘くよじれる。甘酸っぱい感情にどうしていいのかわからなくなる。どう言えばいいのだろう。むずむずと胸の奥から湧き上がってくるこんな気持ちは
――柊先生から聞いたんだけど、意外に母体とお目付け役の恋ってあるらしいよ。

ふいに羽鳥の言葉が脳裏に蘇《よみがえ》った。

――人間と魔族だっていろいろあって不思議じゃない。

「……っ」

翔真はわけもわからず焦った。いやいや、自分のこれはそういうのじゃない。きっと違うはずだ……おそらく違う……たぶん、違うと思うんだけどな……。

沸騰しそうな頭を左右に振って一旦《いったん》思考を散らし、ちらっと隣を見やった。ちょうど子ども服専門店の横を通りかかる。暁は自転車を押しながら、興味深そうにショーウインドーを眺めている。またお子のことを考えているのだろう。相変わらずぶれない暁が微笑《ほほえ》ましく、ちょっとだけお子のことを羨《うらや》ましく思う。

「あれ？」

翔真はふと視線を前方に向けて、目を瞠《みは》った。

見覚えのある姿が立っているかと思えば、羽鳥だ。数十メートル先の横断歩道で信号待ちをしている。

スマホを眺めていた羽鳥がふいにこちらを向いた。目が合う。

翔真は笑顔で手を振った。

ところが、羽鳥は何事もなかったかのようにすっと視線を逸《そ》らすと、再び手もとに目を向けた。電話がかかってきたのか、耳に当てて何やら喋《しゃべ》っている。

やがて信号が青に変わった。羽鳥はもうこちらを見ることなく、人の流れに従って足早に歩いてゆく。

「翔真？」

はっと現実に返ると、暁が怪訝《けげん》そうに見ていた。「どうかしたのか？」

「あ、うん。さっき、そこに羽鳥さんがいて。目が合って手を振ったんだけど、そのまま行っちゃったから」

暁が先の横断歩道を見やる。すでに赤信号に変わっていて、信号待ちをする人の集団も入れ代わっている。駅方面へ向かっていった羽鳥の姿はもうなかった。

「……気がつかなかったんじゃないか。人が多いし」

暁が言った。翔真は首を傾げる。

「そうかな……確かに目が合ったと思ったんだけど」

とはいえ、翔真にとってははっきりと顔が見て取れる距離だが、羽鳥は視力がそこまでよくないのかもしれない。知らない仲ではないのだし、翔真に気づいていたらあれほどの無反応はないだろう。

「そういえば、揚羽さんの姿が見当たらなかったな。いつも一緒にいるのに」

スーツ姿のがたいのいい男は目立つはずだが、今日はなぜか羽鳥の傍《そば》にいなかった。もしかしたら横断歩道を渡った先に揚羽が待っていたのかもしれない。電話の相手も揚羽だったのかも。

「あっ、まずい。のんびりしすぎたかも。ぐずぐずしてると徹《てつ》さんに怒られる」

ショーウインドー越しに店内の時計が目に入って、翔真は俄に慌てた。数歩歩いて、暁がついて来ていないことに気づく。振り返ると、暁は何やら思案顔でまだその場に立ち止まっていた。

「暁」翔真は呼びかけた。「早く帰ろう。徹さんが待ってる」

我に返ったように暁が数度瞬《まばた》きをした。「ああ、悪い」自転車のハンドルを握り直すと、急ぎ足で進み出した。

十一月になり、秋の気配がいよいよ濃くなってきた。

「……順調だな。赤ん坊は元気に育っている。母体は？　何か変わったところはないか」

聴診器で確認した柊に問われて、翔真は頷いた。

「はい、特に変わったところはないです。元気です」

「それはよかった」と、柊も頷く。

〈真開《まかい》クリニック〉を訪ねての定期健診である。今回は珍しく前日からの呼び出しはなく、予約通りに当日の午前に伺った。昨晩は柊が別件で忙しかったらしい。

暁と使い魔たちはここにいても邪魔だからと、柊の指示で南天《なんてん》と一緒に別室で事務作業を手伝っている。診察室には翔真と柊の二人きりだ。

いつもの健診を終えて、翔真ははだけたシャツを整えた。見た目には以前と何ら変わりのない腹部。若干ふっくらしたように思うが、これは食生活が大幅に改善されたために起こった弊害である。要するに、食べ過ぎて脂肪がついたのだ。

平たい腹の中でも、お子は順調に育っていると聞いてほっとした。人間の妊婦さんのように出産が近づくにつれて腹部が大きくなるということはないらしい。

「このままいけば出産予定まであと一ヶ月といったところかな。ここにきてゆっくりとだが赤ん坊の成長速度が上がり始めている。一般的な母体で言うと、着床から半月ぐらいの頃か」

柊がカルテに書き込みながら言った。魔族語なのか、独特な文字で何が書いてあるのかまったく読めない。

「これから赤ん坊が成長するにあたって、母体にも何かしら不具合が生じる可能性はある。人間の妊婦のような、いわゆるつわりの症状とは違って、ちょっと体がだるかったり、熱っぽかったりする程度だ。そんなに気にすることはない。逆にまったく何もないまま出産を迎える母体も割と多い。先日出産した魔兎《まと》の赤ん坊の母体もそうだったな」

「え」翔真はシャツのボタンをかけていた手を止めた。「もしかして、羽鳥さんですか」

柊が軽く目を瞠る。「ああ、そうだが――そういえば、特別講座で一緒になったことがあったか」

「はい。あれからも羽鳥さんとは何度か会って。うちの店に来てくれたんですよ。俺も羽鳥さんの漫画を読ませてもらったりして。そうか、もう生まれたんですね」

予定日が近いとは聞いていたが、すでに出産を終えていたのか。

「ああ、元気な男の子だった」

「赤ちゃんはどうしてるんですか」

「すでにお目付け役が魔界に連れて帰った。こっちに居残ることにならなくてよかったな。今頃は無事に親のもとに戻っているだろう」

「ああ、それでか」翔真は得心がいったと頷く。「一昨日《おととい》に羽鳥さんを見かけたんですよ。その時は揚羽さんの姿が見えなかったから。どうしたのかなと思ってたんです」

彼は生まれたばかりの赤ん坊を連れて一旦魔界へ帰っていたのだ。

「じゃあ、今度羽鳥さんに会ったら、おめでとうって言わないと。この前はこっちはわかったんですけど、羽鳥さんは俺に気がつかなかったみたいで、すぐに行っちゃったんです。また揚羽さんと一緒にお店に来てくれるかな。お子が生まれるまでは我慢しなきゃいけないから、産んだらコーヒーを飲みにきてくれるって約束したんですよ」

翔真は声を弾ませた。先に出産を経験した先輩として、聞いてみたいことが山ほどある。

「……そんなに仲良くなっているとは知らなかったな」

「そうなんですよ。でも、お互いの連絡先を交換してないことに、ついこの前気がついたんですよね。今度、教えてもらわないと。揚羽さんも、暁みたいに魔界版のスマホみたいなの持ってるのかな。ちょっと前に二人でお店に来てくれた時、揚羽さんだけ急用を思い出したとかなんとかで、店に入るなり慌てて出て行っちゃったんですよね。結局、あれ以来姿を見てなくて。新作の白玉パフェも食べてもらいたいんだけど」

「お目付《揚羽》け役が店を出ていったのは、お前のフェロモンが原因かもしれないな」

柊の言葉に、翔真は思わず押し黙った。

「お前のにおいがきつかったんだろう」

「……え」翔真はショックを受ける。「お、俺がくさかったから?」

「くさいというより、きついんだ」

柊が淡々と言った。「香りの強い香水を振りまいているようなものだな。頭がくらくらして、近づくと危険だと本能が拒絶したんだろう。特にお前の母体フェロモンは尋常じゃなく強力だから、ほんの少し体外に漏れ出ただけでも、魔族によっては甘い毒を嗅《か》がされているようなものだ。魔族の中でも獣系の一族は嗅覚が優れているからな。魔兎の鼻がいち早くお前の母体フェロモンを感知したんだろ」

そうだったのか。翔真は無駄だとわかっていながらも自分の腕を嗅いでみる。やはり何のにおいも感じられなかった。しいて言うなら、暁が選んで買った柔軟剤のにおいがする。

あれから検査のたびにフェロモン数値を測っているが、やはり翔真の母体フェロモンは基準値を大幅に上回っているようだ。もはや測り間違いではなく、『運命の母体』のそれだと断定された。偶然とはいえでき過ぎだが、数値に表れている以上、疑いようがない。暁もなぜか否定せず受け入れているので、翔真もそういうものだと思うことにしている。

「母体フェロモンを抑える薬を出しておこう。一日一回飲めば、平均的なフェロモン量にまで抑える効果がある。お子に影響はないから安心しろ」

「はい、わかりました」

「それと、ストレスは極力溜《た》めないように。人間のストレスはお子の成長を阻害する。悩みがあるならお目付け役を使ってでもさっさと解決しろよ。気が弱るとお子にも影響する。お目付け役じゃ物足りなかったら、ここに来れば話ぐらいは聞いてやる」

「ありがとうございます」

「あと、他の母体とはあまり接触しないのが望ましい」

「え？」

「一緒に講習を受けさせたのは俺も迂闊《うかつ》だったが、今後は連絡をとらないように。以上」

「あ、え……っ」

「血液検査をして、そのあとはマタニティヨガだな。南天が指導する」

柊は立ち上がり、すたすたと診察室を出て行ってしまう。茫然《ぼうぜん》としていると、入れ代わるように南天がやって来て、「採血しますね」とテキパキと動き出した。


魔族式マタニティヨガは思ったよりもハードだった。

体のやわらかい南天の指導を受けながら、翔真も珊瑚《さんご》や黒曜《こくよう》たちに手伝ってもらってポーズを真似する。これがなかなかに難しい。

「ちょっと、そっちの手を引っ張らないでよ。痛い痛い痛い」

『はあ、やれやれ。翔真殿の体はガチガチですな』『見なされ。南天殿はあんなにもぐねってますぞ。もうどこに顔がくっついているのかわからないくらいぐねぐねに。蛸《たこ》顔負けですな』

「無理はしないでくださいね。呼吸をしっかりと意識して」

南天の声に従って、翔真は深く息を吸って、ゆっくりと吐く。体がぽかぽかとし始め、すでに汗が滲《にじ》んでいる。ヨガが気に入ったのか、腹の中のお子もいつになく楽しげにぽこぽこと蠢《うごめ》いている気がする。お子が喜んでいる。これはしっかり頑張らなければ。翔真は軟体動物みたいに摩訶《まか》不思議な動きをする南天を真似ながら、必死に体をぐねぐねと動かした。

レッスンを終えると、暁がタオルを持って寄ってきた。

「お疲れさま」

「あ、待って」翔真は慌てて制した。「それ以上は来ないで。俺、くさいかもしれないから」

揚羽のことが頭に残っていて、妙に自分の体臭が気になってしまう。ただでさえ汗だくなのだ。フェロモンは汗と一緒に放出されると聞いた。柊からも、普段からこまめに汗を拭き取るようにと指導を受けたばかりだ。

「くさい？」暁が首を傾げた。「どこがくさいんだ？」

どさくさに紛れて近寄ってこようとするので、翔真は顔の前で両腕を交差させて必死に拒否する。暁に「くさい」と言われたらショックだ。

珊瑚たちに頼んでタオルを持ってきてもらう。使い魔には翔真の体臭は無効らしい。数メートル離れた場所に一人ぽつんと佇《たたず》む暁は大層不満げだが、仕方ない。「急いでシャワーを浴びてくるから」と、翔真は部屋を飛び出した。南天に断ってシャワーを借りる。

「もう大丈夫かな、くさくない……？」

シャワーの温水を頭から浴びながら、翔真はくんくんと自分の腕のにおいを嗅いだ。

人間の嗅覚ではわからないフェロモンのにおい。暁は何も言わないが、もしかしてこれまでにも結構におっていたのだろうか。お子のため、母体のために我慢してくれていたのかもしれない。暁に不快な思いをさせていたらと考えて、申し訳ないと思う反面、猛烈な羞恥《しゅうち》に駆られた。体臭のせいで暁に嫌われたくない。

ボディソープをつけてごしごしと洗う。泡まみれになった体をシャワーで流しながら、なぜだかふと羽鳥のあの言葉を思い出した。

――柊先生から聞いたんだけど、意外に母体とお目付け役の恋ってあるらしいよ。

さっぱりした体が、ぽっと火を点《とも》したように再び熱を帯びた。どういうわけか頭に暁の顔が浮かぶ。恋……？　たちまち汗腺《かんせん》が開き、どっと汗が噴き出した。心臓がけたたましい音を立てて鳴り響き、かあっと火を吹いたように全身が熱くなる。自分の体を襲った異変に慌てふためいた翔真は、何が何だかわけがわからず、勢いよく首をぶんぶんと横に振った。

水滴が辺りに飛び散る。別に、自分のこれはそういうのじゃない。ただ、そういう恋愛もあると聞いて、興味を持っただけだ。だから、暁に対して何かやましい気持ちを抱いているわけじゃなくて――翔真は一人頬を熱くすると、焦ってシャワーのレバーを捻《ひね》って頭から冷水を被《かぶ》った。

結局、恋に落ちた彼らの話の続きはわからないままである。それとなく柊に聞いたら教えてくれるだろうか。

滝行のように水を浴びながら、徐々に落ち着きを取り戻してきた。

「でも、何で他の母体と連絡をとったらいけないんだろう」

何とはなしに独りごちて、翔真はぶるっと体を震わせた。急いで温水に切り替える。

先ほどの柊は一方的にそう告げただけで部屋を出て行ってしまったが、納得できない。せっかくできた仲間だ。羽鳥とプライベートで交流することの何が悪いのだろう。

用意してきた着替えのTシャツと短パンを身につけて浴室を出る。

廊下つきあたりの手前のところで、話し声が聞こえてきた。

暁と柊だ。

翔真は咄嗟《とっさ》に立ち止まり、壁際に身を寄せた。どうやら廊下を曲がった先に二人がいるようだ。一旦声が途切れて、どうしようかと迷っているうちに、再び柊が口を開いた。完全に出ていくタイミングを失ってしまう。

「それにしても、母体同士が親交を深めていたとは知らなかった」

「翔真の店にむこうが何度か来たことがあるぐらいだ。他では会っていない。魔兎のお目付け役も一緒だったが、特に口を出す様子はなさそうだった」

「まあ、母体が出産をしたらそれまでの記憶は消されるんだからな。どうせ自然消滅する関係なら、それまでは本人たちがどうしようが別に構わないと考えていたのかもしれない。むこうはこっちと出産時期が被っていると信じていたはずだ。二人ともが同時に記憶消失してくれるなら、特に問題はないのだし」

翔真は思わず自分の耳を疑った。

出産したら記憶が消される？　一体どういうことだろうか。

「むこうのお目付け役は生まれた子を連れてすでに魔界に戻った。今後は元母体との接触はないだろうし、元母体も自分が魔族の子を腹に宿していた間の記憶はまったくない。何ごともなかったかのように、それ以前の人間の生活に戻るだけだ。たとえ翔真を街中で見かけたところで、知らない相手だと素通りするだけだろうな。翔真は気にしていたようだが」

柊が小さく嘆息した。

「本来ならどちらの記憶も消去されているはずだが、今回はイレギュラーだからな。翔真だけに記憶があるのは面倒だ。会いに出向いて、変にむこうの記憶を呼び起こすようなことをしないよう、気をつけて見張っておけよ」

「わかってる」

「場合によっては、出産後の記憶消去について、事前に母体に伝えておく手もあるが、今回はもう手遅れだな。翔真にはすべてが終わるまで黙っておいた方がいいだろ。あれは内に溜《た》め込むタイプだ。知れば少なからず悩むだろうし、それがストレスになって、お子にも影響を及ぼしかねない。せっかく通常通りの成長を始めたところなのに、これが原因で成長が止まってしまっては再び出産が延びるぞ。ただでさえ長期におよんでいるのに、これ以上長引けば、お子の魂にも、母体自身にも不具合が生じかねない」

一旦言葉を切って息をつき、柊は続ける。

「何せ通常の倍の期間だ。翔真も、随分とこの状況に慣れて、お前たちともすっかり馴染《なじ》んでいる。最近では今の生活を楽しんでいるようにも見えるしな。特にお前を信頼しているのがよくわかるよ。お前が傍にいることで、母体は心身ともに安定している。お子のことを考えれば、それはとても望ましいことなんだろうが――」

ふいに声が遠くなった気がした。喋り声がしているのに、何を言っているのか上手《うま》く聞き取れない。代わりに自分の心臓の音が早鐘をつくように忙《せわ》しく高鳴りだす。

「とにかく、母体にストレスは禁物だ。子が無事に生まれるまでは、翔真に気づかれないようにしろよ。余計な情は挟まず、お目付け役の仕事を果たせ。どっちにせよ――」

低めた柊の声が、静まり返った廊下に波紋を落とすように響いた。

「一月後には、お子のことも、お前と出会ったことも、すべて忘れてしまうのだから」


クリニックからの帰宅後、翔真は急激な倦怠感《けんたいかん》を覚えた。

玄関に入った途端、電池が切れたようにがくんと膝から崩れ落ちた。

「おい、翔真」暁がびっくりしたように叫んだ。「どうした!」

「……ごめん、ちょっと頭がぼーっとして……」

「お顔がリンゴのように真っ赤ですぞ」「これは熱がありますな。おおっ、ひどく熱い」

幼女姿に変化した使い魔たちもわたわたと慌て出す。

「平気だよ。そんなに騒がなくても」

翔真は苦笑し、両膝に力を入れる。しかし、立ち上がろうとした途端に眩暈《めまい》に襲われた。

くらっと視界が揺れてふらついた翔真を、脇から暁が素早く支える。

「翔真、無理に動かなくてもいい。じっとしていろ」

「ん、ごめん……えっ、わ」

ふわっと体が宙に浮いた。暁は軽々と翔真を横抱きにすると、蹴《け》り飛ばすように靴を脱いで玄関を上がる。示し合わせたように珊瑚と黒曜が翔真の足からスニーカーを片方ずつ引き抜いた。

「珊瑚、黒曜。居間に布団と体温計の準備を」

「「承知」」

二人がぱたぱたと廊下を駆けてゆく。翔真は暁に抱きかかえられて居間まで運ばれた。

畳敷きの部屋にはすでに布団が準備されていた。押入れから引っ張り出した客人用のそれである。最初の頃は暁が使っていたが、最近は翔真の部屋で抱き枕になってくれているのでしまってあったものだ。

翔真はそっと布団の上に寝かされた。

暁が昨日も干してくれていた布団は、ほんのり太陽のにおいがした。

「……やはり熱があるな。いつから具合が悪かったんだ」

体温計の数値を見て、暁が顔をしかめた。

「いつからっていうか……帰ってきたら急に力が抜けて……。それまでは、本当に何ともなかったんだけど」

「寝ていろ。柊先生に訊いてみる」

暁が腰を上げる。廊下に出ていった暁に代わり、今度は珊瑚と黒曜が心配げに顔を覗《のぞ》き込んできた。氷水を張った盥《たらい》にタオルを浸して絞り、甲斐甲斐《かいがい》しく翔真の額にのせてくれる。

「大丈夫ですか、翔真殿」「何か欲しいものはありまするか」

「……ありがと。じゃあ、お水を一杯もらえるかな」

「承知」と、すぐさま黒曜が駆け出していった。珊瑚は翔真の汗ばんだ頬や首を濡《ぬ》れタオルでせっせと拭いてくれている。いつもは憎まれ口ばかり叩いている彼らがおろおろと慌てふためく姿に申し訳ないと思いつつも、翔真を心配し、看病してくれるのが嬉しかった。祖父が亡くなって、この広い家に一人で暮らすようになってから、こんなにも世話を焼いてもらったことはない。誰かが傍にいてくれることの心強さを改めて実感する。

だけど——と、翔真は急速に心臓が冷えていくのを覚えた。体は火照《ほて》っているのに、心だけが妙に冷たい。ふわふわと熱に浮かされた体が突然冷や水を浴びせられた気分になる。

──母体が出産をしたらそれまでの記憶は消されるんだからな。

脳裏に柊の声が蘇った。

──一月後には、お子のことも、お前と出会ったことも、すべて忘れてしまうのだから。

「……っ」

嫌な記憶を掻《か》き消すように、枕の上で思わず振った頭からタオルが落ちた。びっくりした珊瑚と黒曜が「「ど、どうされましたか」」と騒ぐ。

我に返った翔真は慌てて何でもないと謝った。動悸《どうき》が激しい。黒曜が運んできてくれた水を飲んでいると、電話を終えた暁が戻ってきた。

「翔真、クリニックで薬を飲んだだろ」

「ああ、うん」翔真は頷く。「先生にもらって、飲んだけど」

母体フェロモンの過剰分泌を抑える薬である。暁が頷いた。

「おそらくそれが原因だ。初めて薬を飲んだ時には、フェロモンが乱れて発熱や倦怠感などの症状が表れることがあるらしい。特に疲れが溜まっている母体は影響を受けやすいそうだ。先生は説明したと言っていたが、聞いてないか」

「……そういえば、そんなことを言ってたかも」

帰り際に聞いた気もするが、他のことに気を取られていたせいでうろ覚えだった。

「二度目の服用からは副作用はなくなるらしいから、心配しなくてもいいそうだ。今の症状は一晩すれば治るようだし、とりあえずは熱が下がるまでゆっくり休め」

「そっか」翔真はほっとする。「うん、わかった。ありがとう」

水を飲み終えて再び横になると、暁も傍にやってきて腰を下ろした。熱を吸ったタオルを再び氷水に浸し、翔真の額《ひたい》にのせる。目もとや頬にかかった髪の毛をそっと優しく指先で払われて、落ち着きを取り戻しつつあった脈拍がまた跳ね上がった。

額の冷たさと、頬の熱さと。顔の温度差に戸惑う。暁が触れた場所からじわじわと熱が広がって、体内まで侵食する。胸がどうしようもなく苦しい。

「毎日、お子のために頑張っていたからな」

静かな声を聞かせて、暁が翔真の頭に手をやった。熱で潤《うる》んだ目に暁の何とも言えない表情が映る。大きな手のひらが、翔真を労《いた》わるように優しく撫でる。

「疲れが溜まっていることにも気がつかず、無理をさせて悪かった。俺の責任だ」

「無理なんかしてないよ」

翔真は咄嗟にかぶりを振った。

「俺は自分にできることをやっているだけで、それは俺がやりたいからそうしてるんだよ。お子の機嫌がいいと俺も嬉しいし、もっと頑張ろうって思いながら、暁と二人でお子のために何ができるかいろいろ考えるのも楽しい。一緒にお子のために頑張ろうって約束しただろ。だから、無理をしてるなんて思ったことは一度もない。たぶん、この熱は薬のせいだよ。薬を飲む前までは元気だったんだから。ほら、俺は他の母体よりフェロモンが多いらしいし、そのせいじゃないかな。だから、責任がどうとか、暁が気にすることじゃないから」

必死に告げる。見上げた先で、暁が面食らったように目を瞠った。

僅《わず》かな沈黙の後、口を開く。

「ありがとう」暁がふっと微笑んだ。「お前がお子の母体でよかった」

「――……っ」

胸の奥が潰れるかと思うほどぎゅっと引き絞られた。

「う、うん」翔真は布団の中で胸を押さえ、動悸に上擦《うわず》った声で言った。「迷惑ばかりかけてるけど」

「迷惑をかけたのは俺の方だ」

「え？」

思わず訊き返すと、暁が僅かに目を細めて答えた。

「俺を、助けてくれただろう」

翔真はああとすぐに思い当たる。車に轢《ひ》かれそうになった暁をかばったあの一件か。

「あれは、先に暁の方が俺を助けてくれたんじゃないか」

野犬に襲われかけたところに暁が現れたのである。ところが暁は小さく微笑んで、首を緩く左右に振った。

「あの時ばかりのことじゃない」

「？」

翔真は話が見えず首を傾げる。暁が過去を思い起こすかのごとく、ゆっくりと音節を区切って言った。

「お前は変わらない。自分の身の危険を顧みず、無茶をするところは相変わらずだ。そういうところがとても危なっかしくて、俺はあれからもずっと――」

そこで一旦、言葉を切った。はっと我に返った暁は、どこか動揺した素振りで忙《せわ》しなく視線を宙に彷徨《さまよ》わせる。言いあぐねるように唇を噛《か》み締めた後、再び口を開いた。悩ましげな吐息混じりの声でぼそぼそっと呟《つぶや》く。

「恩を返したいのに、なかなか返させてもらえない」

「……恩なんて」翔真は暁の妙に色っぽく湿った半開きの唇を見上げて、どぎまぎしながら言った。「む、むしろ俺の方が暁に甘えてばっかりで、感謝しっぱなしなのに」

「もっと甘えてくれていい」

暁がふっと微笑んだ。

「そのために俺はここにいるんだ。何かあればすぐに俺を呼べばいい。頼ってほしいし、甘えてほしい」

何か大事な宝物のように頭を優しく撫でられて、翔真は急激な息苦しさを覚えた。心臓が今にも破裂しそうな音を立てて鳴りだす。

「あ」翔真は喘《あえ》ぐように空気を吸い、ようように言った。「ありがとう。ご、ごめん。ちょっと、眠くなってきたから、少し休むね」

「ああ、そうだな。悪い、気が回らなくて」と、暁が申し訳なさそうに頷いた。

「ゆっくり休め。起きたら食べられるように粥《かゆ》を作っておく」

柔らかく微笑み、もう一度翔真の頭を撫でてそっと手を引く。

「そうだ。今日は、抱き枕はいいのか？　必要なら変化するぞ。いつものように、眠るまでこの体を抱きしめるか」

もうすっかり恒例のように訊ねられて、翔真は慌てて首を横に振った。

「ううん、今は……いい。大丈夫」

「そうか」と、暁は頷き、すっくと立ち上がる。「おやすみ」と優しい声を残し、使い魔たちを連れて部屋を出ていった。

一人きりになり、静寂に包まれる。

翔真はどうにもいたたまれず、衝動的に布団を頭から被った。すると、やたらと大きかった心臓の音が余計にこもって増幅されて、ますますいたたまれなくなる。

布団の中で背中を丸め、両膝を引き寄せた。母親のおなかの中にいる赤ちゃんみたいにぎゅっと丸くなる。

「どうしよう……」

翔真は呟いた。

熱っぽいこもった声が耳に返り、心臓はもうずっとうるさい。

閉じた瞼《まぶた》の裏に暁の顔がふっと浮かんで、たちまち体の奥から薬の副作用とは別の熱が込み上げてきた。熱は胸の辺りでぶわっと膨れ上がり、心臓が壊れそうなほど高鳴る。

暁を思うと、息苦しいほどの甘美な気持ちに捉われる。本音では触れたいけれど、きっといつものように彼に抱きついて寝たら、たとえ犬の姿をしていても、疚《やま》しい心を隠せなくなる予感があった。吐く息が妖《あや》しい熱を孕《はら》む。恋しさに炙《あぶ》られた心臓が痛い。

この抑えきれない情動の名前が、暗闇にぽっと火がともるように頭に浮かんだ。

「どうしよう、俺――暁のこと、好きになっちゃってたんだ……」

自覚した途端、再び柊のあの言葉が頭を過《よ》ぎる。

――一月後には、お子のことも、お前と出会ったことも、すべて忘れてしまうのだから。

たちまちすうっと熱が引いて、ぶるっと背筋が震えた。

横になっているのに、立ちくらみを起こしたように目の前がぐらりと歪《ゆが》んだ。

■8■

「最近、元気がないようだが、何かあったのか」

早朝のウォーキングコースを歩きながら、不意打ちのように暁が問いかけてきた。

ちょうど休憩地点に到着し、河原への石階段を下りようとしていたところである。ぎくりとした翔真は足を踏み外した。

「うわっ」

「翔真！」

ずるっと一瞬体が宙に放り出されたが、すぐさま引き戻された。背後から暁が抱きしめるように翔真を抱え込んでいた。

「おい、大丈夫か」

「う、うん」翔真は急いで自分の足で立って頷く。「ごめん、ありがとう」

振り返らず、咄嗟に右に顔を背ける。左の耳元に暁の体温を感じて、脈拍が異様なまでに跳ね上がるのを感じた。

「やっぱり、おかしいぞ。いつもなら階段は特に気をつけて下りているのに」

暁が前方に回り込み、心配そうに顔を覗き込んでくる。急に目の前に暁の顔が広がって、びっくりした翔真は危うくまた転びそうになった。どうにかバランスを保ち、ほっと息をつく。それが何か悩ましい溜《た》め息《いき》にでも聞こえたのか、暁が険しい顔つきをして言った。

「悩み事か。話があるならいくらでも聞くぞ。溜め込むのはよくないと、先生にも言われただろうが。話してくれ」

「べ」翔真は焦った。「別に、何もないよ。悩んでないし。ちゃんと元気だから」

「そうか?」暁が疑《うたぐ》る眼差《まなざ》しで見てくる。「このところ少し食が細くなっているし、時々一人で何やら考え込んでいるのを見かける。俺が声をかけると、『何でもない』と言いながらも、すぐにまた黙り込むだろ。それに――」

暁が眉間《みけん》に皺《しわ》を寄せて、不満げに言った。

「最近は、抱き枕に呼ばれる回数が減った」

「え?」

不覚にも、翔真は逸らしていた顔を向けてしまった。間近で視線が交錯し、心臓がどくんと鳴り響く。

「一時期は毎晩のように抱きついてきたくせに、最近は疲れたと言って一人で部屋に戻ってしまうだろ」

「いや、それは……」

「知っているんだぞ」

被せるように鋭く言い放たれて、びくっとした。暁の神妙な眼差しが翔真を捉える。まさかと息を呑《の》む。

「少し前から、ベッドに新しいぬいぐるみを連れ込んでいるな。あの、白黒の陰気な顔をした奴だ」

眇《すが》めた目にじとっと睨《にら》まれて、翔真は思わず押し黙った。

「……白黒のぬいぐるみって、ゲームセンター《ゲーセン》でとったパンダのこと？」

「そうだ、そいつだ。犬好きだと言いながら、まったく犬じゃないイキモノに添い寝をさせているんだからな。よほどあいつが気に入ったということか。大体、初めて目が合った時から気に食わなかった。何を考えているのかさっぱりわからない底なし沼のような真っ黒な垂れ目のくせに、頰ばかりはかわいらしく桃色に染めやがって。あざといことこの上ないとは思わないか。お前は騙《だま》されているんだぞ。その上、あのもちもちふかふかとした何ともいえない触り心地は、筋肉質の俺にはないものだから余計に腹立たしくて……」

ぶつぶつと愚痴《ぐち》を言い出す暁を、翔真はぽかんと見つめる。次の瞬間、ぷっと吹き出してしまった。

「何だ、何を笑ってるんだ」

「いや」翔真は肩を揺らして言った。「だって、暁がおかしなことを言い出すから」

「何がおかしいんだ」暁がむっとする。「布団を干そうとして、お前のベッドからあいつが出てきた時の俺の気持ちがわかるか。お前はもうお払い箱だと言われた気分になった」

「お払い箱って……」

先日、店の常連客が「定年退職したら、もう妻からお払い箱扱いだよ」と冗談雑《ま》じりに話していたことを思い出した。暁も興味津々《しんしん》に耳を傾けていた。

そういえば三日ほど前、帰宅するとパンダのぬいぐるみが部屋の隅に転がっていた。起きた拍子にベッドから落ちたのを気づかず出かけたのだと思っていたが、もしかするとそうではなかったのかもしれない。

膨《ふく》れ面《つら》の暁を横目に見やり、翔真は込み上げてきたくすぐったさを嚙み締める。

ぬいぐるみに嫉妬するなんて、かわいすぎる。パンダのあざとかわいさの比じゃない。

翔真が手料理を美味しいと褒めると、嬉しそうに笑う顔も。翔真の前でだけ、気分が高揚して思わず犬の尻尾が飛び出してしまうちょっと無防備なところも。あどけない犬の寝姿も。気持ちよさげにスピースピーと鼻を鳴らす様子も。全部かわいくて、いとおしい。

その一方で、翔真を真っ先に気遣ってくれる優しさや、何があろうとお前のことは必ず俺が守ってやると約束してくれた頼もしさ、心強さ。すべてがかっこよくて、どうしようもなく惹《ひ》かれる。

先ほど、足を滑らせた翔真を抱き支えてくれた暁の屈強な腕の感触がまだ残っていた。

「パンダのぬいぐるみは、暁が初めてとった景品だから、記念に飾ってるだけだよ」

河原に下りて、伸びをしていた暁がちらっとこちらを向いた。

「ここ最近、布団に入ったら気がつくと眠っちゃっててさ。熟睡なんだよね。暁も狭いベッドに俺と一緒に寝るのは窮屈だろうし、一人の方がゆっくり眠れるだろうと思って」

「別に俺は構わないぞ」暁が言った。「だがまあ、自力で良質な睡眠が得られるようになったのはいいことだがな」

自分に言い聞かせるような口調はどこか少し寂しげで、それがまた翔真の胸をぎゅっと軋《きし》ませる。

熟睡なんて嘘だ。

本当はこのところずっと寝つきが悪い。それなのに暁を自分の部屋に入れないのは、これまで通りに一緒の布団で眠ることはもうできないと思ったからだ。

あのビロードのような滑《なめ》らかな獣毛を抱きしめるだけでも、きっと疚しい気持ちが抑えきれなくなる。熟睡どころか一睡もできなくなりそうだ。

暁のことを好きな想いは日に日に膨らんでいくようだった。今も隣にいるだけで少し胸が苦しい。無防備に下げた彼の手にうっかり触れたくなってしまう。

「昨日もよく眠れたか」

暁が訊いた。翔真は笑って嘘をつく。

「……うん」

「今朝のお子の調子はどうだ？」

もう恒例になったお子のチェックのため、暁はその場に跪《ひざまず》いた。いそいそと翔真の腹部に手を当てる。翔真はぴくっと小さく体を震わせた。急に心臓がどくどくと鳴り出し、全身に甘酸っぱい緊張が走る。暁が「ん？」と、首を傾げた。おもむろに自分の顔を近づけると今度は耳を押し当てる。「……今日はなんだかいつもと違った音がするな」

「え？」と、翔真も自分の腹に手を当てた。ぽっぽっぽこぽこぽこぽこっこ。異様なほど高速の脈動が伝わってくる。どこかで聞いたリズムだと思ったら、翔真の鼓動だ。

「ごっ」翔真は焦って飛び退《の》いた。「ごめん」

暁がきょとんとした。「どうしてお前が謝るんだ」

翔真はうっと言葉を詰まらせる。頬がみるみるうちに熱くなるのを感じる。

「今日のお子はとても嬉しそうだな。いつになくご機嫌な様子が伝わってくる。それにしてもリズミカルな動きだったな。聞く者の心までうきうきとさせるような素晴らしい胎動だ。将来は魔界を代表する音楽家か、それとも新たな一大ブームを巻き起こすダンサーか……」

楽しそうに語る暁を前に、翔真は後ろめたい気持ちでいっぱいになった。お子の胎動が翔真の想いを反映したものだとは口が裂けても言えない。暁に抱く邪《よこしま》な情動をお子が代弁しているみたいで、それを暁に聞かれてしまったことがどうにもいたたまれなかった。

絶対にこの気持ちを暁に知られるわけにはいかないのに。

翔真は理性を総動員して、早鐘をつく心臓をどうにか鎮めようと懸命に努力する。

あの時、羽鳥が翔真に気がつかなかったのは当然だったのだ。魔族の子を宿している間の記憶がすべて消去されていたのだから。翔真と出会ったことも彼は一切覚えていない。

そして、それは翔真にも言えることだった。

あと一月も経たずに翔真はお子を出産するだろう。お子が無事に生まれれば、その時点でおそらく翔真の記憶の一部はごっそり消されてしまうのだ。その分、勝手に捏造《ねつぞう》された新たな記憶で上書きされるのかもしれない。どちらにせよ、暁と出会って一緒に過ごした時間はすべてなかったことにされてしまう。

過去にあった、母体の人間とお目付け役の魔族との恋愛も、その先の話を羽鳥が聞かせてもらえなかった理由を今なら理解できる。きっと記憶を操作されて、二人の恋心も何もかもをなかったことにされたのだ。だから成就はない。母体とお目付け役はそれぞれの役目を果たして終わりだ。翔真も、文字通り「お払い箱」となる。

暁はそれを知っている。知っていて、翔真には黙っている。なぜなら、お子が無事に生まれてくるように、翔真に余計なストレスを与えないためだ。

結局、暁にとって、翔真は単なる母体なのだ。それ以上でも、それ以下でもない。

役目を終えた時点でこの関係は終了。暁は翔真の記憶を消し、お子を連れて魔界に戻るのだろう。揚羽がそうだったように。

辛《つら》いが仕方ない。

最初からそういう契約なのだ。幸いにもお子との相性がよかったばかりに、翔真はお子を宿す代わりに死にかけていた命を助けてもらった。そう仕向けてくれた暁には借りがある。翔真こそ、きちんと恩を返さなければ。

暁が、何としてでもお子に無事に生まれてきてほしいと願っていることを、翔真は知っている。

翔真も、もう他人事《ひとごと》ではない。お子を守りたいと思うし、元気に生まれてきてほしい。そして、無事に生まれたお子を抱いた暁の喜ぶ顔を見たいのだ。二人揃《そろ》って笑顔で魔界に帰ってほしいと思う。そこに翔真の邪な感情を挟み込んでしまったら、きっと優しい暁を困らせてしまう。翔真は記憶をなくして終わりだが、暁はそうではないはずだ。翔真のことで蟠《わだかま》りを残したまま人間界を去ってほしくないと思った。

どうせなら、少々無茶はするが偶然出会った割には案外頑張った良き相棒として、記憶に留《とど》めておいてもらいたい。

何せ魔族を暴走車からかばって死にかけたのである。インパクトは相当なものだろう。そして時々は、そういえばあいつは今頃どうしてるのだろうかと、ふと思い出してもらえたら嬉しい。それで十分だ。

川沿いの桜並木がふと目に入った。今は桜紅葉《さくらもみじ》の木々が花を咲かせ、満開になる頃、おそらく暁はもうここにはいない。一緒に桜を見ようと約束したのに、最初からどうなるかわかっていて、あの時の彼は笑顔で頷いたのだろうか。

「よし。そろそろ行くか」

暁が最後に大きく伸びをして言った。

「うん、行こうか」と、翔真も頷き、二人並んで歩き出した。

秋が深まり、紅葉も見頃を迎えている。

近所の銀杏《いちょう》並木が美しい金色に染まる中、街では早々と浮ついたクリスマスカラーを押し出す店が出始めた。

つい先日まで、商店街のアーケードの出入り口には紫や黒のとんがり帽子を被ったカボチャおばけが飾ってあったのに、いつの間にか赤と白のサンタが鎮座している。軒を連ねる店舗のオブジェも様変わりして、すでにツリーを出している店もある。

クリスマスまでまだ一ヶ月以上もあるのに随分と気が早い。

そんなふうに考えつつも、翔真の頭の中は店の新メニューのことでいっぱいである。秋のパフェが現在進行形で大好評なので、次はクリスマス期間限定のパフェを出したいと考えている。暁とも相談して、あれはどうだ、これはどうだと試作の真っ最中だ。

相変わらず暁は翔真の体を第一に考え、あれこれと世話を焼いてくれる。一方、翔真は一旦気持ちを切り替えてから、少し気が楽になった。

恋情に蓋《ふた》をして、割り切って暁と接する。

頭の中で何度も言い聞かせていても、ふとした瞬間に胸が高鳴り、暁の一挙手一投足に心が乱されがちになるが、何とか上手く装っているつもりだ。

変に勘繰られるのも怖いので、時々は暁に抱き枕をお願いするようにもしている。以前とは違って、あのビロードのような体を抱きしめると心臓がやたらとうるさく撥《は》ねて、余計に眠れなくなるのだけれど。

「悪いね、翔ちゃん。わざわざ配達してもらっちゃって」

時計屋のご主人が小銭を数えながら手渡してきた。翔真はコーヒーポットを渡し、受け取った代金をポーチに入れる。

「構わないですよ。ちょうど手があいてたんで。お客さんですか」

「そうなんだよ。組合長が来ててさ。こんな時に限って奥さんは友達と旅行に出かけちゃっててさあ。俺が淹れたまずいコーヒーを飲ませるわけにもいかなくて。あの人、味にうるさいだろ？　翔ちゃんのコーヒーなら間違いないと思ってさ」

声をひそめて言われて、翔真は苦笑した。

「じゃあ、ポットは後で取りに来ますんで。ありがとうございました」

「おう、こっちこそありがと。そうそう、組合長が春の食イベントが好評だったから、来年も予定してるみたいなことを話してたぞ。次も翔ちゃんにはコーヒーを頼みたいって」

「本当ですか。組合長に、また店にも来てくださいって伝えておいてください」

挨拶を交わして店を出る。〈かすがい〉は公《おおやけ》に注文は受けてないが、昔馴染みのお得意さんの頼みがあれば出前もしている。とはいえ、範囲はごく近所に限っているため、せいぜい徒歩数分圏内のこの商店街までである。

帰りに八百屋の大将に声をかけられた。

「この前はありがとうな。あの男前の兄ちゃんにも礼を言っといてくれ。お客さんも感謝してたよ」

「怪我《けが》がなくてよかったですよね。鞄《かばん》も無事に戻ってきたし」

先日のことだ。たまたま暁とこの店の前を通りかかった時に、引ったくり犯が現れたのである。八百屋でお客さんが品定めをしている最中に持っていた鞄を奪われたのだ。悲鳴を聞いて、いち早く反応したのが暁だった。あっという間に逃げる犯人を追い詰めると、その場で捕まえて取り押さえたのである。警察官顔負けの鮮やかさだった。

「これ、持っていって。徹さんや男前兄ちゃんと一緒に食べてよ」

そう言って渡されたのは紙袋いっぱいのみかんだった。翔真は大将に礼を言ってありがたく受け取る。

『さすが暁様ですな』

店を出たところで、左肩から声が聞こえてきた。暁の代理で護衛としてついてきてくれた珊瑚である。黒曜は店に残って暁の手伝い中だ。

『先日の暁様は実に素晴らしかった。盗人《ぬすっと》をあっという間に捕まえてぎったんばったんと』

珊瑚が再現するように翔真の肩でバタバタと羽を動かす。

「もう」翔真は声をひそめて言った。「そんなとこで暴れるなって」

『誰にも見えておりませんからご安心を。それよりも、美味《うま》そうなみかんですな』

「戻ったらみんなで食べよう。そういえば、珊瑚も最近、ちょっと太ったんじゃない？」

『なっ』珊瑚が動揺した声で言った。『そんなはずないですぞ！』

「いやいや、太ったと思う。黒曜も一層丸くなって、二人を後ろから見ると、桜餅《さくらもち》とぼた餅が並んでるみたいで美味しそうだもん。黒曜を背中に乗せて飛んでる姿も、前はすい－っと軽々と飛んでたのに、今はなんかこうバタバタしてて全体的に重そうっていうか」

ガーンとショックを受けた珊瑚が固まる。まあ、人のことを言えない。翔真も運動はしているが、そのぶん食べているので、体重計の数字はいったりきたりを繰り返している。有能な料理人との同居はメリットばかりではないのだ。

翔真は人ごみを歩きながら、もうすぐその暁の手料理も食べられなくなるだろうことを考えていた。暁が魔界へ帰ってしまったら、彼の存在自体が最初からなかったことにされるのだろうか。暁が〈かすがい〉で働いていたことも、この商店街で引ったくり犯を捕まえたことも、翔真を含めた他のみんなまで全部忘れてしまうのだろうか。

どんっと肩に衝撃を受けた。

ぼんやりしていた翔真ははっと我に返り、慌てて重心の傾いた体を立て直した。視界の端に赤い服が遠ざかっていくのを捉える。擦《す》れ違い様にぶつかったようだ。

「あっ」

傾いた袋からみかんが数個飛び出した。ちょうどアーケードを抜けたところで、みかんは横の路地に転がってゆく。翔真は急いで追いかけた。二個を拾い、一番遠くまで転がった最後の一つを見つけたところで、さっと視界を黒いものが横切った。黒猫だ。

黒猫はみかんを銜《くわ》えると、路地の奥にかけていってしまう。

「え、ちょっと待って」

翔真は反射的に追いかけた。確か猫にみかんの皮を与えては駄目だったはずだ。皮に含まれるある成分を摂取すると中毒症状が現れる場合があるのだ。何かで目にした気がする。

黒猫が路地を右に折れた。翔真も続く。

路地の先は行き止まりだった。薄暗い道に黒猫がこちらを向いて立ち止まっているのを認めて、翔真はほっと胸を撫で下ろした。みかんは銜えたままだ。

「そのみかん、こっちにちょうだい。それはキミには毒なんだよ。食べちゃダメだ」

数歩近づいて、ゆっくりと手を差し出す。黒猫はじっと翔真を見つめている。やけになってがぶっと歯を立てなければいいが。

噛むなよ、噛むなよと念じながら、翔真は慎重に距離を詰めていく。「珊瑚」と、視線は前に向けながら、声をひそめて自分の左肩に語りかけた。「あの猫の背後に回れる？　こっちに注意をひきつけておくから、後ろから珊瑚が何か物音を立てて少し脅せば、びっくりしてみかんを落として逃げ出すんじゃないかと思うんだけど……」

ところが珊瑚からの返事はなかった。怪訝に思い、ちらっと肩に視線を転じた翔真は、そこで初めて珊瑚がいないことに気がついた。

まさか、アーケード街の人ごみの中に置いてきてしまったのだろうか。いつ肩から飛び立ったのか、まったく気がつかなかった。ショックを受けて置物みたいに固まっていたので、みかんのように地面を転がったところを、通りかかった猫に銜えて連れていかれていたらどうしよう。そもそも、珊瑚はこの世界の猫の目には見えているのだろうか。

そこでふと今更ながらおかしなことに気がついた。

どうして自分はこの距離まで猫と近づいて何ともないのだろうか。

普段の翔真なら、屋外でもこれだけ近づけばすでにくしゃみの一つは確実に出ている。それがまったく体にアレルギー症状の兆候が表れない。この世界の動物にお子の魔力は無効だ。今は暁の魔力でアレルギーを抑えてもらっているわけでもないのに。

ぞわっと背筋に寒気が走った。

先に進むつもりだった足を引いて、その場に踏み止《とど》まる。

ここずっと、犬やインコやハムスターが当たり前のように家の中にいるので、すっかり自分の体質が治ったような気分でいた。迂闊だった。くしゃみが出ないことの方が異常なのだと、もっと早くに気がつくべきだった。

その時、かさっと小さな葉擦れの音がした。

横を向いた次の瞬間、ブロック塀に挟まれた細い脇道から影がぬっと飛び出してきた。

ぎょっとした翔真は、反射で体をよじって背後に飛び退く。

何者かの手が鼻先を掠《かす》める。間一髪でかわした翔真はバランスを崩してその場に尻餅をついた。

「ちっ」と、舌打ちが鳴った。「あのまま進んでれば上手く罠《わな》にかかってたのに」

翔真は愕然《がくぜん》として見上げた。薄暗い脇道から現れたのは若い男だった。派手な金髪に赤いシャツ。

はっと脳裏に閃《ひらめ》くものがあった。先ほどアーケード街でぶつかった男だ。

無造作に突き出した男の手もとが視界に入り、咄嗟に声を上げた。「珊瑚！」

珊瑚はぐったりとなって男の手に羽ごと鷲摑《わしづか》みにされていた。

『その鳥は？』と、別の声が割って入った。あの黒猫である。人語を喋った時点でもはやただの猫でない。魔族だ。黒猫の傍には、翔真をおびき寄せるために銜えていたのだろう、もう用済みだとばかりにみかんが転がっていた。

「おおかた目付け役の使い魔だろう。人ごみに紛れて母体を連れ去ろうとしたら、こいつが邪魔するから失敗した」

男がまるで空き缶をゴミ箱に放るように珊瑚をぽいっと地面に投げ捨てた。

「珊瑚！」翔真は目の前に転がってきた珊瑚を急いで両手に掬《すく》い上げる。珊瑚は白目を剝《む》いたまま気を失っていた。

ざりっと靴底が砂粒を噛む音がした。

はっと顔を撥ね上げると、金髪の男が鋭い目つきで翔真を見下ろしていた。その射るような眼差しに、翔真は言葉を失《な》くし、ぞっと震え上がる。

「人間の中に紛れているとわかりにくいが、確かに他の母体にはない、何とも言えない魅惑的なにおいを発してるな。情報屋に高い金を払って調べさせただけのことはある。魔力が高めの中級魔族以上の子を宿した母体狙いだったが、まさかこんな大物を釣り上げられるとはなあ。俺は運がいい」

男がうっとりと目を細め、舌なめずりをしてみせた。

「こいつを腹の中の赤ん坊ごと喰ったら、桁《けた》違いの魔力が手に入るに違いない」

にたりと下卑《げび》た仕草で唇を引き上げる。途端に翔真の全身の産毛がぞわっと逆立った。警告音とともに柊の声が脳裏に蘇る。

――気をつけろ。……母体云々《うんぬん》関係なく、『運命の母体』の強力なフェロモンと魔力を狙って、赤ん坊ごと連れ去ろうとするタチの悪い輩《やから》も存在する。……俗に言う『母体狩り』というやつだ。

「――っ」

翔真は反射的に自分の腹部を両手で覆った。

言われた通りに薬を飲んでいたのに、いつの間にか薬では抑えきれないほどにフェロモンが体外に漏れ出していたのかもしれない。そこをこの魔族に嗅ぎつけられてしまったのだ。

翔真はキッと金髪の男を睨みつけた。

この敵から何が何でもお子を守らなくては。その一心で必死に思考を働かせる。

ふと脇に積んであったコンクリートブロックに目が留まった。じりっと男が一歩近寄るのが視界の端に入った。「や、やめろ！」翔真はみっともなく手足を闇雲《やみくも》にばたつかせて、尻餅をついたまま後退《あとじさ》る。「こっちに来るなよ！」

男は追い詰めた獲物をいたぶる獣の目をして、顔をにやつかせる。

地面を蹴り、一気に距離を詰めてきた。今だ――翔真は背後に手を回し、ブロックの上から小さな鉢植えを掴むと、思いっきり男に投げつけた。至近距離も手伝って、鉢植えは見事に狙った顔のど真ん中に命中する。男が悲鳴を上げた。ばらばらと鉢の土が飛び散り、目くらましにもなったようだ。「クソっ」と男が目もとを押さえて唸《うな》る。

その隙に、翔真は急いで立ち上がった。珊瑚を連れて逃げ出す。

しかし、小路を抜けようとしたところでさっと影が横切った。ブロック塀の上を猛スピードで走り抜けた黒猫がしゅたっと地面に着地し、翔真の行く手を阻む。

黒猫に先回りされて、急ブレーキをかけざるをえなかった。立ち止まった翔真に、鋭い歯を剝いた黒猫が飛びかかってきた。

しまった――！

翔真は咄嗟に腹と珊瑚を両腕でかばった。他は嚙みつかれても仕方ないと覚悟する。とにかく腹だけは死守しなくては。

ところが、すぐ傍まで迫っていたはずの黒猫の気配が急に立ち消えた。直後、何かが地面に叩きつけられた鈍い音が耳に届く。

怖々と目を開けた。視界に飛び込んできたのは、見覚えのない人物の後ろ姿だった。翔真を守るように立っていたのは、白いウサギの耳と尻尾を生やした少年だった。

まだ十歳前後の男の子だ。茫然とする翔真は、ふと地面に転がっている黒い物体に気がついた。黒猫がだらんと延びていた。この少年の仕業《しわざ》だとすぐに理解する。

「あの」翔真は掠れた声で言った。「ありがとう」

少年はこちらを向かずに答えた。「逃げてください。早く暁様のところへ」

彼は暁のことを知っている。味方だとわかり、翔真は頷いた。

その僅かの間で、延びていたはずの黒猫が復活する。

少年と睨み合い、一触即発の空気に包まれる。見た目は少年だが、おそらく彼も魔族。この場は彼に任せて、一刻も早くここから逃げるべきだ。翔真は少年に背を向けて走り出す。

その時、「このクソ母体がッ」と、背後から乱暴に襟首を掴まれた。次の瞬間、物凄い力で引っ張られたかと思うと、翔真は宙を舞っていた。漫画のように投げ飛ばされ、背中から地面に叩きつけられる。

激しい衝撃に翔真は咳《せ》き込んだ。

頭上に影が差した。はっと見上げると、涙で滲んだ視界に金髪の腕が迫る。

翔真は反射的に腹部をかばうようにして地面を転がった。上手い具合に金髪の背後に回ることができた。どうにか立ち上がり、隙をついて駆け出す。ところが数歩逃げたところで、足に何かが巻きついた。引っ張られ、たちまち転んでしまう。

何かと思ったら、足に緑色の植物が巻きついていた。植物のもとを辿《たど》ると、先ほど翔真が男に投げた鉢植えから伸びている。植物はまるで意思を持っているかのようにぐねぐねと茎や葉を伸ばし、うねって、翔真を取り囲んでいる。

金髪がパチンと指を鳴らした。

すると植物の一部が鞭《むち》のようにしなって、翔真に襲いかかってきた。

無理だ、避《よ》けきれない。翔真は最後の足掻《あが》きでうつ伏せになる。腹を両腕で抱きしめて背を丸める。どうか、お子だけは――。

その時、バチンッと破裂音が鳴り響いた。続いて、背後で突然風が巻き起こるとともに、何かぶつかり合う衝撃音が聞こえてくる。

それも一瞬だった。やがて静寂が落ちる。

翔真は恐る恐る閉じた瞼を持ち上げた。ゆっくり振り返ると、長身の後ろ姿が目に飛び込んできた。その瞬間、張り詰めた胸に安堵《あんど》が広がる。

暁が視線だけを向けて言った。

「大丈夫か、翔真」

翔真はすぐには声が出ず、こくこくと頷いた。喉もとまで込み上げてきた熱いものをぐっと飲み下す。

急いで体を起こすと、足もとにはばらばらに切断された植物の残骸が無造作に転がっていた。巨大化した植物はみるみるうちに生気を吸い取られるかのように萎《しぼ》み、からからに枯れてしまった。凪に吹かれて路上に散らばる。

どさっと音がした。

暁の方を向くと、首もとを摑まれた金髪が地面に膝をつき、力なく項垂《うなだ》れていた。両腕もだらんと垂らして、意識はほとんどないように見えた。暁の横顔を見やり、翔真は思わずびくっと胴震いした。初めて見る表情だった。目が合ったら瞬時に氷づけにされそうな冷酷きわまりないそれから視線を逸らせずにいると、暁の手もとがふいに揺らいだ。次の瞬間、ばさっと赤いシャツとチノパンだけが地面に落ちる。金髪の姿が消えた。

暁が赤いシャツの中から何かを拾い上げた。体が細長いヘビのような生き物だ。

ちらっと視線を翔真の背後に投げて、暁が言った。

「おい、お前の主を連れて行け。もう二度と俺たちの前に現れるな。次、この人間を襲ったら今度こそ命はないと思え」

虎《とら》模様の生き物を地面に投げ捨てる。途端に翔真の脇を風が駆け抜けた。転がるようにかけてきた黒猫はヘビを銜えると、必死に引き摺《ず》って奥の小路に逃げ込み姿を消した。

我に返ったように表情を取り戻した暁が、すぐさま駆け寄ってきた。

「翔真、無事か」

跪き、翔真の顔を両手でつつみこむ。視界いっぱいに心配げな暁の顔が広がり、翔真の心臓は思い出したように高鳴りだした。

「う、うん。大丈夫」翔真は頷く。「ちょっとこけたぐらいで、何ともない。おなかは怪我してないから、お子も大丈夫だと思う。あっ、今ちょっと動いた。お子も大丈夫だって言ってるみたい――」

声を遮るようにして、暁に抱きしめられた。

「よかった……」

耳もとで安堵の溜め息とともに囁かれる。たちまち翔真は自分の体温が跳ね上がったのを感じた。心臓が異様な速さで脈打ち、今にもはちきれそうだ。

「無事で本当によかった」

暁の腕にますます力がこもった。息苦しいほどに密着して、暁の心音まで聞こえてくる。思った以上の速さに驚いた。互いの鼓動が混じり合ってどちらのものだかわからなくなる。

落ち着けと、翔真は自分に必死に言い聞かせた。暁のこの言動はお子と母体を思ってのもの。翔真が期待するような深い意味は決してない。こうやって抱き合っていても、後ろめたい気持ちになるのは翔真だけなのだ。

暁は翔真の身が無事であることを心から喜んでいる。それはとても嬉しいことなのだけれど、一方で複雑な心境になってしまうのを抑えきれない。

翔真はそっと自分の腕を暁の背にまわす。抱きしめようとしたところで、なぜか暁がぱっと翔真から離れた。

「?」

「……っ」

至近距離で目が合った暁は不可解にも驚いたような表情をしてみせる。眉間にくっと皺を寄せ、何かを堪《こら》えるみたいに唇を引き結んだ。翔真は首を傾げる。しかし、暁はすぐさま視線を逸らすと、翔真を引き剝《は》がすようにしてすっくと立ち上がった。

「逃がしてよかったのですか」

タイミングを見計らってウサギ耳の少年が言った。暁が振り返る。

「限界まで魔力を吸い取ってやったから、しばらくはあの姿のままだ。あれでは何もできない。使い魔よりも使い物にならないだろうからな。白夜《びゃくや》、よく翔真を守ってくれた」

白夜と呼ばれた少年が小さく頷く。彼も暁の使い魔のようだ。

「白夜くん」翔真は座ったまま見上げて言った。「守ってくれてありがとう」

目が合った白夜が、途端にぽっと頬を赤らめた。それまでの大人びた立ち居振る舞いから一転して、もじもじと落ち着きのない子どもになる。こくこくと頷くと、ちらっと暁に視線を送る。暁が頷くと、百夜は翔真におじぎをしてふっと消えた。アスファルトの路上に小さな何かが転がる。翔真は目を丸くした。いつぞや暁から受け取った『安産祈願』のお守り袋である。言われた通りに肌身離さず持ち歩いていたが、まさかこんな仕掛けがあったとは。かわいいイラストの刺繍《ししゅう》は、白夜と同じ白くて長い耳をしていた。

「白夜くんって、このお守りに隠れてたの？」

「あいつは人見知りが激しいからな。滅多に外には出てこないが、その性格を利用して、お前にはお守り袋として持ち歩かせていた。ようやく翔真にも紹介できたな。照れてすぐに戻ってしまったが。白夜もだが、珊瑚もよくやった」

暁が宙に手を差し出す。いつのまにか復活していた珊瑚が羽ばたき、暁の腕に下り立った。

使い魔に何か起これば、それは主の暁にも伝わるらしい。異変を察知した暁はすぐさま使い魔が飛ばした念を辿って翔真を助けに駆けつけてくれたのである。

「珊瑚！」翔真はほっとした。「よかった、意識が戻ったんだ。珊瑚も本当にありがとう」

心の底から感謝する。アーケード街に忘れてきたのだとばかり思ったが、まさか翔真の知らないうちに魔族と戦って守ろうとしてくれていたとは。

珊瑚が照れ臭そうに言った。『まあ、あれくらい何てことないですな。翔真殿はみかんに気を取られて、何も気づかずに猫の奴を追いかけていくので焦りましたぞ』

桃色の羽根をところどころ毟《むし》られた形跡があるが、いつもの憎まれ口が返ってきて安心した。辺りを見渡すと、抱えていたはずのみかんの袋が道の片隅に落ちていた。中身が飛び出し、みかんがあちこちに転がっていた。

「美味そうなみかんだな」

暁がみかんを拾って袋に詰めだす。翔真も急いでみかんを拾い集める。「八百屋の大将からもらったんだよ。この前の引ったくり犯を捕まえてくれたお礼だって」

暁が持っていた袋に拾ったみかんを入れた。急に袋が重くなって、暁がふいに振り返る。目が合った瞬間、暁がびくっと大仰《おおぎょう》に肩を撥ね上げた。傾いた袋からせっかく拾ったみかんがぼとぼとと零《こぼ》れ落ちる。

「わっ」翔真は慌てて両手を差し出した。「ごめん、驚かせた。暁、とりあえず袋を真っ直ぐにして。じゃないと全部落ちちゃう」

はっとした暁が狼狽《ろうばい》するようにあたふたと袋を抱え直す。「悪い。ぼんやりしていた」

彼にしては珍しい。翔真はバツが悪そうにみかんを拾い直す暁を見つめる。そういえばと
ふと気がついた。

「暁、顔が赤いよ。大丈夫？　どこか具合が悪いんじゃ……」

「え？」と、暁がこちらを向いた。翔真は思わず手を伸ばす。体温を測ろうと彼の額に触れ
ようとしたその時、ぐっと暁に腕を摑んで止められた。

「……平気だ。そろそろ帰らないと、店には徹さん一人だ」

すっと立ち上がる。そうは言っても暁の顔はやはり赤味を帯びていて、息遣いも少し荒い
気がする。珊瑚も心配そうだ。

暁に「行くぞ」と呼びかけられた。翔真は珊瑚と顔を合わせて、急いであとを追った。

ところが、暁の体調は夜になって悪化した。
昼間に感じた異変はやはり翔真の気のせいではなかったのだ。
あの後、店に戻ってからの暁は、いつも通り厨房で忙しく働いていたので心配なさそうだ
と思っていた。しかし、一緒に帰宅するや否《いな》や、突然倒れこむようにして客間に引きこもっ
てしまったのである。

大丈夫だろうか。訊ねても暁からは「大丈夫だ」と返ってくるだけだった。布団に横になっているようだが、どういう症状かも具体的なことは何も教えてくれない。部屋には珊瑚と黒曜が出入りし、なぜか翔真は入らないようにと言われてしまう。『暁様はもうお休みになられるそうですから、翔真殿はあちらへ』

「熱があるのかな？　氷枕を準備するよ。あ、スポーツドリンク買ってこようか。お粥とかもあった方がいいよね。ちょっとコンビニまで行ってくるよ」

廊下であたふたとしていると、部屋の中からくぐもった声が聞こえてきた。

「大丈夫だ。何もいらないから、絶対に外には出るな」

厳しい口調で言われて、取り乱しそうになった翔真ははたと我に返る。昼間のことを思い出して、思わず息をのんだ。

「俺のことはいいから、翔真は自分のことをしろ。食事は申し訳ないが、作り置きが冷蔵庫に入っているから、それを食べてくれ。黒曜に準備をさせる。風呂の仕度は珊瑚がやるからゆっくり体を休めろ。今日は特に疲れただろうから……」

淡々とした暁の声を聞きながら、翔真は歯痒《はがゆ》い気分になった。

自分こそ、今は翔真のことなど気にしている場合ではないだろう。こんな時までお目付け役の務めを果たさなくてもいいのに。翔真が体調が悪くて寝込んだ時は、暁がずっと付き添って看病してくれた。今度は翔真が看病する番だろう。お粥は作れないが、やれることはいろいろあるはずだ。どうして部屋に入れてくれないのか。やきもきしながら部屋の前の廊下を行ったり来たりしていると、スマホの着信音が鳴った。画面を見ると徹からだ。

「もしもし。徹さん？」

『おう、翔真』回線越しに徹の声が聞こえてくる。『ちょっと気になってたんだけど、暁くんは大丈夫か？』

翔真は目を瞠った。どういうことかと訊ねると、仕込みの合間に暁が何やら錠剤を飲んでいるところを見かけたのだという。『どこか具合が悪いのかと思ってさ。あとで訊こうと思ってたんだが、すっかり忘れてて、家に帰ってから思い出したんだよ』

それから少し言葉を交わして、電話を切った。客間の前まで急いで戻る。

「暁？」翔真は襖を叩いて再び声をかけた。「今、徹さんから電話があって、店でも薬を飲んでたんだって？　何の薬？　ねえ、本当に大丈夫？」

一瞬、耳を澄ませて返事を待つ。だが、先ほどみたいに声が聞こえてこない。

眠ってしまったのだろうか。だが、なぜか嫌な予感が胸を過ぎる。翔真はいても立っても居られなくなって襖を開けた。

暗い和室の真ん中に布団が敷いてあり、そこに暁は寝ていた。

翔真はそっと歩み寄って布団の脇に膝をついた。

しんと静まり返った部屋に荒い呼吸音が響き渡る。やはり相当辛そうだ。顔を覗き込もうとしたら、暁が僅かに瞼を持ち上げた。

「珊瑚」と、虚《うつ》ろな目で言う。どうやら翔真のことを珊瑚と勘違いしているらしい。「そこの鞄から薬を取ってくれ」

「薬？　わかった。えっと、鞄は……」

翔真は視線を走らせた。部屋の隅に投げてあるボディバッグを見つける。急いでボディバッグを開けると、中から小瓶が出てきた。だが中身は空だ。一体何の薬だろうか。瓶にラベルがないのでわからない。その時、「翔真殿！　少し目を離した隙に部屋に忍び込むとは」「食事の準備が整いましたぞ。ささ、早くこちらへ」と、幼女姿の珊瑚と黒曜が入ってきた。両手を引っ張る二人を振り切って、翔真は空の瓶を持って暁のところへ戻る。

「暁、もう薬がないよ。空っぽになってる」

はあはあと苦しげな呼吸音だけが聞こえてくる。珊瑚たちが口々に言った。「その小瓶なら、もう一つどこかにあったはず」「そうだ、暁様がしまっておられたぞ」

「えっ、どこに？」

二人が首を捻った。「確か、居間だったか」「いや、二階の物置部屋じゃなかったか」「急いで探してきてくれないかな」と頼むと、顔を見合わせた二人は部屋を駆け出して行った。

熱っぽい息を吐きながら、暁が掠れた声で言った。「早く、薬を」

「もう少し待って、今探してるから。ねえ、これ何の薬なの？　風邪薬ならうちにもあるんだけど、人間の薬じゃダメなのかな。できれば病院でちゃんと診てもらった方が——あっ」

ふと思い当たった。柊だ。彼に連絡すれば何かアドバイスがもらえるかもしれない。

「ちょっと待ってて」と、翔真は一旦廊下に出た。すぐさま柊に電話をかける。

数回の呼び出し音の後、柊が出た。

『何だ、今日は健診の日じゃないぞ』

「柊先生！」翔真は縋《すが》るように言った。「暁の様子がおかしいんです。帰るなり具合が悪いって、倒れこむように布団に横になってしまって。目が虚ろで呼吸も荒いし、熱もあるみたいだし、薬を飲むって言うんですけど、その薬がもう空っぽになってて、暁が何の薬を飲んでいたのか、俺全然知らなくて……っ」

『おい、落ち着け』と、柊が遮った。『あいつの症状には心当たりがある。それにしても摂取量を守っていればまだ薬がなくなるはずはないんだが——。とりあえず、こっちの用が済み次第、そっちに向かう。今、手が離せないんだ。ちょうど出産間際の母体がいて……』

回線のむこう側で『先生、生まれそうです』と、南天の声が聞こえてくる。

『わかった、すぐ行く。おい、翔真。いいか、俺がそっちに行くまで暁には近づくな。別室に隔離しておけ。すぐにどうこうというわけじゃないから、放っておいても大丈夫だ。それよりもお前があいつに近づく方がまずい。いいか、絶対だぞ』

通話がブチッと途切れた。

少なくとも、柊には暁の症状がわかっているらしい。薬も柊が処方したもののようだ。それを知って少し安心する。柊が来てくれるなら大丈夫だ。

がたんと物音がした。

はっと翔真は振り返った。客間からのものだと気づくと、すぐさま踵を返していた。半分開いた襖の先で、布団の中から暁が手を伸ばしているのが見えた。使い魔たちが運んできたペットボトルが倒れて水が零れている。

翔真は駆け寄った。使い魔たちはまだ戻ってこない。薬が見つからないのだろう。

柊の忠告が脳裏を過ぎったが、水をグラスに注ぐだけならほんの数秒だ。熱があるのなら体が水分を欲しているのだ。苦しんでいる暁を放ってはおけない。

忠告の意味はよくわからなかったが、グラスを置いたらすぐにその場を離れればいい。

翔真は急いでペットボトルを拾い上げ、グラスに水を注いだ。畳に零れた水も拭いて、グラスを盆に載せて差し出す。

「暁、水だよ。ここに置いておくから、飲んで――」

すぐに立ち去るつもりだった。だが、盆を床に置こうとしたその時、突然腕を摑まれた。強い力に引っ張られて、手から盆が滑り落ちる。「あっ」

カタンと音を立ててグラスが倒れた。たちまち盆の上に水溜《たま》りが広がる。

翔真は仰向《あおむ》けになって茫然と見上げていた。

見下ろしているのは暁だった。乱暴に腕を引かれた翔真はあっという間に布団の上に組み敷かれていた。

なぜこんな体勢で向き合っているのかわからない。薄闇の中、頭上から暁の苦しげな息遣いばかりが降ってくる。

「……あ」翔真は心配して言った。「暁、すごく辛そうだ。無理して動いたらよくないよ。柊先生が来てくれるから、それまでちゃんと寝てた方がいい――」

大きな手のひらで口もとを覆うように、ぐっと両頬を摑まれた。びっくりして、続けようとした言葉が喉もとで滞る。困惑した翔真は目を見開き暁を見つめた。暁の虚ろな目がじっと見下ろしてくる。はあはあと切羽《せっぱ》詰まったような熱っぽい吐息を聞かせながら、暁の手が翔真の顎を摑む。くっと強引に上を向かせたかと思うと、瞬時に暁の顔が迫り、いきなり唇を塞がれた。

「……んうぅっ！」

翔真は混乱した。自分の身に何が起こっているのか理解できない。

きつく合わさった唇の狭間《はざま》で、ぬるりと何かが歯列を割って口内に忍び込んでくる。肉厚のそれは翔真の舌を容赦なく搦《から》め捕《と》ると、きつく吸い上げた。

「ふっ、ん……んんっ」

暁の舌が傍若無人《ぼうじゃくぶじん》に翔真の口腔《こうこう》を貪《むさぼ》り尽くす。

翔真はされるがままだった。どうしていいのかわからず、暁の激しい舌使いにただ翻弄されるばかりだ。学生時代のほとんどプラトニックに近い恋愛経験しかない翔真にとって、暁の濃厚なくちづけはあまりにも唐突で、衝撃的で、脳髄が痺《しび》れるような感覚に何度も襲われる。息ができず、思考もまともに働かない。

ブチッと布を引き裂くような音がした。

強引にシャツを脱がされボタンが飛び散る。インナーも引き千切《ちぎ》られて、露《あら》わになった胸の小さな粒を指で強く摘まれた。

「あうっ」

鋭い痛みに体がびくんと跳ねる。だがすぐに押さえつけられて、今度は胸の尖《とが》りを舌で舐《な》められた。

「あ……暁、やめ……っ、ふ」

ヒリヒリとした痛みはすぐに何とも言えない疼《うず》きに変化する。まるで獲物にがっつく獣みたいに、胸を執拗に舐めしゃぶられて、翔真は込み上げてくる熱に朦朧《もうろう》としながら喘ぐ。

暁が、いつもの暁じゃない。

それはすぐにわかった。これが体調の悪さによるものなのかはよくわからない。どういう症状なのかも柊からは何も聞き出せなかった。

柊の忠告が微かに脳裏を掠めたが、すぐに思考がまわらなくなる。

豹変《ひょうへん》した暁を一瞬怖いと思った。だが、どういうわけか今はもうそんなふうには思っていない自分がいる。

暁が翔真を欲している。正常な状態ではないとはいえ、その事実が嬉しかった。封じたはずの想いが一気に溢《あふ》れ出す。やはり、自分は暁のことが好きだ。触れ合うことで皮肉にも再確認してしまう。こんなふうに暁と触れ合ってみたいと心のどこかでずっと思っていた。

胸を蹂躙《じゅうりん》していた暁がふいに顔を上げた。獣のごとく伸び上がり、再び翔真の唇を貪る。激しい情動をぶつけるようなくちづけを受けながら、翔真は沸き上がった脳で都合よく考えてしまうのを止められない。

もしかしたら、暁も俺のことを――。

その時、ドンッと大きな音が響き渡った。

「おい、やめろ！　暁！」

生理的な涙でぼやけた視界の端に、誰かが部屋に駆け込んでくるのが見えた。

次の瞬間、体に覆い被さっていた暁の気配がふっと消える。どさっと床が揺れた。

「翔真」誰かが呼びかけている。「しっかりしろ、大丈夫か」

「……柊、先生……？」

ああ、柊が来てくれたのだ。よかった、暁を診てもらえる。安心したら急に意識が遠退《とおの》いた。そのまま翔真は気を失った。

目を覚ますと、自室のベッドの上だった。

「気がついたか」

顔を覗き込んできたのは柊だった。珊瑚と黒曜もいる。外は暗いままで、あれから一時間ほどしか経っていなかった。

「あれ……？　俺、どうして……」

「気を失ったお前を俺が部屋まで運んだんだ。まったく、意識のない人間はどうしてあんなに重いんだろうな。

「暁は？」翔真は訊ねた。相変わらず細いくせに」

「暁のこと、診てくれたんですよね？　大丈夫なんですか」

柊が思わずというふうに押し黙った。小さく嘆息する。

「目覚めて最初に口にするのがあいつのことか。お前はどうなんだ。気分は？　どこかおかしなところはないのか」

翔真は体を起こしてかぶりを振った。ぼんやりしていた頭がむしろすっきりしている。いつの間にかパジャマに着替えさせられていた。暁が見つけてきた睡眠の質を改善するという特殊な生地のものだ。

「そうか」柊が安堵したように頷く。「あいつもとりあえずは大丈夫だ。体調不良は薬の飲みすぎだな」

『薬の瓶は見つかったのですがね』と、インコの姿に戻った珊瑚が言った。ハムスターの黒曜が後を引き取るように『そっちも空っぽだったのですよ』と続ける。

「今は落ち着いて、一階《下》で眠っている」

それを聞いて、翔真はほっとした。珊瑚と黒曜は暁の様子を見てくると部屋を出ていく。

「結局」翔真は疑問に思っていたことを訊ねた。「暁は何の薬を飲んでいたんですか？　俺、暁の体調のことを何も知らなくて。先生から薬をもらっていたことも初めて知ったんです。暁はどこか悪いんですか」

「原因はお前だよ」

「え？」

翔真は思わず訊き返した。白衣姿で腕を組む柊が淡々と説明する。

「お前の体から漏れ出した母体フェロモンは、思っていた以上に強力なものだったんだ。とはいえ、まだ体内の修復が終わっていないから外に漏れ出す量自体は他の母体と比べても少ない。濃度でいったら比べものにならないけどな。母体狙いの魔族に襲われたと聞いたが、薬の効果もあって、お前の希少価値に気づく者はまだ多くはないはずだ。よほど接近して注意深くにおいを嗅ぐか、長時間傍にいない限りは」

翔真ははっと柊を見た。目が合った柊が頷く。

「微量とはいえ、毎日お前のそのフェロモンを浴びていれば、魔族の体なら何かしら影響が出てもおかしくはない。というか、影響が出ない方が珍しいな。暁に渡していた薬は、お前のフェロモンの影響を最小限に抑えるためのものだ」

まさか暁がそんな薬を飲んでいたとは。初めて知った翔真は愕然とした。

「……じゃあ」上掛けを握り締める。「暁があんなふうになったのも、俺のせい？」

柊が目を眇める。

「以前、お前のフェロモンは、魔族によっては甘い毒を嗅がされているようなものだと言ったのを覚えているか」

翔真は記憶を手繰《たぐ》り寄せて、頷いた。

「暁にとっては日々がそういう状況だったんだ。その毒も日に日に強くなってくる。そのために薬を飲んでいたんだが、どうやら効きが悪くなっていたらしい。摂取量を守らずに大量摂取したあげく、その薬の効果も完全に切れて、理性を本能が抑え切れなくなったんだ。そこに無防備なお前が現れたらどうなる？」

咎《とが》めるように言われて、翔真は思わず頬を熱くした。先ほど暁に組み敷かれた記憶がフラッシュバックする。

「まったく、俺が到着するまで近づくなと言ったはずだ。どいつもこいつも言うことを聞きやしない」

「すみません。あまりにも暁が苦しそうにしてたから、つい……」

反省して項垂れると、柊が聞こえよがしの溜め息をついた。やれやれと疲れたようにベッドに腰掛ける。

「一つ気になってたんだが、お前に渡した薬はちゃんと飲んでいたんだろうな」

「え？」翔真は顔を上げて頷く。「はい。言われた通りの量を毎日飲んでましたけど。今日も店を出る前に飲みました。三時間くらい前だと思います」

「だとしたら、暁の薬が効かなくなるほどのフェロモンは発していないはずだがな。現に、今も俺はこの至近距離にいながらそこまでお前のフェロモンを感じない。多少、においが増したとは思うが、他の母体とそう差はない程度だぞ。それが暁だけがお前のフェロモンに異常な反応をみせる。ひとつ、考えられるのは、母体自身の感情の変化があげられる」

「感情の変化？」

「腹の中の赤ん坊との相性によってフェロモンの質は大体決まるんだが、母体本人の感情の起伏もフェロモンの質に大きな影響を与える場合がある。特定の魔族にだけ作用するフェロモンといえば、例えば——」

柊が翔真と目を合わせて言った。

「恋愛感情などはその最たるものだ」

「⁉」

ぎくりとした。不自然に表情が強張《こわば》るのが自分でもわかる。柊の目を見ていられなくて咄嗟に視線を宙に逃がした。そのせいで、柊は気づいてしまっただろうと、すぐに後悔したが後の祭りだった。

気まずい沈黙が落ちる。その時、階下で物音がした。珊瑚たちの声が聞こえる。

「どうやらあっちも目が覚めたようだな」

柊がベッドから腰を上げた。

「お前はそこに置いてある薬を飲んで、もうこのまま休め」

「……はい。ありがとうございました」

内心ほっとした。暁の様子は気になったが、今は会えないと思う。顔を合わせたらどうしていいのかわからない。

軽く目を瞠った柊がぽんと翔真の肩を叩いた。

「あと少しだ。お子も順調に育っているし、出産間近になれば母体フェロモンも安定するだろう。念のため、薬はきちんと飲んでおけよ」

そう言って、部屋を出ていった。

一人きりになり、翔真はたちまちいたたまれない気分に苛《さいな》まれる。

柊の話を聞いて確信した。暁があんなふうになったのは、翔真が原因だろうことはほぼ間違いない。他の魔族には影響がないのに、暁だけが苦しんでいたのだ。それも、お子とは関係なく、翔真の恋愛感情が引き金になったとあれば、後ろめたさでいっぱいになる。

鼓動が速い心臓にふいに疼痛《とうつう》が走った。

咄嗟に胸を押さえる。パジャマの下の肌が妙に汗ばんでいた。

ヘッドボードに置いてあったタオルに手を伸ばし、パジャマのボタンを外す。上から二つ外したところで、翔真は手を止めた。

自分の薄い胸もとに、見覚えのない赤い痣《あざ》が点々と浮かび上がっている。それらが暁によってつけられたものだと気づいて、瞬時に頭に血が昇った。

あの時、引き裂かれたシャツは柊が片付けたのだろうか。この痕《あと》も見られたに違いない。暁に組み敷かれて、たいした抵抗もせず受け入れようとしていた翔真の気持ちを、柊は見抜いていたのだろう。

——あと少しだ。

珍しく気遣うような柊の声が耳に返った。

お子が生まれるまであと少し。無事に生まれたら、暁とのこの同居生活も終わりをむかえる。それまで、頑張って感情のコントロールをしろと、そう柊に釘《くぎ》を刺された気がした。

「そんなの、俺だってわかってるんだけど……」

翔真はくるおしいほどの胸の高鳴りと込み上げてきた涙を抱え込み、しばらく布団に突っ伏していた。

■9■

暁の調子はすぐにもとに戻った。

柊は暁に対して「薬の飲みすぎ」とだけ、急変した体調の理由を説明し、別の薬を処方してくれた。薬の大量摂取のせいもあって、当時の記憶が朧《おぼろ》だということも柊から聞いていた。現実なのか夢なのか、意識が朦朧としていて境目が曖昧《あいまい》になっているそうだ。適当に話を作ってつじつまを合わせておいたと、機転をきかせてくれた柊のおかげで、暁とはそれからも気まずくならずにすんだ。

薬を変えてからの暁は落ち着いているようだ。あれからは何事もなかったかのように以前と変わらない様子で過ごしている。相変わらず過保護で、翔真の世話を焼きたがる。

翔真もなるべく『いつもどおり』を装った。

柊が暁に起こった異変の一番の理由を黙っていてくれたのはありがたかった。彼が言いたいことも理解しているつもりだ。

お子を無事に産むことを最優先に考える。日中は仕事に集中し、プライベートはお子のために全力を尽くす。他のことは考えない。

そうやって、自分の気持ちをコントロールできている気でいた。

だが、頭ではわかっていても、意思に反して、体が勝手に反応することがある。

仕事を終えて帰路につき、いつものように暁と肩を並べて歩いているときだった。

前方から急に眩《まぶ》しい光が差して、翔真は一瞬視界を奪われた。住宅地の角を曲がって現れたのがスクーターだと気づくと同時にヘッドライトが迫ってきて、反応が遅れた翔真の腕を暁が強い力で引き寄せる。すぐ横をスクーターがスピードを落とさずに走り抜けていった。

「大丈夫か、翔真」暁が自分の腕の中に翔真を囲い込んで言った。「乱暴な運転をする人間が多すぎる。魔族の方がよほど人間界のルールを守っているぞ」

嘆くように溜め息をつく。翔真を守るために背中に回された腕が僅かに引き寄せられた。ただでさえ近い距離がぐっと縮まり密着する。翔真は思わず息を詰めた。

「だ、大丈夫」急いで両手を突っ張って暁から離れる。「あ、ありがとう。せっかく体が修復してきたのに、また轢かれちゃったら目も当てられないよね。ぼーっとしてごめん。お子を危険に晒《さら》さないように気をつけないと……」

早口に言う翔真の頭を、ふいに暁の手が触れた。途端に電流が走ったみたいに翔真はびくっと震えて、反射的に暁の手を振り払ってしまう。

意思とは無関係のあからさまな反応に自分でも驚いた。暁も目を瞠っている。

「あ」翔真は焦った。「ご、ごめん。その、びっくりして……」

慌てて言い訳を口にすると、我に返った暁が「そうか」と僅かに唇を引き上げた。「悪かった、驚かせて」薄く微笑んだ表情が、薄闇の中でも強張っているのがわかった。

気まずい沈黙が二人の間に降り落ちる。

「翔真」と、暁が口を開いた。

「先日は悪かった。この一週間、お前に避けられていることには気づいていたんだ。その理由にも」

「え？」

翔真はぎくりとした。

「あの日、俺は薬の飲みすぎで意識が朦朧としていたらしい。柊先生に後から聞いたんだ。お前を守らなくてはいけないのに自分が倒れてしまうなんて、心底情けなくて嫌になる。翔真も不甲斐《ふがい》ない目付け役だと思っただろう。本当に申し訳なかった」

「そ」翔真は慌ててかぶりを振った。「そんなことないよ。不甲斐ないだなんて、そんなこと全然思ってない。だって、暁の調子が悪かったのは俺のせいで――」

そこまで言って、はっと口を噤《つぐ》んだ。続けようとした言葉を急いで飲み込む。

暁の異変は彼自身の問題ではない。翔真の特別なフェロモンのせいだ。他の魔族には通じない、暁だけに作用する、欲望むき出しの恋情フェロモン。

だが、そんな真実は口が裂けても暁に明かすことはできなかった。

翔真の想いがばれるのが怖い。それ以上に、翔真のこの邪な気持ちが暁を更に追い詰めることになるかもしれない。

もうあんなに苦しそうにしている暁を見るのは嫌だった。無事にお子が生まれるまで、何としてでも翔真の気持ちは隠し通さなければならない。感情のコントロールが上手くできるよう、恥を忍んで柊に相談もした。最近ではビデオ通話で話を聞いてもらったり、アドバイスをしてもらったりしている。

「翔真のせいって、何の話だ」

怪訝そうな暁の声で現実に引き戻された。

「それは」翔真は必死に思考をめぐらせる。「俺のフェロモンが強いせいで、暁がわざわざ専用の薬を飲んで影響を受けないようにしてるってことを、柊先生から聞いたから。今回のことも、俺の体の修復が進んでいるために一時的に強まったフェロモンが原因だって。だからしょうがないことで、暁が気にすることはないんだよ。俺もフェロモンの分泌を抑える薬をもらってるし、出産が近づくにつれてフェロモン値も安定してくるって、柊先生が言ってたから」

自分の失態をお子のせいにしているようで、後ろめたい思いに押しつぶされそうになる。

「……随分と、柊先生に懐いてるんだな」

「え？」

ぼそっと呟いた声が上手く聞き取れず、翔真は訊き返す。だが、暁は淡く微笑み、何でもないと首を横に振るだけだった。

それからの数日は、よりぎこちなさが増したようだった。

翔真は普通通りにしているつもりだったが、暁の方がかえって遠慮しているように感じられた。それまでのように世話を焼きつつも、明らかに距離がある。あれほどあったスキンシップがいつしか完全になくなってしまった。二人のこれまでとは違うちぐはぐな様子にさすがに違和感を感じ取ったのだろう。珊瑚と黒曜は何か言いたげにしていたものの、珍しく黙って見守る側に徹していた。

お子の出産が近づくにつれて、暁がどんどん離れていくような気がして、翔真はどうしていいのか本気でわからなくなっていた。

ぐるぐると思考が空回りし、今まで暁とどうやって接していたのか思い出せない。居心地のよかった同居生活に次第に息詰まりを覚えるようになり、それがひどく悲しかった。

こんな心が引き裂かれるような想いも、記憶を消されてしまえば、最初から何もなかったことになるのだろうか。

消されてしまうのなら、いっそ暁に全部伝えておきたいとも思う。けれども暁の記憶が残ることを考えると、その先の彼の負担にはなりたくない。

あの時――豹変した暁に組み敷かれて、もし一線を越えていたら、今頃どうなっていたのだろうか。

そんな、詮無《せんな》いことを考えてやきもきしながら一日、また一日とタイムリミットが近づく。出産がいよいよ間近に迫った頃、予想もしていなかったことが起こった。

なぜか突然、暁が姿を消してしまったのである。


「はじめまして——ではないですね。翔真殿、お元気そうで何よりです」

その日、いつものように目覚めると、早朝の居間で暁の代わりに待っていたのは、屈強な体にスーツを着込んだ強面《こわもて》の男だった。揚羽である。

「え？」翔真は目をぱちくりとさせた。「なんで、揚羽さんがここに？」

十一月も半ばを過ぎて朝はめっきり冷え込むようになった。外はまだ薄暗い。

日課である早朝ウォーキングに出かけようと、急いで身支度をして一階に下りてきたところである。今日は少し寝坊した。アラームをセットしたつもりがし忘れていたようだ。いつものように暁が玄関で待っているとばかり思っていたのだが、姿が見えない。捜していると、珍しく早起きしている珊瑚と黒曜に呼ばれた。居間の襖を開けるとなぜかそこには、こんな朝早くから揚羽が行儀よく正座で待ち構えていたのである。

「ねえ、暁は？」翔真は小声で珊瑚に問いかけた。「まだ寝てるの？」

非常識な時間帯ではあるが、客人なら暁が応対しているだろうに、ここにも姿がない。

珊瑚がそわそわと視線を宙に泳がせて言った。『あの、そのですね……暁様はその、ちょっと留守にされてまして』

「留守？　どこに行ったの。もしかして市場？」

『いや……魔界の方へ……』

「魔界？」

翔真は思わず繰り返した。完全に頭になかった答えだ。

「暁殿は魔界に呼び戻されたそうです」様子を窺《うかが》っていた揚羽が、珊瑚の後を引き取る形で説明する。「そのため、しばらくの間は、お目付け役代理として私が翔真殿の世話を引き受けることになりました。魔犬と魔兎の一族間では、友好関係を結んでおりますから、安心してください。暁殿からも、翔真殿と面識がある私の方が、初対面の者よりは安心するだろうからと……」

翔真は自分の耳を疑った。

淡々と語られるが、内容がまったく頭に入ってこない。何か悪い冗談でも聞かされている気分になる。揚羽の言っていることが理解できず、翔真は咄嗟に使い魔たちを問い質《ただ》した。

「何？　ちょっと待って、一体どういうこと？　何で今、暁が魔界に戻るんだよ。だってもうすぐお子が生まれるんだよ？　いつ帰ってくるの？　何だよそれ。俺、暁から何も聞いてないんだけどっ」

八つ当たりのように話を振られた珊瑚と黒曜は気まずそうに顔を見合わせる。二人ともいつになく歯切れの悪い口調で答えた。

『それが、その、どうしても外せない急用でして……。いつこちらに戻ってこられるのかは我々にも……』『暁様も迷っておられたようですが、やむをえず。あとのことは頼むと、我に仰《おっしゃ》られて……』

言葉をなくす翔真に、彼らはかしこまった様子でこう続けた。

『翔真殿に、暁様から伝言がありまする』『いろいろと至らない目付け役で翔真には迷惑をかけた。翔真には感謝している。体に気をつけて、どうか元気なお子を産んでほしい……と』

ガンと側頭部を思い切り殴られたような気分だった。目の前が一瞬真っ白になる。その言い方だと、まるでもう暁は帰ってこないようではないか。まさか本当にそのつもりなのか。

「……何だよそれ、別れの挨拶みたいなこと言い残して、勝手に消えるとかさ。一緒に最後まで頑張ろうって約束したのに——っ」

一気にいくつもの感情が綯《な》い交《ま》ぜになって押し寄せてきて、自分を制御できなくなる。

翔真は衝動的に居間を飛び出した。

『翔真殿！』

珊瑚と黒曜が追いかけてくる気配がしたが、振り切るように階段をかけ上がる。黙っていなくなった暁に言いたいことが山ほどあった。なぜ、どうしてと疑問ばかりが頭を占めて、とても冷静でいられない。裏切られたような気持ちにすらなる。盛り上がった涙がぱたぱたと床に落ちるのも構わず、二階つきあたりの『オアシス』にかけ込む。

ぬいぐるみの山に埋もれながら、いろいろなことが頭をかけめぐった。そのうち、ふと嫌な予感が胸を過ぎる。

まさか、翔真の気持ちに暁が気づいてしまったということはないだろうか。

自分の体の異変の原因が翔真にあることを知ったかもしれない。もしかしたら、翔真は気をつけているつもりでも、暁に対する恋情が膨らみフェロモンが勝手に漏れ出して、知らないうちに暁を苦しめていたのかもしれない。このままでは自分の役目を果たせないと危機感を覚えた彼は、どうするだろう。お子や翔真のことを第一に考える彼のことだ。

魔界から呼び出されたというのは口実に過ぎず、実は暁自ら意図的に翔真から距離を取ろうとしたのだとしたら。

もしそうだとすれば、この状況を引き起こしたのはすべて他でもない翔真自身のせいではないか。

愕然とした。

本当に暁はもうここには戻ってこないつもりかもしれない。

「暁に、もう二度と会えない……」

呟いた途端、胸が張り裂けて潰れる。苦しくて涙が溢れる。

そうして、暁との同居生活は突然終わりを告げた。

暁が姿を消してから、早数日が経った。

暁がいなくなっても、時間が止まるわけではなく、一日が終われば夜になり、また次の朝が来る。

暁が戻ってくる気配はない。戻ってくるのかも不明だ。あと一週間かそこらで翔真の気持ちが暁から離れるはずもなく、おそらくもう戻ってこないのだろうと心のどこかで覚悟している自分がいる。

とにかく、今翔真がすべきことは、おなかの中のお子を無事に産むことである。

それが暁との新しい約束だと思うことにした。

産むといっても、具体的にどうすればいいのかはわからないが、柊によるとその時が来れば自然とわかるらしい。助産師の彼がサポートしてくれるので、心配はしていなかった。翔真はその時にそなえて、いつもどおり規則正しい生活を送る。余計なことは何も考えない。翔真の気分が落ち込むと、お子まで落ち込んでしまうからだ。元気に動いていたのに、急にぽっ……ころん、ぽっ……ころんと、弱々しく悲しげな胎動に変わるので要注意だった。

朝起きると、玄関にはスーツではなく盛り上がった筋肉でぴちぴちのトレーニングウェアを着た揚羽が待っていて、一緒に日課のウォーキングに出かける。食事も準備してあるし、翔真の身の回りの世話を当たり前のようにこなしている。揚羽も家事は相当こなれている様子だった。ちなみに彼も薬を服用しているので、翔真のフェロモンの影響はなさそうだ。

羽鳥は洋食派だったようだが、翔真の食事は和食中心に作ってあった。羽鳥の話をする時も、揚羽は淡々としていた。あくまで魔族の赤ん坊が生まれるまでの付き合いであり、その後はお互いすっぱりと縁を切る。母体とお目付け役の関係とはそういうものなのだと、暗に言われている気がして、翔真は改めて絶望的な気持ちになった。

もし、今後暁と会えたとしても、それはすでに翔真の記憶が消された後かもしれない。仕事で翔真の傍にいた暁は、きっとそんなことも承知済みで割り切っているのだろう。悲しいが、そういう仕組みなのだ。

揚羽は事前に暁から一冊のノートを預かっていた。

頼んで見せてもらったそこには、翔真の食の好みから一日のスケジュール、店での仕事内容、帰宅後のルーティーン――マッサージの仕方、風呂の湯の温度まで、達筆な日本語でこと細かに記されていた。揚羽はすべてノートに従って動いていたという。

「ここまで母体に尽くす目付け役を初めて見ました。普通はこんなに丁寧なサポートはしません。魔族によっては必要最低限の接触のみで、出産に至るケースもある。暁殿のように甲斐甲斐しい目付け役は珍しいですよ。おかげでこの通りにこなすのは大変です」

揚羽はノートにびっしりと並んだ文字を眺めて苦笑していた。

「暁殿は、本当に翔真殿のことを大切にしていたんですね」感心したような溜め息をつき、意味深な口調で呟いた。「何だか、母体と目付け役以上のものを感じますよ」

あながち、揚羽の言葉は間違っていない。

ただし、特別な感情を持っていたのは、暁ではなく翔真の方だけれども。

暁のそれは単に彼の性格だろう。翔真と出会った当初からそうだったからだ。責任感が強く、面倒見がいい。几帳面で割とこだわりが強く、面倒な一面もあるけれど、翔真のためを思って一生懸命やっていることが伝わってくるから憎めない。家事は完璧《かんぺき》で特に料理はプロ顔負け。最近は自転車を自由自在に乗りこなし、わざわざ市場にまで出かけて新鮮な食材を仕入れては翔真に食べさせていた。ぶっきらぼうだが、よく気がついて、とても優しい。

「翔真殿、私はコーヒーは……」

はっと我に返って、翔真は顔を上げた。自宅の台所である。手もとを見ると、無意識のうちにコーヒーカップを二つ用意してしまっていた。

「あ、ごめん。揚羽さんはコーヒーが苦手だったよね」

「すみません。魔兎はコーヒーが飲めないもので。魔犬の一族とは、そこだけ相容れない」

急いでグラスに取り替えると、冷蔵庫からオレンジジュースのパックを取り出した。「自分で入れますよ」と、揚羽がパックを受け取る。

翔真は一人分のコーヒーをカップにそそぐ。

——やっぱり、翔真のコーヒーは格別だな。

ふいに暁の声が脳裏に蘇った。

――極上の一杯をいただく至福の時間だ。これを飲むたびに、俺は幸せを感じるんだ。

――コーヒー一杯で大袈裟《おおげさ》だなあ。そんなこと言ったら、暁の手料理を三食食べさせてもらってる俺なんか、一日中幸せを感じてるんだけど。

いつかの会話を思い出して、切なくなる。もうこの先、暁にコーヒーを淹れてあげることもないのだろう。カップに口をつけ、ほろ苦いコーヒーとともに落ち込みかけた気分を胃に流した。


それから更に二日が経った夜。

翔真は喉の渇きを覚えて目を覚ました。

出産が迫っているせいか、昨日辺りから何だか腹部が少し張っている気がする。仕事中もやたらと喉が渇いて、いつもよりも水分摂取が多かった。眠りが浅いのは、暁が姿を消す前からだから、原因は別にあるのかもしれない。

「そろそろなのかな……」

相変わらず薄っぺらい腹をさすってみたが、お子も眠っているのか返事はない。

水を飲んで喉を潤そうと、翔真は部屋を出て階段を下りる。

家の中は静まり返っていた。揚羽たちは一階の居間と客間で眠っている。

「さむっ……」

翔真は両腕を掻き抱いた。古い木造家屋なので隙間風が入るせいだ。水よりもあたたかいホットミルクが飲みたくなる。蜂蜜《はちみつ》入りのほんのり甘い暁特製のホットミルクが飲みたい。

廊下の明かりをつけようとして、ふと伸ばした手を止めた。

「あれ？」

台所に明かりが灯《とも》っている。

翔真は首を傾げた。まだ誰かが起きているのだろうか。

そっと息を潜めて廊下を歩く。足音に気をつけて近づくと、台所から話し声が聞こえてきた。珊瑚の声だ。黒曜と揚羽もいる。もう一人、聞き覚えのある変声期前の少年の声は白夜だろう。いつの間にかお守りから抜け出してきたらしい。

白夜までいるなんて珍しい。こんな時間に全員揃って何をしているのだろうか。

『それでは、領主様にすべてばれてしまったということだな』

いつになく重たい口調の珊瑚の声が聞こえた。

「この手紙から察するにそういうことだろうな」と、揚羽が答える。

「そもそも」白夜が困惑した声で言った。「なぜ暁様は、翔真様の体にお子を宿したのでしょうか。今回の母体はすでに決まっていたのに」

『それが我らにもわからんのだ』と、黒曜が唸る。

『本来、お子を宿すための母体は早々に見つけていたのに、なぜか暁様は着床期限のぎりぎりまで接触を試みようとしなかった。その代わりに、別の人間のまわりをずっとうろうろとしておられたのだ』

「それが翔真殿だと？」

『うむ。あげくの果てに、そこで想定外のことが起こってしまった』

「翔真殿が暁殿をかばって車に轢かれたという、例の事故だな」

『倒れた翔真殿は、我らから見ても死の寸前だとわかるほどにぼろぼろの状態だった。もろい人間の体ならもはや助からないだろう。そう諦めた我々の前で、何を考えたのか暁様は手に持っていたお子の魂を翔真殿に宿してしまわれたのだ』

「結果として、翔真殿もお子も生き延びたというわけか」

『あくまでもそれは結果論だぞ。もし、二人の相性が合わなかった場合、最悪両者とも命を落としていた危険性があったのだ。お子の魂にもしものことがあれば、我らも無事では済まぬ。暁様の理解できぬ行動には、我らの方が心臓が止まりそうになったわ』

『ことに、翔真殿はもともと母体リストには載っていない、魔族にとって無価値の人間。本来の母体は、領主様自ら選別して決められたのだぞ。それを暁様が勝手に変更し、あまつさえ領主様には虚偽の報告をしていたとあっては――』

「そして、今になってそれが領主様の耳に入ってしまったということか」

「手紙には、領主様は大層お怒りだと書いてあります。奥様はショックで倒れられたとか。暁様は窮地に立たされていて、この先、重い処罰が下されるかも……」

「何だよそれ。その話、一体どういうことだよ！」

翔真は思わず叫んでいた。突然台所に現れた翔真の姿を見て、全員がぎくりと硬直する。

『しょ、翔真殿……！』

珊瑚があわあわと羽をばたつかせた。他の三人も狼狽した様子で目が泳いでいる。白夜が慌てて手紙を背中に隠すのが見えた。翔真は急いで詰め寄ると、白夜から手紙を奪った。

「……何これ、何て書いてあるんだよ」

柊のカルテで見たことのある魔族の文字だ。翔真の気迫に驚いた白夜がびくっと身を竦《すく》める。

「さっき、処罰がどうとかって話してたよな。暁に何が起こってるの？」

「そ、それは、その……」と、白夜が顔色を変えて口をもごもごさせた。翔真の苛立ちが一層増す。

「本当はお子の母体になる人間が決まってたって、どういうこと？　俺は暁から、あの時のことは、お子の着床期限が迫ってるのに母体が見つからなくて困っていたって聞いた。だから、偶然鉢合わせた俺に、お子の魂を宿したんだって」

——あの時は、俺も助かったんだ。

晩の声が蘇った。

その時に、暁にも背に腹は代えられない事情があったのだと知った。翔真は自分が『ハズレ母体』であることを申し訳なく思ったが、暁からは反対に感謝されたのだ。そして暁と約束したのである。お子のため、更にはお互いのためにも、一緒に頑張ろうと。

暁のあの話は嘘だったというのか。翔真は何が何だかわからなくなった。先ほど耳にした会話では、お子の母体はもとから決まっていて、当時すでにその人物と接触できる状態であったように聞こえた。

重苦しい沈黙を遠慮がちに破るようにして、珊瑚がおずおずと嘴《くちばし》を開いた。

『あの日が、お子の着床期限まで残された最後の一日だったことは、間違いありません。指示された母体と接触できる最後の機会でした』

『ですが』と、黒曜が後を引き取って続ける。『暁様はそんな時でも、母体を前に何やら躊躇《ためら》われるばかりで、時間だけが過ぎていった。我々もいい加減焦っておったのです。お子にとって今回がラストチャンス。お子は過去に一度着床を失敗しているので、今回は失敗するわけにはいかなかった。曰《いわ》くつきのお子の名誉のためにも、敬愛する領主様の信頼を裏切らないためにも、暁様は一刻も早く母体にお子を宿すべきだった。前回の失敗で、一度冬眠についたお子が魔力を回復して目覚めるまで、二年も待ったのですからな』

『領主様夫妻も次はないと、前回にも増して慎重にことを運んでまいられたのです。自ら厳しい審査にかけて、数ある母体候補の中からたった一人を選び抜き、今度こそはと暁様にお子の魂を託された。それなのに、暁様は指示された母体を目前にしておきながら、急に何かに取り憑《つ》かれたかの如《ごと》く、どこかへ行ってしまわれたのです。翔真殿、あなたのところに』

全員の目が一斉《いっせい》に翔真に向けられた。

翔真は困惑する。そうは言われても、翔真にだって当時の暁が何を思ってそんな行動をとったのかわからない。ただ、そのおかげで翔真は暁に助けられた。しかしそのせいで、未来が変わってしまったのだ。

『ああ、そういえば。翔真殿を襲った野犬も、魔族に操られていたようでしたな』

黒曜が思い出したみたいに言った。

『おそらく、翔真殿は母体候補として目をつけられていたのかと。下等魔族の中には母体になり得る優れた人間を捕獲しては、それを必要とする魔族に高値で売り渡す輩がいるのですよ。まあ、野犬を操って翔真殿を襲おうとしたチンピラ魔族は、すでに暁様が捕り押さえて魔界警備隊に引き渡されましたけども。ちなみに、翔真殿を轢いた車の所有者もちゃんと我々がこらしめておきましたぞ』

「翔真殿は……」揚羽が不思議そうに口を挟んだ。「今回のことは、偶発的にお子を宿すことになったと聞いていたが、もとからそんなに母体の適性能力が高かったのか？」

珊瑚たちが一瞬きょとんとした。

「下等魔族のアンテナにも引っかかるほどの優れた人間なら、すでに母体リストに載っていてもおかしくない。だが、翔真殿は魔族の子を宿すのはこれが初めてなのだろう?」

『確かに』珊瑚が神妙な面持《おもも》ちで頷いた。『過去に母体経験がある人間は、フェロモンの関係上、新たな母体にはなりえない。着床不可で、研究者もどの人間がそうなのかを把握しているはず。着床が成功した時点で、翔真殿が未経験なのは間違いないですからな』

白夜が言った。「魔界で奇病が流行してから、数多《あまた》の魔族が人間界に渡っては、母体に子を宿してきたはずです。お子が気に入るほどの母体なのに、翔真様には誰も接触しなかったのはおかしくありませんか」

『もともと母体としての素質がある人間もいれば、何かのきっかけで体質が変化し、突然リストの上位に表示される人間もいるとは聞くが……。上級魔族の研究者たちが、これほどの器に誰も気がつかなかったというのも、妙ですな』

翔真以外の全員が難しい顔をして首を捻る。話についていけず、置いてきぼりにされた翔真はやきもきした。今は翔真のことはどうでもいい。暁のことが知りたい。

「あのさ、暁のことだけど」翔真はいても立ってもいられず、強引に話を戻そうと彼らの中に割って入った。その時だった。「いっ――いたたたたっ」

突然、激しい腹痛に襲われた。翔真は堪《たま》らずその場に蹲《うずくま》った。

『翔真殿!』

みんなが顔色を変えて翔真を取り囲む。「柊先生に連絡する」と、揚羽が急いで端末を操作する。

「翔真様、大丈夫ですか」『翔真殿、お気を確かに！』

「うう……」

脂汗が滲み出る。痛みは引くどころかどんどん強くなっていく。これまでに経験したことのない腹痛の類《たぐ》いだ。腹を押さえると、内側で何かが暴れているような衝撃があった。ポクポクポカポカポカカカカッ。高速で蹴られているみたいな感覚に、これはもしやと思う。お子が何かを訴えかけているのではないか。

「おい、しっかりしろ。大丈夫か」

はっと気づくと、柊の顔がすぐそこにあった。白衣姿の柊と、南天もいる。

「……せ、先生……いたたたたっ」

「どこが痛い。ここか？」仰向けに寝かせた翔真の腹部に柊が手をあてがう。「出産前なのに随分とお子が暴れているな。何か急激なストレスがかかったか」

特殊な鎮痛剤を打ってもらい、少し落ち着く。お子もおとなしくなる。柊がふと翔真が握り締めていた手紙に気づいて取り上げた。「これが原因か」と、小さく息をつく。

「先生」翔真は掠れた声で訊いた。「暁が、俺のせいで処罰されるかもしれないって、本当なんですか」

「そのようだな」と、柊が答えた。「俺も先ほど情報を得たばかりだ。相当怒らせたのか、ご夫人の方は手が付けられない状態らしいぞ。重い罰則が科される可能性は高い」

「そんな」翔真は急いで肘《ひじ》を立てて起き上がった。「俺のせいなのに、暁が罰せられるなんてそんなのおかしいですよ。そうだ、俺を魔界に連れていってください。俺からちゃんと事情を説明すれば、わかってもらえるかも」

「馬鹿言え、何を言い出すかと思えば」

柊が俄に顔を顰《しか》めた。だが翔真は食い下がる。脳裏に一つの筋書きが閃いた。いい考えを思いついたとばかりにまくしたてる。

「だって、俺は『運命の母体』なんでしょ？　だったら、お子が宿ったのが予定していた母体と違ったとしても、結果的にはよかったわけじゃないですか。もしかすると、この子が一族の長になるかもしれないって知ったら、領主様たちはむしろ喜んでくれるんじゃ……」

「いや、それはないな」

翔真の言葉を遮るようにして、柊がきっぱりと言い切った。

「領主夫妻は最初から『運命の母体』を望んでおられない。正式に選ばれた母体も、詳細なデータをもとに、あらかじめ一定の基準よりも母体評価が特に優秀な人間は省いた上で、それ以外の中から決められたそうだ」

「どうしてですか？」

納得できずに翔真は訊き返す。母体は優秀であればあるほどいいのではなかったのか。

柊が嘆息し、躊躇いがちに口を開いた。

「一年ほど前、領主様の弟君夫妻のお子が人間の母体に着床した。後に、その母体が『運命の母体』であることがわかったんだ」

当時、領主家も含めた親族間ではその話題でもちきりだったという。しかし、そのわずか一月後、悲劇が起こった。より強力な魔力を求めた人喰い魔族に攫《さら》われて、母体ともどもお子を喰われてしまったのである。その知らせを聞いた領主夫妻のショックは計り知れないものだった。

「領主夫妻はその一年前に、自身の子の着床に一度失敗している。その惨事以降、多くは望まずとにかく無事に生まれてきてほしいと、それだけを願って、お子の魂が目覚めるのを待っておられたんだ。『運命の母体』の話題はいまや彼らの前では禁句とされ、夫妻のトラウマになっているという話だ。もちろん、暁もそのことは承知の上だ。奴はそれを知りながら、ずっと領主様にお前のことを隠していたんだ」

翔真はどきりとした。

「ただでさえ、指示された母体ではない別の人間にお子を宿してしまったんだ。それだけでも主を裏切る行為なのに、その器が一番避けなければならなかった『運命の母体』だったと知れたらどうなると思う」

柊が真っ向から翔真を見据えてくる。無意識に喉が鳴った。

「無理やりにでも、お前の腹からお子を取り戻そうとするだろう。そうなったら、お前のずたぼろの体はお子の魔力の恩恵を受けられなくなり、あっという間に腐り、朽《く》ち果てる。つまり、その時点でお前は死ぬ」

「――っ」

翔真は愕然と目を瞠った。

「そうならないためにも、暁はお子が生まれるまで、なんとしてでもお前のことを隠し通すつもりでいたんだ。ところが先日、フェロモンを嗅ぎつけた魔族に襲われただろう。あれが風の噂《うわさ》で魔界にも届き、領主様の耳に入ってしまった。そこからそれまでの暁の報告がすべて偽《いつわり》のものであったことがわかり、激怒した夫妻に呼び戻されたというわけだ」

暁は、通常よりもお子の誕生が遅れる理由を、長期間の冬眠状態が原因で魔力がまだ戻りきっていないのだと報告していた。領主夫妻も事情は理解していたので、特に疑うこともなかったそうだ。

それからずっと、暁は翔真を守るために、すべての責任を負う覚悟で主に嘘をつき続けてきたのである。

「俺のせいだ」翔真はぐっと拳《こぶし》を握った。「気をつけろって言われてたのに、俺がまんまと魔族の罠にかかって襲われたから。……いや、それより何より、暁と出会ったあの時に俺が車に轢かれなかったら、今頃はもうお子は別の母体から産まれてたはずなんだ。俺がかかわったばかりに、全部悪い方へ運命が変わっちゃったんだ。暁が俺のせいで罰を受けなきゃいけないなんて、そんなのダメだ。罰なら俺が受ける」

強く握った手のひらに爪《つめ》が食い込む。遠く離れた異世界で暁が自分のせいで苦しんでいる姿を想像すると、耐え切れなかった。何もできない自分が歯痒くて嫌になる。胸の奥が潰れ、たちまち目頭《めがしら》が熱くなる。どうせ、翔真は一度死んだような身だ。暁を助けるためなら、自分が犠牲になってもいいと本気で思う。何をしてでも暁を助けたい。

「お前が代わりに罰を受けたら、それこそ本末転倒だろう。暁が必死に守ろうとしたものをお前が自らぶち壊してどうする」

柊がやれやれと呆《あき》れたように言った。

「犬というのは、魔界でも人間界でも義理堅い生き物なんだ。受けた恩義は忘れない」

涙目の翔真と視線を合わせて、告げてくる。

「あいつは言っていたぞ。自分のことを二度も助けてくれたお前に恩を返したいんだと」

「二度……？」

翔真は目を瞬《しばたた》かせた。涙の粒が頬を伝い落ちる。

その時、「あ」と、白夜が声を上げた。「今、魔界から手紙が届きました！」

全員が弾かれたように白夜を見る。

彼の手には封をした手紙が握られていた。暁と懇意にしているという魔界の情報屋から届いたものだった。『何と書いてあるのだ!』と、珊瑚たちが口々に急《せ》かす。

白夜が急いで封を開けた。折り畳んであった一枚の紙を開いて目を走らせ、瞬時に顔色を変えた。

「――大変です! 暁様が『尻尾切り』にされるかもしれないと」

「何だと?」

柊が顔を強張らせた。翔真はすぐさま問いかけた。

「シッポキリって、何なんですか」

「文字通り、獣系の魔族が尻尾を切られることだ。魔力が失われると同時に一族からの追放を意味する」

「追放?」翔真は青褪《あおざ》めた。

柊が「まだはっきり決まったわけじゃない」と、もどかしげに呟く。

「とりあえず、これから俺は魔界に向かう。翔真、お前はおとなしくここで……」

「俺も一緒に連れて行ってください!」

翔真は柊に摑みかかるようにして言った。

「暁を助けたいんです。お願いします」

気迫に圧《お》されて柊が一瞬押し黙る。「……人間がこれ以上かかわっていいことじゃない。

お前はお子を産むことだけに集中しろ」

「そのお子が、行けって言ってるんですよ」

翔真は柊の手を取って自分の腹に押し当てた。先ほどからまたお子の胎動を感じていたのだ。今度は痛みがないものの、腹の内側では焦燥感を掻き立てるような高速の蹴りが繰り返されている。今にも腹から何かが飛び出して猛スピードで駆け抜けていきそうだ。暁を助けたい翔真の気持ちを後押しするように、お子も翔真に行けと言っている。

「それに」翔真は挑むように続けた。「領主様たちのお子はここにいるんだ。暁に何かあったら、俺はお子を産むどころじゃなくなるかもしれない」

「お前……」と、柊が目を瞠る。

「お願いします。どうか俺も一緒に連れて行ってください」翔真は頭を下げた。「うちの店のコーヒー、一生タダで飲み放題にしますから」

数瞬の沈黙が流れた。

柊が諦めたように嘆息して言った。「その言葉、絶対に忘れるなよ」

■10■

静まり返った広間の空気は冷たく、張り詰めていた。

領主城、謁見《えっけん》の間。

数段ほどの階段を境にして、上段には豪奢《ごうしゃ》な椅子《いす》に座った領主の姿がある。その隣に奥方が気分のすぐれない様子で同席していた。

つい先ほどまで喚《わめ》き散らしていたのである。あまりに頭に血が昇り、よろめくようにしてようやく腰を下ろしたところだった。

下座で暁は跪き、長時間に及んだ奥方の罵倒をじっと聞き入れていた。

「暁。何か言いたいことはあるか。お前の言い分をまだはっきりと聞いていないが」

さすがに気の毒に思ったのか、奥方に代わって領主が訊いてくる。

「いえ」と、暁はかぶりを振った。「何もありません」

「では」領主が言った。「お前は、こちらが指定した母体を見失ってしまい、着床期限が差し迫る中、任務の失敗を恐れて偶然見つけた人間にお子を宿してしまった――というのだな」

「はい」

「その人間が『運命の母体』であることが判明したにもかかわらず、報告を怠っていた。それどころか虚偽の報告をして私たちを欺《あざむ》いていた」

「はい」

反論などあるはずもない。領主夫妻の信頼を裏切って暴走したのは自分だ。指定された母体とは別の母体にお子の魂を宿し、更にはお子の身を危険に晒した。一歩間違えば別の魔族にさらわれていた可能性も否定できない。しかも領主には人間界で起こったすべての事実を隠し、あたかも予定通りに着床を終えて出産にむけ順調にことが進んでいると、虚偽の報告をしていたのだから、言い訳のしようもなかった。

「そうか」と、浮かない顔の領主が深々と溜め息をついた。「残念だ」

長年世話になった主には恩を仇《あだ》で返すことになってしまい心が痛む。だが、自分の判断が間違っていたとは思っていない。後悔もなかった。

「もういいでしょう。あの者の姿が目に入るだけで気分が悪いわ。さっさと処罰してくださいな。お子がどれほど怖い目に遭ったか、あの子の気持ちを考えたら尻尾切りは当然よ」

奥方のヒステリックな声が広間に響き渡る。下座に控える衛兵たちに緊張が走った。

暁は至極冷静に聞いていた。

――頼みますよ、暁。今度こそは、無事に生まれてくるお子の顔が見たい。

お子の魂を預かった際に、奥方から告げられた言葉が脳裏に蘇る。どんな事情があったにせよ、暁は夫妻の指示を無視し、裏切り行為を働いた。それがすべてだ。

罰を受けることは覚悟の上だった。予想以上に重い処罰だが、それもいたしかたない。もしもお子の魂が傷つき、出産に影響を及ぼす事態にでもなっていたら、それこそ暁の命はなかったに違いない。翔真が元気でお子を守ってくれているのが救いだった。

まもなくお子が生まれる。終わりよければすべてよし、とはさすがにいかないだろうが、元気なお子の姿を目の当《ま》たりにすれば、領主夫妻も暁の不始末など一瞬にして忘れ去るだろう。暁も結果として無事任務を終えたことになる。その頃には、翔真の体は修復を終えて元通りに戻っている。何も心配することはない。

尻尾切りか——暁は目を瞑《つぶ》った。すぐさま瞼の裏に浮かんだのは、翔真の笑顔だった。

尻尾を切られ、魔力を封じられてしまったら、もうそれはただの獣だ。魔族が魔力を失うことを獣落《けものお》ちと言う。獣落ちとなった暁は魔犬の一族からは追放され、魔物が跋扈《ばっこ》する森に飛ばされるだろう。魔族の獣落ちは鬱憤《うっぷん》がたまっている魔物たちの恰好の餌食《えじき》だ。

だが、そんなことよりも——。暁はこちらに戻って初めて後悔した。魔力を失うということは、もう二度と人間界に渡れなくなるということだ。

「……最後にもう一杯、翔真のコーヒーが飲みたかったんだがな」

我知らず、ぽつりと呟きが零れた。

あの味を知ってしまうと、魔界のコーヒーはとても飲めたものではない。毎日、彼の淹れてくれたコーヒーを一緒に飲む時間が、何よりの幸福だった。もうあの幸せな日々は戻らないのだと思うと胸が潰れた。今になって走馬灯のように思い出が蘇る。初めて出会った日のこと。彼の影を追い求めて人間界を彷徨った日々。見つけた時の感極まる思い。その後も何かと理由をつけて彼を見守り続けた。そして、二度目の邂逅《かいこう》。再び翔真との接触を果たした。お子のためと言いながら、暁は最初から自分の私欲で動いていたのだと思い知らされる。奥方の怒りも当然だ。領主様もさぞ呆れたことだろう。罰は受ける。だがその前に、一目でいい。できればもう一度、翔真に会いたい。

その時、「大変です」と、一人の衛兵が駆け込んできた。

何事かと全員の視線が彼を捉える。領主が促し、制帽を目深《まぶか》に被った彼が言った。

「先ほど、人間界にいる助産師から人間が一人領内に入り込んだという通報がありました。手違いで魔族と一緒に転送されてきたそうです。助産師が言うには、その人間というのが、領主様のお子を宿している母体であると――」

「！」

暁は目を瞠り、咄嗟に腰を浮かした。翔真がこちらに来ているだと？

「何？」「何ですって！」

領主夫妻も同時に立ち上がる。衛兵が続けた。

「助産師から領主様へ以下言付かりました。母体が飛ばされたのは魔物の森である可能性が高い。見つけるには目付け役の協力が必須である。その者の母体フェロモンを辿ることができるのは当の母体をよく知る目付け役だけであり、領主様のご命令で今すぐに救出にむかわせてほしい——とのことです」

「何てこと」と、ふっと卒倒した奥方を護衛が慌てて支える。魔物の森とは、まさにこれから暁が送られるかもしれない場所である。飢えた魔物たちの巣窟《そうくつ》。そんな場所に出産を控えた母体が入るなど自殺行為だ。

暁は弾かれたように立ち上がっていた。一瞬、領主と視線を交わす。領主が頷いた。暁も頷き返し、すぐさま広間を飛び出した。

＊＊＊

摑まれ。絶対に手を離すなよ。

そう言われて柊の手を取った翔真は、次の瞬間、宙に浮いていた。

と思ったのも束の間《つかのま》、たちまち重力に引っ張られて真っ逆さまに落ちてゆく。翔真は悲鳴を上げた。このままだと地面にぶつかる。咄嗟にぎゅっと目を閉じたが、覚悟した衝撃は襲ってこなかった。恐る恐る目を開けると、翔真の体は柊に受け止められていた。

「ここが、魔界?」

翔真は見渡すが、鬱蒼《うっそう》とした森の中である。こんな場所なら日本のどこかにもありそうだが、よく見るといかにもという様相の不気味な木々が生い茂り、垣間見《かいまみ》える空はどす黒い。蝙蝠《こうもり》の鳴き声や羽音があちこちに響き渡り、薄気味悪いことこの上なかった。時々、耳を劈《つんざ》くような生き物の鳴き声まで聞こえてきて、ぞっとする。

「さすがに、これだけの人数を同時に転送するのは難しいな」柊が言った。「思っていた場所からは随分と離れてしまった。バラバラにならずに済んだのは幸いだったが」

揚羽が言った。「ここは魔物の森でしょうか」

「そうだろうな。魔犬族領と魔兎族領の境だ。とりあえず、さっさとここを抜けた方がいい。こっちには母体がいる。ぐずぐずしていると狙われるぞ。お子に何かあったら、尻尾どころか俺たち全員の首がちょん切られるぞ」

柊が洒落《しゃれ》にならないことを言ってのけた。

幸い、落ちたのは森の入り口のようだ。柊が瞬く間に大きなシベリアンハスキーに変化した。『乗れ』と、翔真に背を向けてくる。以前、ドッグランで見かけた時よりも随分と大きく感じられた。翔真が乗っても余りあるほどの大きさで、もはや犬とはいえないレベルだ。

翔真は言われた通り、シベリアンハスキーに跨った。太い首に手を回す。揚羽も変化していた。こちらは筋肉ムキムキの規格外の大きさの黒ウサギである。南天は白い鷹《たか》に、白夜もかわいらしい白ウサギに変化する。珊瑚と黒曜はいつも通りだ。

翔真を乗せたシベリアンハスキーは風のように森の中を駆け抜ける。

しばらくすると先方に光が見えた。まもなく森を抜ける。誰もがそう確信したその時だった。柊が突然急ブレーキをかけて立ち止まった。他のみんなも次々に足を止める。

柊が低い声で『下りろ』と言った。「あ、うん」翔真は急いで従う。急にどうしたのだろうか。不思議に思っていると、柊がちっと鋭く舌を打った。瞬く間にシベリアンハスキーからヒトガタに変化する。揚羽と白夜もいつの間にかヒトガタに戻っていた。

「魔界の空気に触れて、お子の魔力が増幅したのかもしれない。お前のフェロモンまで強まっているんだ。魔物に気づかれた」

「え？」

ざざざっと葉擦れの音がし、どすんと地響きを轟《とどろ》かせて頭上から何かが降ってきた。どすんと背後でも地響きが鳴る。あっという間に囲まれた。

目の前に現れた、見たこともない異形《いぎょう》の魔物たちに翔真は言葉を失った。

何か聞き取れない奇声を発して、一斉に魔物が襲いかかってきた。翔真をかばうように立ち位置を変えた柊と揚羽が応戦する。

『翔真殿、こちらです』『逃げますぞ』

隙を見て、珊瑚たちが翔真を誘導する。「ここはお二人に任せて、私たちは一刻も早く森を抜けましょう」脇に逸れた白夜が先へ進み、翔真たちも彼について走る。

「森を抜けたら魔犬族の領地です。領地に入ってしまえば結界が作用して魔物たちは入ってきません」

進路を変更し、鬱蒼《うっそう》とした森の中を急ぐ。再び光が差した。ようやく森から抜けられる。そう思った直後、頭上を影が過ぎった。回り込むようにして翔真たちの行く手を阻んだのは、先ほどよりは小柄の魔物だった。だが、すぐに囲まれていることに気がつく。思った以上に数が多い。

珊瑚と黒曜が幼女の姿に変化した。「翔真殿。どうにか敵をひきつけますから、その隙に森を抜けてくだされ。お子をお守りください。黒曜、頼んだぞ」珊瑚の言葉に、黒曜が頷く。

飛びかかってきた魔物に白夜と珊瑚が応戦する。見た目はまだ年端《としは》のいかない子どもだが、彼らが人間ではないことを思い知る。魔力を駆使し、身軽に飛び回る二人に対して、地面には次々と魔物が倒れてゆく。黒曜と一緒に翔真は走った。

「危ない！」

ふいに横から突き飛ばされた。バランスを崩した翔真は地面に転がった。咄嗟に腹をかばい、茂みの中に突っ込む。はっと顔を上げると、黒曜が追いかけてきた魔物に殴り飛ばされたところだった。

「黒曜！」翔真は駆け寄った。「しっかりして」

「大丈夫です」上手く受身を取った黒曜がすぐさま立ち上がる。「合図をしたらすぐに走ってください。目くらましを使いますぞ」

黒曜が拳大《こぶし》の水晶のようなものを取り出す。それを空中に投げた。同時に手のひらを向けた瞬間、水晶が眩しい光を放つ。合図を受けた翔真は森の出口に向かって走った。すぐ後ろを黒曜が追いかけてくる。

あと少しだ。もうほんの数十メートル走れば完全に森を抜ける、その時、耳を劈くような奇声が空から降ってきた。

はっと顔を撥ね上げる。上空に影が見えた。高い木の上から魔物が飛び降りてくる。

「翔真殿！」黒曜が叫んだ。

咄嗟に口を開いた翔真は声が出なかった。まるでスローモーションみたいに魔物がコマ送りで迫ってくるようだった。

必死だった。金縛りを自力で解き、翔真は腹を抱えて地面に転がった。すぐ傍でドンッと地響きが鳴る。ぐるんと首を捻ってこちらを向いた魔物がすぐさま翔真にむけて異形の腕を振りかざす。

急いで体勢を立て直そうとしたが、膝を立てた時点ですでに魔物の腕が頭上にあった。間に合わない。せめてお子だけは守らなくては——翔真は反射的に腹を守るように背を丸めて蹲った。

ごうっと一陣の風が駆け抜けたのはその時だった。

吹き飛ばされそうになった翔真は必死に地面にへばりつく。直後、魔物の奇声が聞こえてどすっと地が揺らいだ。

静寂が降り落ちる。

翔真は伏せていた顔を上げた。横を見ると、巨大な魔物が無惨な恰好で伸《の》されていた。

『翔真、無事か』

耳に馴染んだ声がして、翔真ははっと振り返った。大きく目を見開く。

「暁！」

そこにいたのは黒光りする獣毛を纏《まと》ったドーベルマンだった。やはり柊同様、人間界で見ていた時の数倍の大きさをしている。これが彼らの本来の姿なのだろう。

「そうだ、尻尾」翔真はまだ震える膝で這《は》うようにして暁に近寄った。「暁の尻尾、まだあるよね？」

手を伸ばしてドーベルマンの尻を闇雲にさぐる。暁がくすぐったそうに身を捩《よじ》った。

『落ち着け。大丈夫だ』暁が事情を察したように言った。『ほら、この通り。ちゃんとくっついている』

尻を向けて寄越す。そこに細長い尻尾を見つけて、翔真はほっと安堵した。

『南天が飛び込んでこなかったら、危なかったけどな』

頭上を仰ぐ。ばさっと羽ばたいたのは白い鷹の姿をした南天だった。てっきり森の中を一緒に移動しているとばかり思っていたが、彼だけ柊の指示で別行動を取っていたのである。

衛兵として領主城に紛れ込み、暁を連れ出すことに成功したのだった。

「よかった、無事で」

『それはこっちのセリフだ』

ドーベルマンがゆらりと輪郭《りんかく》を崩して、たちまちヒトガタに変化した。耳と尻尾は生えたままだが、見慣れた姿に戻った暁が、両手を伸ばし、翔真を抱き寄せた。

「魔界に来るなんて、何でそんな無茶をするんだ」

きつく抱きすくめられ、耳もとで吐息まじりに言われる。翔真は思わず息を詰めた。

「お前が魔界に転送されてきたと聞いて、俺がどれだけ驚いたと思う。しかも魔物の森に飛ばされたと知って、心臓が止まるかと思ったんだぞ」

「……暁が」翔真は込み上げてきた熱いものを堪えて、喘ぐように言った。「俺のせいで処罰されるって聞いて。暁を助けなきゃって、それしか考えられなくて……」

暁が一旦腕を解き、翔真の顔を覗き込んできた。

「今回のことは翔真のせいじゃない。すべて俺の責任だ」

「そんなわけないだろ」翔真はかぶりを振った。「だって、俺を助けるために、暁は領主様を裏切ることになったんだから。お子だって、本当は俺じゃなくて、別の母体に宿ることが決まってたんだろ」

暁が目を瞠った。

「期限間近になっても母体が見つからなかったから、一か八かで俺にお子を宿したって嘘をついたのは、ハズレ母体なのを後ろめたく思っていた俺に気をつかってくれたんだよね。俺が『運命の母体』だってわかった後も、領主様に黙っていたのは、ばれたら俺の体からお子を無理やり取り出されるかもしれなかったからでしょ？　そうしたら、俺の体は修復できなくなってそのまま死ぬかもしれない。だから、そうならないように俺のことを守るために、自分の保身そっちのけで動いてくれていたこと、俺、全然知らなくて」

ごめん、と謝る。

「正直、突然姿を消した暁のことを少し恨んだ。領主様に呼び戻されたって聞いて、暁がそんな大変なことになってるなんて考えもしなかった。お子を無事に産むまで一緒に頑張ろうって約束したのに、なんでだよって」

翔真はバツが悪い思いで「だけど」と続けた。

「そのうち、俺のフェロモンのせいで暁が苦しんでいるんじゃないかと思った。暁が体調を崩したの、あの原因は俺の母体フェロモンなんだよ。暁にだけ作用するんだって、柊先生にも言われた。そのせいで、もしかしたらずっと暁の体調は悪かったんじゃないかって考えてたんだ。そうだ。今も俺、魔界の空気のせいでフェロモンが漏れてるみたいで、暁の体にも障るかも……っ」

咄嗟に両手を突っ張って、翔真は暁から自分の体を剥がそうとした。しかし、すぐさま強い力に阻まれる。一度距離を取った翔真の体を暁が強引に抱き寄せる。

「フェロモンの件も、俺の責任だ」

翔真は思わず「え？」と訊き返した。暁が言った。

「俺がお前に特別な感情を持ったせいで、母体フェロモンに影響を及ぼしたんだ。俺にだけ作用するのは自業自得だ」

「ち」翔真は慌てて言い返した。「違うよ。俺のせいだよ。俺が暁のことを好きになっちゃったから、そのせいで母体フェロモンが強まったんだ。薬を飲んでたのに、暁にだけ作用したのは、恋愛対象が暁だったからなんだ。柊先生からもそう言われたし」

「先生に？」暁が戸惑うように視線を揺らめかせる。「俺も先生から言われたんだぞ。俺のやましい感情が翔真に影響を及ぼしていると」

翔真は暁を見つめた。視線を合わせずに、暁が記憶を辿るようにゆっくりとした口調で続ける。

「これ以上、翔真の傍にいると、また俺は翔真のことを襲ってしまうかもしれないと考えて恐《こわ》くなった。翔真の様子もずっとおかしかったし、俺と距離を置きたがっていたのは明白だった。それからすぐに、あの時の——自我を失って暴走した時の記憶を思い出して、俺はどうしようもないほどの後悔に襲われたんだ。だから、領主様に呼び戻された時は、内心好都合だった。処罰は覚悟していたことだったし、何よりこれで翔真を脅《おびや》かさずにすむ。そう思っていたんだが――」

わけがわからないと、困惑した表情で頭を掻き毟る。「まさか、先生に上手く担がれたのか」

急にがくんと首の支えをなくしたように項垂れた。

翔真も戸惑いを隠せない。恋愛感情とフェロモンの相互関係については思い当たることがたくさんありすぎて、柊の話がまったくの嘘を言っているとはとても思えなかったが、今はそれもどうでもよかった。つい今しがた聞いた暁の言葉が耳に返る。脈拍が速まるのがわかった。翔真の聞き間違いであってほしくない。

「でもまあ、どっちでも構わないか」暁が呟いた。「どちらにせよ、俺の気持ちが変わるわけじゃない」

ちらっと上目遣いに見てくる。至近距離で視線が合わさった。途端に翔真の胸が跳ね上がる。見つめ合い、暁が静かに口を開いた。

「俺は翔真のことが好きだ」

目を見てはっきりと告げられて、翔真は息をのんだ。

急に心臓がどくどくと鳴りだす。激しい鼓動の音が鼓膜のすぐ近くで騒ぎたて、体の奥深くから熱い何かがどっと込み上げてくる。

暁がやわらかな笑みを浮かべて言った。

「とても愛《いと》しく思っている。こんな感情を人間に対して抱いたのは初めてだ。助けてくれたお前に恩返しがしたくて傍にいたつもりが、いつしか俺の方が満たされていることに気がついた。お前と一緒に過ごす日々はこれ以上ないくらい幸せで、自分の任務を忘れてしまうほどだった。愛しくて、愛しくて、愛しくて――。このまま、魔界に連れ帰ってしまいたいと何度思ったことか」

衝動的な欲望を少し恥じるような困った笑みをむけられて、翔真は息が詰まった。自分も思ったことがある。このまま暁がずっと傍にいてくれないかと。

「お」翔真は衝《つ》き動かされるような思いで言った。「俺も、暁のことが好きだよ。お子が生まれても、暁とずっと一緒にいたいって思ってる」

抑えがたい愛しさが全身から込み上げてくる。想いが溢れだし、涙が溜まってきた。

「……大好きなんだ」

暁が一瞬驚いたような表情をした。涙を堪える翔真を見つめて、たちまちふわっと嬉しそうに顔を綻《ほころ》ばせる。

「ああ、俺も大好きだよ」

暁の手が翔真の頬に触れた。微笑み、急速に空気の密度が濃くなって、自然と二人の距離が近づく。

ゆっくりと唇が重なった。

甘い蜜を吸うように啄《ついば》み、やがて暁が名残《なごり》惜しそうに離れる。

額をつき合わせて、見つめ合う。照れくささと嬉しさで顔がどうしようもなく緩む。

「あんまり、見ないでよ」

恥ずかしくて顔を伏せようとすると、暁が両手で頬を包み込んできた。やんわりと持ち上げる。

「いいじゃないか」暁が視線を甘く搦め捕って言った。「ついさっきまで、もう二度とこの顔を見ることはないのだろうと諦めかけていたんだ。逢《あ》えて嬉しい。もっと見せてくれ」

優しく請われて、翔真の目にまた涙が溜まりそうになる。暁の端整な顔が再び近づく。翔真も目を閉じる。

「……っ、いたたっ」

突然の腹痛に襲われて、翔真はその場に蹲った。

「おい、どうしたんだ」暁も顔色を変える。「翔真、大丈夫か。腹が痛いのか」

「う、ん……、ここに来る前もあったんだけど、あの時よりも、もっと切羽詰まった感じがしてる……っっ」

暁は翔真を仰向けに寝かせて、腹をさすりながら振り仰いだ。

「おい、先生」頭上に向かって叫ぶ。「さっきからそこにいるんだろ。悪趣味なことをしてないで、早く出てきて翔真を見てくれ。産まれるかもしれない」

「悪趣味とは人聞きの悪い」と、すぐ傍で声がした。「お前たちが勝手にやりだすから出て行けなくなったんだろうが」

次の瞬間、柊が翔真の顔を覗きこんでいた。ぎょっとした途端にまた腹痛の波が押し寄せる。呻《うめ》く翔真の腹部を暁が懸命にさする。

神妙な顔つきをした柊が言った。「環境の変化と、母体の幸福感が最高潮に達したことで、予定よりも早く時が満ちたのかもしれないな。お子の準備が完全に整ったんだ。移動している時間はない。今からここで取り出す。全員で急いで結界を張ってくれ。魔物を寄せつけるなよ。――生まれるぞ」

柊の指示で、それまで気をきかせて姿を隠していた彼らが一斉に現れる。

暁に抱きかかえられている翔真の腹に柊がそっと手をかざした。痛みは引いてきたが、腹が張って重苦しい感じが続いている。しばらくして、腹の奥から大きな波がどっと押し寄せてくるような感覚があった。じんじんと体中の細胞が熱を帯びる。初めての経験なのに、その時が近づいているのがわかる。

「来るぞ」と、柊が言った。

それが合図だったかのように、腹の内側から臍《へそ》にむかって何かが一気に押し上げてくる。早く外に出たいとお子がぐんと伸びをしているような、そんなイメージを勝手に脳が結んで、翔真は改めて、お子がこの三ヶ月もの間、自分の腹の中で育ってきたことを実感した。

仰向けになった翔真の頭上に揚羽と白夜が、足もとに珊瑚と黒曜、南天が待機し、固唾《かたず》を呑んで見守っている。

柊の手のひらがぽうっと光った。白い光に吸い寄せられるようにして、翔真の腰が僅かに浮き上がり、臍の辺りから拳大ほどの光の塊がゆっくりと現れる。腰が落ちると共に、完全に抜け出た光の塊は柊の手に収まった。

柊が掬い取るようにして両手に光の塊をのせる。一際眩《まばゆ》く輝くと、たちまち光は手の中に吸い込まれていった。そうして、小さな物体が残る。

「生まれたぞ」

柊が言うと同時に、キューキューと甲高い鳴き声が聞こえだす。

「元気な男の子だ」

柊が両手を翔真の目の前に差し出した。

黄金色《こがねいろ》の獣毛にくるまれた生き物がそこにいた。魔族の赤ちゃんはどんな恰好で生まれてくるのか不思議だったが、ヒトガタではなく子犬の姿だった。目を閉じたままキューキューと鳴いている。翔真は勝手に暁のような黒い毛並みを想像していたが、お子は領主様の子であり、暁の子ではないことを今更ながら思い出した。

『おおっ、生まれましたぞ!』『なんとかわいらしい!』

緊張が一気に解けて、皆で黄金色の子犬を取り囲み、喜びの声を上げている。

柊が翔真の手にお子をそっと乗せてくれた。ふわふわとして小さなぬいぐるみのようなのに、ちゃんと息をして生きている。この子が自分の腹の中にいたのだと思うと、感動もひとしおだった。

「よく頑張ったな、翔真」と、一緒にお子を眺めていた暁が嬉しそうに囁いた。

「無事に産んでくれて感謝する。ありがとう」

まるで自分たちの子のように言われて、感極まった翔真は泣いてしまいそうになる。微笑んだ暁が労《ねぎら》うように頭を撫でて、翔真の肩を優しく抱き寄せた。

■11■

お子は領主夫妻に無事引き渡された。

母体ごと魔物の森に飛ばされてきたと知って、生きた心地がしなかった彼らは、元気に生まれた我が子を見た瞬間、涙が止まらなかったそうだ。特に暁に「重罪だ」、「尻尾切りだ」と、当たり散らしていた夫人は、かわいいお子を抱いて毒気が一気に抜けたらしい。今はすっかり落ち着いて、手のひらを返したように翔真と暁を労う言葉を口にしているという。

出産後、翔真たちはすぐさま領主城に向かった。到着するとお子は柊と暁に任せて、翔真は客間に案内された。暁を領主たちと会わせるのは不安だったが、こっそり情報を持って来てくれた使い魔たちから領主夫妻の変化を聞いてほっとした。

それから何をするわけでもなく、犬の耳と尻尾をはやした使用人が運んできたお茶をいただきつつ、二人が戻ってくるのを待っているところである。

何杯目かのお茶も飲み干し、さすがにおなかがたぷたぷしてきた。一人きりで豪奢な客間にいるのは何とも落ち着かない。手持ち無沙汰《ぶさた》になってそわそわしていると、どこかからカシャンと陶器が割れたような音がした。

窓の外を眺めていた翔真ははっと振り返った。ドアを開けると、廊下の先で使用人がわたわたしている。どうやらお茶の入ったポットを割ってしまったらしい。

「大丈夫ですか」

翔真は部屋から出て声をかけた。見上げた彼女がびっくりしたように目を瞠る。

「すみません、うるさくしてしまって。すぐに片付けますので、お部屋にお戻りください。新しいお茶をお持ちいたします」

「いえ、もうお茶は十分です」翔真は慌てて首を横に振ると、その場にしゃがんで割れた破片を拾い集める。使用人が慌てて「お客様にそのようなことをさせるわけにはいきません」と止めてきた。暇なのでむしろ手伝わせてください。いえいえ。駄目です、お客様。押し問答をしていると、掃除道具を持った別の使用人がかけつけてきた。

「早く奥様のところへ新しいコーヒーを淹れ直して持っていかないと」

「先ほど運んだコーヒーも駄目だったんですか？」

「ええ、そうらしいわ。奥様が困り果てていらして、せっかくお子が無事に生まれて落ち着いてらしたのに、また情緒が不安定になって苛々《いらいら》とされているのよ。城中のコーヒー豆を掻き集めたけれど、次のがこの城にある最後の豆なのよ。これでお子に気に入ってもらえないのなら、別の種類の豆を探してこなくてはいけないわ。でも、魔界で栽培されているコーヒー豆のほとんどがここにはあるのに、他に探すといっても……」

「どうしてお子は飲んでくださらないのでしょう」

二人の表情が沈む。翔真は黙って話を聞きながら、何となく状況を察した。

魔犬族は魔族の中でも無類のコーヒー好きで、確か赤ん坊にもミルクの代わりにコーヒーを与えるのだと聞いた覚えがある。生まれたばかりのお子も夫人にコーヒーを与えられたのだろう。だが、お子は一向に飲もうとしない。お子の口に合うコーヒーを持ってこいと、ヒステリー気味の夫人から命じられた使用人たちは慌てふためいているのだ。

耳を澄ますと、遠くでバタバタと駆け回る足音や混乱して飛び交う声が聞こえてくる。

周辺には馴染みのあるにおいが充満していた。廊下の絨毯《じゅうたん》の上には茶色い染みが広がっており、コーヒーだとすぐにわかった。先ほど翔真がいただいたのも一杯ずつ味は違っていたが、すべてコーヒーである。あれが魔犬族式のおもてなしなのだろう。

とはいえ、翔真の舌には魔界のコーヒーは少々癖が強すぎた。芳醇な香りはいいのだが、どれも苦味や酸味が強く後味も悪い。雑味が出すぎていて、正直に言って美味しくない。

暁や柊が翔真の淹れたコーヒーを一口飲んで、「魔界のコーヒーとは全然違う」と驚いていた理由がよくわかった。日本人が好むコーヒーと魔族が飲んでいるコーヒーはまったくの別物だ。ふと脳裏にある仮説が閃いた。もしかしたらと考える。

「あの」翔真は思い切って使用人たちに話しかけた。「お願いがあるんですけど――」

「飲んだわ！　お子がコーヒーを飲んだわよ！」

広間に夫人の歓喜の声が響き渡る。

途端に固唾《かたず》を呑んで見守っていた従者や使用人たちから一斉に声が上がり、大きな拍手が湧き起こった。

お子と同じ黄金色の犬の耳と尻尾を生やし、顎鬚《あごひげ》を蓄えた領主も、ほっと一安心したように豪奢な椅子に深々とかけ直す。

その様子を、広間を仕切る分厚いカーテンの隙間から覗き見ていた翔真は、詰めていた息を吐き出した。よかったと胸を撫で下ろす。

夫人の前には暁と柊が跪いていた。

二人がちらっと振り返って、翔真を見た。目が合った暁が頷き、翔真も微笑んで返す。

夫人の胸もとにはこの数時間の間に二回りほど大きくなったお子の姿がある。もう手のひらにはおさまらず、夫人が抱きかかえながら小さな哺乳瓶《ほにゅうびん》でコーヒーを与えていた。お子は愛らしい口で乳首を銜えて、美味しそうにごくごくと飲んでいる。

「それにしても」と、領主が不思議そうに口を開いた。

「これまでのものとは違う特別なコーヒーだと言ったが、どう特別なのだ？」

暁が頷き、答えた。「これはある場所から取り寄せたコーヒー豆を、腕のいい職人が挽《ひ》いて丁寧に抽出して淹れた特別なコーヒーです。お子の口にはおそらくこれが合うだろうと、その職人が尽力してくれました」

暁の隣で、柊が微妙な表情を浮かべた。翔真の頼みを受けて、魔界から出ることを禁じられている暁に代わって、実際に〈かすがい〉のコーヒー豆と道具を取ってきてくれたのは、他でもない彼である。

——もしかしたら、お子は俺が毎日飲んでいたコーヒーの味を覚えてしまって、魔界のコーヒーを受け付けなくなってるのかもしれません。こっちのコーヒー豆を見せてもらったんですけど、どれも見たことのない形で、豆自体が酸味や苦味の強い品種みたいです。全体的にこちらのコーヒーは人間界のものと比べて変わった味ですよね。お子の味覚が人間のそれに近くなっているんだとしたら、うちの店のコーヒーならお子も飲んでくれるんじゃないかと思うんですよ。だから、お願いします。急いで店の豆を取って来てくれませんか。

翔真は頭を下げて頼んだ。「俺からも頼む」と、事情を知った暁も一緒になって頭を下げてくれた。最初はぶつぶつ言っていた柊だったが、コーヒー一生飲み放題に加えて、パフェも食べ放題にすることを約束すると、考え直したようだった。彼も甘党なのである。

——本当に魔族使いの荒い人間だな。その言葉、絶対に忘れるなよ。絶対にだ！

そう言い残して、すぐさま人間界へ渡ってくれたのだった。

かくして、翔真はいつもの手順で淹れたいつもどおりのコーヒーを哺乳瓶に注いだ。それを暁に託して、自分はカーテンの陰に隠れて上手くいくように祈っていたのである。

どうやら翔真の読みが当たったらしい。お子はコーヒーを飲んでくれた。

領主が「ほう」と興味深そうに身を乗り出して訊いた。

「そんな職人がいるとは初めて耳にしたな。どこにいるんだ？　一度会ってみたい。ここに連れてきてくれ」

「承知しました」と、暁が言った。パチンと指を鳴らす。すると、どこからともなく風が吹いた。重たいカーテンがぶわりと翻《ひるがえ》ったかと思うと、突如体が引っ張り出されるようにして足が勝手に動く。

「うわっ、わわわ」翔真は歌舞伎の飛び六方《ろっぽう》の弁慶《べんけい》の如く、片方の足でトントントンと、領主夫妻の前に飛び出した。

突然現れた翔真に、夫妻がぎょっとする。暁がすっくと立ち上がり、翔真の横に立った。

「彼がその瀬尾翔真です」

「セオショーマ？」領主が眉根を寄せた。「お子の母体の名ではないか。そなたがそうであったか」

真っ向から見据えられて、翔真は固まった。夫人の目が思わずといったふうに吊り上がり、翔真を厳しく睨みつけてくる。ぴりっと空気が張り詰めるのがわかった。「あ、あの……」と、緊張で口が回らなくなる翔真に代わって、暁が冷静な口調で答えた。

「そして、その特別なコーヒーを淹れた職人です」

「この者が？」と、夫妻が揃って驚いた顔をしてみせた。

「……そなたがこのコーヒーを淹れたというのは本当ですか?」

夫人に問われて、翔真は慌てて姿勢を正して答えた。「は、はい。私が毎日飲んでいるコーヒーです。お子がおなかの中にいた時もずっと飲み続けていたので、もしかしたらお子の味覚にも何かしら影響を与えてしまったのかもしれないと思って――」

夫妻がお子に視線を転じた。お子はごくごくと美味しそうにコーヒーを飲んでいる。

「では、これは人間界のコーヒーなのか?」

「はい」翔真は頷いた。「正確には、私が経営する店で提供しているブレンドコーヒーです。酸味も少なく、癖がないので飲みやすいと思うのですが。もしよろしければ、お二人もいかがですか。今すぐご用意しますので」

そこに、タイミングを見計らったかのように、一旦姿を消した柊がワゴンを押して現れた。コーヒーを淹れるための道具一式が揃っている。暁に背中を押された。翔真は暁と視線を交わし、急いでワゴンに駆け寄る。慣れた手順でコーヒーを淹れる。幼女の姿の珊瑚と黒曜が夫妻にコーヒーを運んだ。領主は興味深そうに、夫人は恐る恐るといったふうにカップに口をつける。

「これは美味い!」領主が声を上げた。「初めて飲む味だが、これはコーヒーなのか。確かにいつも飲んでいるものよりも酸味も苦味も少なく、まろやかで、後味もすっきりしている。なるほど、お子が気に入るだけのことはある」

「……本当、美味しいわ」と、夫人も驚いたようにカップの水面を見つめる。自分の世話係に預けたお子を見つめて呟いた。「さっきまでは一切口をつけようとしなかったのに、もうこんなにたくさん飲んで。このコーヒーでないと駄目なのね」

翔真はほっと胸を撫で下ろした。よかった、気に入ってもらえたようだ。唯一の特技が、まさかこんな異世界で役に立つとは思わなかった。

和やかな空気に包まれていたその時、暁がおもむろにその場に跪いた。領主夫妻にむけて言った。

「もう一つ、お話ししなければならないことがあります」

横に立っていた翔真を手で示す。

「実はこの彼こそ、二年前、お子が宿るはずだった正式な一度目の母体なのです。過去のデータからお子の魂と彼が好相性であることを確信していた上で、私はあえて今回の領主様の指示に抗い、指定された母体ではない彼への着床に踏み切りました」

がたんと領主が椅子から立ち上がった。夫人も口と目を丸くしている。

翔真は弾かれたように隣を見た。唐突過ぎて、もはやきょとんとなる。一体彼は何の話をしているのだろうか。

暁はこうべを垂れたまま、抑揚を抑えた声で続けた。

「二年前、私はお子の魂を母体に宿すため、人間界へむかいました。しかし、いざ母体に接触しようとしたまさにその時、同じ母体を狙った別の魔族に邪魔されたのです」

当時、暁は母体を横取りしようと戦いを挑んできた魔族と一騎打ちになった。敵の正体ははっきりしなかったが、上級魔族並みの力を持っていた。争った末、どうにか敵を追い返したものの、暁は動けないほどの重傷を負ってしまった。お子自身も魔力を奪われてしまったし、このままでは着床が難しい。争っているうちに母体も見失ってしまった。こちらの騒ぎには気づかずに、どこかへ行ってしまったのだろう。一旦魔界に戻って仕切り直すしかないが、今の暁にそれだけの魔力が残っているだろうか。不安を抱えたその時だった。

――ねえ、大丈夫？　何これ、どうやったらこんな酷い怪我を負うんだよ……。首輪をしてないし、飼い主がいないのかな。とにかく早く病院に連れて行かないと！

人間の声が聞こえた。記憶が朧だが、どうやらその時点で暁は犬の姿に変化していたらしい。通りかかった人間に大怪我を負った野良犬とでも勘違いされたのだろう。

意識がなくなる前に、どうにかお子だけは魔界へ送り戻さなければ。

暁は最後の力を振り絞って、お子の魂を魔界へ転送した。むこうでは使い魔たちが待っている。着床に失敗したとの暁の伝言を受け取って、すぐにお子を保護してくれるだろう。

自分を動物病院に運んでくれた人間が、見失ったはずの母体だと気づいたのは、医師に引き渡された時のことだった。息も絶え絶えの暁を傍で必死に励ましてくれていたが、どういうわけかその母体までが、サイレンを鳴らした救急車に乗せられて、どこかに運ばれていったのである。

その後、動物病院で保護されていた暁は、運良く人間界を訪れていた魔犬族と接触し、魔界に転送してもらった。外傷は癒えたものの、魔力の消耗が著しく、回復までに思った以上の時間がかかった。お子が回復するまでは更に長期間を要した。

「まさか、あの時にお前が世話になったという人間が、この者だったのか」

話を聞いた領主が驚いたように言った。

「はい」暁が答える。「結局、私が魔界に戻るまで、彼は病院には姿を見せませんでした。私と接触したせいで動物アレルギーを発症し、自らも人間の病院に運ばれて入院していたからです。それから私は魔界に戻り、彼と会うことはなかった。お子の魂も冬眠につき、当時の着床計画は白紙に戻されました。その時点で母体も取り消し扱《キャンセル》いになったはずですが、どういうわけか、それ以降、彼の名は母体候補リストに上がることはありませんでした。お子の母体として選ばれるほどの器なので、研究員の調査データにも引っかかるはず。にもかかわらずリストに上がってこないということは、私が臥《ふ》せっている間に別の魔族の子を産んだか、あるいは今まさに宿しているかのどちらかです。しかし――、彼はそのどちらでもなかった」

領主が眉をひそめた。「どういうことだ？」

「ずっと気になっていたことがありました」暁が言った。「二年前、あの事件からいくらか経って私が魔界に戻ると、お子はすでに冬眠に入っておられた。ですが、使い魔から受けた報告によると、魔界に転送された時点でのお子の魔力消費が私が記憶していたものよりも随分と大きかったようです。結局、お子の魔力が回復するまで二年近くを要した。なぜそれほどまでに時間がかかったのか――それは、お子の魂の一部を人間界に置いてきてしまったからだったのです。その一部というのが、この彼――翔真の中にあった。つまり、お子は転送する直前に母体の中に自分の一部を埋め込んでおられたのです。そのせいで、翔真は常にお子を宿した状態として認識され、魔界のデータにも引っかからなかったと考えられます。おそらくお子は、他の魔族に横取りされないよう、お気に入りの母体を自ら予約しておいたのでしょう」

命の危機を感じたお子の魂が本能的に行ったことだろうと、暁は持論を述べた。

そのことに気づいたのは、暁が独自に人間界を捜索しはじめ、ほとんど手がかりもないままようやく翔真を捜し出した後のことだった。暁が翔真に救ってもらったあの時から、約二年の月日が経っていた。

二年ぶりに目にした翔真の中に、微量だがお子の気配を感じた暁は、それがなかなかお子が冬眠から目覚めない原因であることに気づいたのである。

「それからしばらく、私は人間界へ足を運び、翔真に気づかれないように彼を見張り続け、頃合いを見計らってお子の欠片《かけら》を取り出しました」

淡々と語られた言葉に、翔真は思わず「え？」と声を上げた。

暁が領主からちらっとこちらに視線を転じて、申し訳なさそうに言った。

「お前の体にお子を着床させた時から更に二月ほど前の話だ。一人で買い物をしているところを狙ったが、特に体調に変化はなかったはずだ。欠けていたお子の魂が元に戻って、それからまもなくしてお子が目覚められた。しかしその一方で、お子の欠片が体内に入っていたために、母体として認められなかった翔真の体が、本来の姿を取り戻した。もともと優秀だった母体はすぐに他の魔族に目をつけられて、狙われる羽目になってしまった。お前が野犬に襲われた、あの時がそうだ」

翔真の脳裏に閃くものがあった。確か、珊瑚たちも言っていた。翔真を襲ったあの野良犬たちは、魔族に操られていたのだと。

「お子が目覚めてからは、お子を新たな母体に宿すという名目で、私は人間界に渡り、母体を探すふりをしながら翔真のことを追いかけていた。いつかこの人間に、二年前に助けてもらった恩返しをしたいと思っていたからです」

お子の魂は冬眠時に記憶をリセットされ、領主夫妻が決めた新たな母体に宿るべく、暁に託されて人間界にやってきた。暁は情報をもとに母体を探す一方で、お子の魂とともに翔真の様子を見守り続けた。

そうこうしているうちに、着床の期限を迎えようとしていた。お子を宿した後は、暁は目付け役と交代して魔界に戻り、しばらく人間界へ渡る用がなくなってしまう。恩返しをする機会を得ることができないまま、最後に翔真を一目見ておこうと、いつものように翔真を捜して彷徨った。そうして、凶暴な野犬に襲われかけている翔真を見つけたのだ。

「翔真は予想外の出来事に巻き込まれ、また私のせいで命を落としかけていました。どうにかして彼を助けたいと思った。その時、彼の体にお子の魂を宿すことを思いついたのです。もともと宿るはずだった母体です。お子が拒絶するはずがなかった」

暁が行動に移そうとしたその瞬間、不思議なことが起こった。通常ではありえないほど、お子の魂がきらきらと輝き出したのだ。そうして暁が力を加える前に、お子自ら翔真の体内にすうっと吸い込まれるようにして入っていったのである。

かくしてお子の着床は成功し、このたび無事に出産に至った。その間、母体のすり替えをはじめ、暁は領主夫妻に数々の虚偽の報告を行ってきたことも謝罪した。『運命の母体』であることがばれたら、翔真の身に危険が及ぶかもしれず、柊や使い魔たちにも口止めをしていたことも明かした。

「……なるほど」それまで黙って聞いていた領主が口を開いた。「お前が珍しく母体の目付け役まで引き受けたいと願い出たわけがわかった。お子もよほどその母体が気に入ったのだろう。一生に一度の着床で、『運命の母体』にめぐり会えることはそうそうない。普通なら喜ばしいことだが、我々は過去の経験からお子が安全無事に生まれてくることを何よりも優先させた。しかし、本人が選んだのなら仕方あるまい。母体——翔真といったか」

急に水を向けられて、翔真はびくっと背筋を伸ばした。

「実際に危険な目に遭ったと聞いたが、そなたは身を挺《てい》してお子を守ってくれたと暁から報告を受けている。その他にも、長期にわたって世話になった。お子を無事に産んでくれて感謝する」

「いえっ」翔真は突然の謝辞にびっくりして、声を裏返らせた。「俺は言われたことをしただけで、至らない部分は全部暁に支えてもらいました。それに、暁とお子は俺の命の恩人です。こちらこそ感謝しているんです。だからどうか、暁の処分は考え直していただけませんか」

お願いしますと必死に頭を下げると、一瞬、その場に沈黙が落ちた。

「なるほど」と、領主が口を開いた。視線をゆっくりと横に転じる。「——だそうだが、暁。お前はどう思う」

話を振られて、暁は顔を伏せたまま答えた。

「私は自分の仕事をしたまでです。むしろ至らないのは私の方で、そんな私と共に翔真はお子のために最大限に力を尽くしてくれました。感謝するのはこちらです。結果として、彼の命を救うことにはなりましたが、それも私が本来の任務に背き、勝手に行ったこと。今も後悔はしておりません。ですが、主の信頼を裏切ったことに変わりはなく、従って、この件につきましては、いかなる処分もお受けする覚悟です」

「何で！」

翔真は思わず叫んで振り返った。跪く暁は深く頭を下げたままだ。このままでは本当に暁が罰を受けることになってしまう。翔真は青褪め、領主を見た。目が合い、翔真は泣きそうになりながら腰から頭を下げた。膝に額がくっつくほどの姿勢で必死に乞う。

再び沈黙が落ち、しばらく黙考していた領主が小さく息をつく気配がした。

「暁」と、厳かな声が呼びかけた。「はい」と、暁が短く答える。

「経緯に問題はあったが、事情は理解した。なにはともあれ、目付け役としてお子と母体のためによくやってくれた。結果を鑑みて、この件に関しては一切不問に処す」

「――！」

暁がはっと顔を撥ね上げた。翔真も頭を上げて、急いで暁を見た。驚いた顔の暁も思わずといったふうにこちらを向き、視線を合わせる。翔真は喜びを抑えきれず破顔した。暁はまだ信じられない様子で目を見開き、戸惑うように領主に向き直る。領主が頷くと、ようやく強張っていた表情を緩めた。「ありがたき幸せに存じます」と、深々とこうべを垂れる。翔真も一緒になって頭を下げる。領主の顔にも笑みが窺えた。

「それにしても、暁」

領主がすっと笑みを消して言った。「お前は私が『運命の母体』と知って、無理やりにでもお子を取り出すような野蛮な魔物とでも思っていたのか。随分と見くびられたものだな」

暁が焦ったように平伏する。「申し訳ございません」

「とはいえ、私以外となるとわからないが……」と、領主は顎鬚をしごきながら、ちらっと隣を見やった。

視線に気づいた夫人が「まあ！」と顔を紅潮させた。「わっ、私がそうするとでも？　そんな恐ろしいこと、誰がするものですか！」

きっと領主を睨みつける。領主が気まずそうに視線を逸らした。

夫人がこほんと一つ咳払いをして言った。「翔真」

呼ばれた翔真は咄嗟に全身を強張らせた。「は、はい」

「この子にコーヒーを与えてみますか」

「え」翔真は目を瞠った。「いいんですか」

夫人が頷く。「暁の報告から、そなたがお子のために様々な準備をしてくれていたと聞いています。哺乳瓶の扱い方もきちんと学んだのでしょう？」

手招きされて、翔真は急いで夫人の傍に歩み寄った。夫人がお子を差し出してくる。翔真は緊張しながらお子を抱き受けた。生まれてまだ数時間ほどしか経っていないが、最初に抱いた時よりも明らかに大きくなっている。

人形を相手にレッスンで学んだことを思い出しながら、慎重に哺乳瓶をお子の口もとに近づけた。小さな口をぱくぱくと動かして、お子がちゅうと乳首に吸いつく。ちゅうちゅうとコーヒーを飲みだす。

「あっ、ちゃんと飲んでる」

飲みながらお子の小さな前肢《まえあし》が翔真の小指を摑む。「あら、母親を間違えているのかしら」と、夫人がヤキモチを焼くみたいに口を挟んでくる。お子が嬉しそうに黄金色のふわふわとした尻尾を振った。

ふと顔を上げると、こちらを見ていた暁と目が合った。嬉しくて微笑むと、彼からもふわっと優しい笑みが返ってくる。

「お子も翔真にはとても懐いていると見える」

頬杖をついた領主が独り言のように言った。「これで別れとは誠に残念だ」


その後、領主と話があるという暁を広間に残し、翔真は一人で客間に戻った。

柊と南天は先に人間界へ戻ったらしい。揚羽は役目を暁に引き継いで魔兎の領地へ引き上げたそうだ。珊瑚たちはどこに行ったのか姿が見えない。

翔真は物思いに耽《ふけ》りつつ、静まり返った部屋で暁の戻りを待っていた。

しばらくして、ドアがノックされた。

翔真はたちまち現実に引き戻された。「はい」

ドアが開いて、暁が顔を覗かせた。「一人か？」

「うん。柊先生たちは先に帰ったって。他のみんなはどこに行ったのかわからないけど」

「ああ、あいつらはその辺にいるだろう。呼べば飛んでくるが、今はいい」

暁が微笑んで言った。「領主様には了承を得た。これから俺の部屋に移動しないか」

思いがけず暁の自室に招かれて、翔真は二つ返事でついていった。大きな黒犬に変化した暁の背中に乗せてもらい、移動する。外はどんよりとした曇り空だが、この世界ではこれが普通のようだ。こちらにきて随分と時間が経った気がするのに、まだ一度も日は落ちていなかった。ずっと気が昂《たかぶ》っているせいか、眠気も襲ってこない。

まもなくして城の広大な敷地内にある兵舎の一つに到着し、暁に連れられて上階の角部屋に案内された。館の中はしんと静まり返っていた。暁以外の兵士は勤務中ですべて出払っているようだ。護衛兵長の暁は、領主の命令でしばらく人間界に滞在していたため、今は代理の兵が仕切っているという。

「狭い部屋だがゆっくりしてくれ」

男の一人部屋はベッドと執務机、小ぶりの丸テーブルと椅子が据えられた簡素なものだった。余計な物が一切ない室内は殺風景だが、綺麗に整理整頓されていて、とても暁らしいと思う。忙しくてここには寝に帰るだけだという彼にはこれで十分なようだ。

暁が窓を開けた。

涼しい風が入ってきて、翔真はゆっくりと空気を吸い込んだ。先ほどからずっと感じている胸騒ぎを新鮮な空気で蓋をする。

促されて、翔真は遠慮がちにベッドに腰を下ろした。

少し考えて、「俺さ」と切り出した。

「暁が前に、『俺に助けられたのは二度目』だとか、『恩返し』がどうとかって言ってたの、ずっと不思議に思ってたんだよ。言い間違いかと思ったんだけど、そうじゃなかったんだね。俺たち、二年前にも出会ってたんだ。あの時に助けた犬が、暁だったんだな」

窓辺に立っていた暁がゆっくりと振り返った。

「ああ、そうだ」と、頷く。「あの日、お子を母体に宿すはずだったのに、寸前で邪魔が入ったんだ。かろうじて追い払ったが、俺は深手を負って、すぐには動けない状態だった。とにかくお子だけでも安全な場所へ避難させなければと、焦っていたそこに、翔真——お前が現れたんだ」

大丈夫かと、犬の姿の自分に声をかけてきたのは人間だった。暁は途切れそうな意識を無理やり繋《つな》ぎとめると、どうにかお子の魂を魔界に転送した。その後のことは記憶が曖昧でよく覚えていない。思い出せるのは、自分を抱きかかえながら必死に走る人間の乱れた呼吸音と、どくどくと激しい心臓の音、「がんばれ」「もう少しだから」と、自分を励まそうとする優しい声。そして、コーヒーのいいにおい。

動物病院に運ばれて医師に引き渡される瞬間、ぼんやりと人間の顔が見えた。見覚えがあると思ったら、お子が宿るはずだった母体、その人だった。「がんばれ」と、その青年が暁の頭を撫でた。「先生、お願いします。絶対にこの子を助けてください」

青年は泣きながら医師に頭を下げていた。それが、ただ偶然居合わせただけの自分のためだと気づくと、なんとも言えない気持ちが込み上げてきた。

同時に、この青年があの野蛮な魔族たちに襲われなくてよかったと思った。

ああ、この母体ならお子を安心して任せられる。彼ならきっとお子を大事に守ってくれるだろう。暁は後悔した。あともう少しだけ、この心優しい青年と接触するタイミングが早ければ。今頃はすでに着床を終えて、無事に彼の中にお子が宿っていただろうに。結局、お子の魂は一旦魔界へ戻したため、仕切り直さなくてはならなくなった。悔やんでも悔やみきれない。そんなことを考えていると、どういうわけか急に青年が苦しみ出したのである。

「怪我の処置を受けながら、お前が救急車に乗せられて運ばれていったことを耳にした。それからしばらく俺は病院に滞在したが、お前は一度も姿を見せなかった」

「俺も」翔真は記憶を手繰り寄せながら言った。「病院に運ばれてからのことは、よく覚えてないんだよ。思ったよりも重傷だったみたいで、目が覚めたら二日も経ってたから」

ベッドの脇には心配そうに顔を覗き込む祖父がいた。アレルギー症状に襲われた翔真は、一時期ショック状態に陥って危なかったらしい。どうにか持ち直し、意識を取り戻した翔真の姿を見て、祖父は泣いていた。祖父の泣き顔を見たことがなかったから、ひどく申し訳ない気持ちになったのを覚えている。

「今思うと」暁が言った。「あの時点ですでに翔真の中にお子の欠片が入っていたことを考えれば、従来のアレルギーに加えて、急に体内に入れたお子の魔力が人体に何らかの影響を及ぼした可能性も否定できない」

「そうだったんだ。確かに、入院までしたのはあれが初めてだったもんな」

翔真は無意識にもう空っぽの自分の腹をさすり、素直に納得してしまった。

「その後、俺はどうにか魔界へ戻る術を手に入れた。怪我の手当てはしてもらったものの、大量に魔力を消費したせいで思うように動けずにいたんだ。お前のことは気がかりだったが、魔力を早急に回復させるためにも一度魔界に戻る必要があった」

翔真が動物病院を訪ねたのは、その後のことである。すでに暁の姿はなく、病院のスタッフに訊ねると、突然いなくなったのだと、困惑したように言われたのだ。不思議な話で、犬が入れられていたケージは鍵《かぎ》がかかったままの状態でもぬけの殻になっており、そこには治療費よりも随分と多い金額が残されていたという。スタッフたちも狐に摘まれた気分だったらしい。

当時は、実は飼い主がいて、こっそり飼い犬を連れていったのだと思っていた。まさかその犬の正体が魔族だなんて、誰も知るはずがない。二年越しの謎がようやく解けた。

「魔界に戻ってからも、俺の魔力の回復には予想以上に時間がかかった」

窓の外を見やった暁が、ふと遠い目をして言った。

「思ったように動けずやきもきしながらも、俺はずっとお前のことを考えていた。どういうわけか頭からお前のことが離れなかった。お子が冬眠に入り、もうお前は俺が追いかける母体ではないはずなのに、思い出すのはお前のことばかりだ。あの青年は元気になっただろうか。今頃何をしているのだろう。もう一度、彼に会いたい——そんなことを、毎日この部屋で考えていたんだ」

翔真は目を瞠った。静かに振り返った暁が淡く微笑む。翔真は思わず息をのみ、心臓が高鳴るのを感じた。

「ようやく動けるようになって、しばらくしてから俺は人間界へ渡った。その頃の俺は、お前が元気でいる姿をこの目で確認しないと、どうにも気が収まらないくらいお前に飢えていた。唯一の手がかりはあの動物病院だったが、ところがいくら探しても記憶と重なるものは見つからなかった」

暁が小さく嘆息した。

「お前からあの病院がすでに廃業したと聞いて、ようやく腑に落ちたよ。ないものをいくら探しても見つからないはずだ」

大怪我を負って意識も混濁していた当時の暁の記憶は曖昧なものだった。かろうじて翔真の名前は覚えていたものの、研究者が作成する母体候補のリストにその名前は見当たらなかった。それ以上の情報はなく、いよいよ手がかりがなくなった後も暁は諦めなかった。何度も人間界へ渡っては、あてもないまま延々と翔真を捜し続けていたのである。

「翔真を見つけることができたのは、コーヒーのおかげだ」

「コーヒー？」

意外すぎる言葉に、翔真は鸚鵡《おうむ》返しに訊き返した。暁が頷いた。

「お前を捜して人間界を彷徨っていた時、ふとどこからかコーヒーの香りがしたんだ。そのにおいが、俺を抱きかかえて病院に運んでくれた、あの青年からしたにおいと同じものだとすぐに気がついた」

「コーヒーの香りだけで、俺だってわかったの？」

驚くと、暁は少し得意げに笑んでみせる。

「魔犬族の嗅覚は魔族の中でも特にすぐれているんだ。一度覚えたにおいは忘れない。二年前、怪我で意識が朦朧とする中で嗅いだにおいは、お前自身のにおいとコーヒーのにおいが混じりあった、なんだかとても安心するものだった。においというのは、記憶に直結しているものだ。あの時も、ひとたび嗅いだ瞬間、全身に電流が走ったような衝撃を受けた。確信した俺は急いでにおいを辿り——そして、ようやくお前を見つけたんだ」

今から半年ほど前のことである。地元主催の食のイベントで、翔真はコーヒーを提供してくれないかと頼まれたことがあった。主催者が商店街の組合長と知り合いで、そのツテで翔真を紹介してくれたのである。組合長は翔真のコーヒーの熱烈なファンだった。

外会場のテントでコーヒーを販売していると、突然強風が吹いたのだ。紙コップが倒れてきて、コーヒーが零れた。翔真自身もちょうど傍を通りかかった人が持っていた紙コップが飛んできて、コーヒーを被ってしまったのである。冷めはじめていたので熱くはなかったものの、シャツとエプロンに大きな染みができたのを覚えている。

あの風に運ばれたコーヒーの香りに、暁の嗅覚が反応したのだ。

「二年ぶりに再会したお前は、元気そうにしていて、俺はひどく安心した。元気な姿を一目見て、十分気は済んだはずだった。だが――」

暁がそこで一旦言葉を切って、バツが悪そうに視線を逸らす。

「その後も、お前のことが気になって仕方なかったんだ。何をしていても落ち着かず、結局、俺はまた人間界に渡っていた。それからは、暇があれば翔真のもとへ向かい、遠くからお前のことを眺める日々を送っていた」

柊先生のことを言えないなと、暁が項垂れる。俺も立派なストーカーというやつだ。

「……ふっ」

翔真は思わず吹き出した。暁の言葉からその様子を想像して、くすくすと笑いが込み上げてくる。ああ、そうだったのか。翔真の胸にあった小さなひっかかりがすっと消えたような気分だった。初対面だと思っていた時よりも随分と前から、暁は翔真のことを近くで見守っていてくれたのだ。

時には町に紛れ込んで、時には空から。どういうわけか暁は翔真の行動パターンを妙によく知っていた。それが不思議だったのだけれど、そういうことだったのだ。

胸の奥からどっと熱の奔流がつきあがってくる。愛しさが溢れて、笑んだ目がふいに滲んだ。翔真の知らない暁は、何でもこなす器用なお目付け役とは違って、案外と不器用な男だった。だから余計に愛おしく想う。

お子の魂の欠片が翔真の体内に残っていることに気づき、取り出した後も、暁は翔真を見守り続けた。

お子の二度目の着床を任されると、大義名分にして人間界へ頻繁に渡った。お子の元母体だ。新たな母体よりも、翔真の傍にいる時の方が、小瓶の中のお子の魂は一層輝きが増すように思えた。今回のお子の母体も翔真だったらよかったのにと、詮無いことを考えていた。

新たな母体を探すふりをしつつ、翔真の姿を追いかける。

寝坊した朝に走って仕事場に向かう翔真をはらはらしながら見送り、へとへとに疲れて帰路につく翔真の傍にそっと寄り添う。今日も頑張ったなと聞こえない声で労いつつ、家の中に入るまで見届ける。今日はよく笑っていたな。休日にまとめ買いをするのはいいが、そんなに荷物を抱えると腕が抜けるぞ。浮かない顔だな、何かあったのか。顔色がよくない。ちゃんと食べてるのか。目の下にクマもできている。眠れないのか。俺が傍にいたら、お前にそんな顔をさせないのに――。

「思えば、あの時にはもう俺の心は完全に翔真にとらわれていたんだな。翔真のことしか考えられなくなっていた。お子の魂をお前に宿したことを、俺は後悔していない。翔真とまた逢えて嬉しかった。一緒に過ごした日々はとても楽しかったし、幸せだった」

暁が微笑んで言った。

翔真は暁を見つめた。嫌な予感がした。胸がざわざわと不穏に騒ぎだす。その言い方だとまるで、これでお別れだと告げているように聞こえてしまう。嬉しい言葉のはずなのに、未来が見えない。

「やっぱり、俺の記憶は消されちゃうの？」

翔真はずっと抱えていた不安を口にした。

暁の顔から瞬時に笑みが消えた。翔真を凝視し、驚いたように訊き返してくる。「何で、お前がそのことを……」

「ごめん」翔真は言った。「クリニックで柊先生と話しているのを聞いちゃったんだ」

「ずっと知ってたのか」

暁に問われて、翔真はうんと頷く。

「俺の記憶を消して、暁が俺の前から消えることが最初から決まっているなら、この想いは絶対に知られちゃいけないと思ってた。自分の気持ちを押しつけて暁を困らせたくなかったから」

暁が黙って見つめてくる。翔真は目を合わせて続けた。

「でも、暁の本当の気持ちを知ってしまった今は、これが全部なかったことにはなってほしくない。俺も暁のことが好きで、暁も俺のことを好きだって言ってくれたのに、何で全部忘れなきゃいけないいんだよ。嫌だよ、そんなの。俺は、暁のことを忘れたくない！」

感情が昂って、最後は叫ぶようにむき出しの本音を吐き出した。息を荒らげる翔真の前に、暁が静かに歩み寄る。「俺だって、お前に忘れられたくない」

その場にしゃがんで、上目遣いに見上げてきた。

「その話を、さきほど領主様ともしてきたんだ」

「え？」

翔真は思わず訊き返す。視線を交わした暁が、僅かに表情を曇らせて「だが」と言った。

「やはり、翔真には一度こちらのことを忘れてもらわなくてはならない。そういう決まりなんだ。魔族が子を産めない今の状況が続く限り、今後も人間を母体にして子を産んでもらうことになるだろう。魔族のことを知る人間が増えるのは、こちらとしても都合が悪いんだ」

「じゃあ、やっぱり記憶を消されるってこと」

「いや」暁が首を横に振った。「正確には記憶を消すのではなく、魔力で封じるんだ。母体にお子を宿した当時の記憶がないことが確認されれば、その母体は調査対象から外れることになる。それ以降に、もし何らかの理由で記憶が戻ったとしても、それはもう彼らの管轄外だ」

「それって、つまり……」

翔真は思考を総動員して結論を導き出す。「一旦忘れても、俺がその気になればいつでも思い出せるってことだよね」

「そういうことだ」と暁が頷いた。

「ただ、必ずしもそうとは限らない。何かの拍子に思い出せることもあれば、一生忘れたままでいる可能性も十分ありうる。これはかりは賭けのようなものだが……」

「思い出すよ」

翔真は毅然《きぜん》とした態度で言い切った。

「絶対に、俺は暁のことを思い出してみせるから」

暁が虚《きょ》をつかれた顔で翔真を見つめた。

窓から涼やかな風が吹き込んでくる。服に染みついていたのか、ふわりと微かにコーヒーの香りがした。

「だから、俺が早く思い出せるように、時々は会いに来てほしい。いくらでもつきまとっていいから、ちゃんと姿を見せてよ」

暁がふっと微笑んだ。

「ああ、毎日会いにいく。悪い虫がつかないように見張っておかないと。お前はすぐによその犬に目移りするからな」

冗談めかした言葉に翔真も笑う。

「見るだけだよ。どうせ触れないし。俺が触れたいと思うのは暁だけだよ。抱きしめたいって思うのも、暁だけだ」

暁が隣に腰掛けて翔真の頭を優しく撫でた。翔真はたまらず暁に抱きついた。

「……ずっとこうしていられたらいいのに」

「ああ、そうだな」

「春になったら、いつものウォーキングコースで通る河原の桜並木、一緒に見ようって約束したの覚えてる？」

「ああ、覚えてる」

「お弁当と桜餅を持って」

「そうだったな。桜餅の作り方を学んでおかないと。弁当もお前の好きなものをたくさん詰めてやろう。お前と一緒に花見をするのを楽しみにしてる」

「忘れないでね」

「そっちこそな」

小指を差し出すと、暁も察して自分の小指を絡ませた。無言のまま視線を甘く搦め捕られる。ゆっくりと距離が近づき、どちらからともなく口づけを交わした。

翔真のすべてがほしいと、先に言ったのは暁だった。

翔真も同じ気持ちだった。できる限りこの体に暁の痕跡を刻んでおきたい。自分の手じゃ届かない深いところまで、細胞が彼の気配に反応するぐらいに。頭より先に体が暁を感じ取って、封じた記憶を引き出せるようになれればいいのにと思う。

服を脱ぎ捨て、ベッドに横たわった。暁が美しいギリシャ彫刻のような裸体を惜しげもなく晒し、翔真の上に乗り上げてくる。

咬《か》みつくように唇を奪われて、翔真はたちまち翻弄された。

歯列を割ってもぐりこんできた舌に口腔をくまなく探られる。深い口づけは以前にも一度暁にされたが、あの時に感じた鬼気迫るような切羽詰まった様子は今の彼にはなく、ただひたすら甘く、翔真をとろけさせるような巧みな舌使いで欲望を煽《あお》られる。

「……ん、ふ……んんぅ」

曇天とはいえ、まだ明るいうちからベッドの上で抱き合うことに背徳感を覚える一方で、暁を欲する気持ちが抑えきれない。

「……あまり、見ないでよ」

ようやく唇が離れて、息も絶え絶えに翔真は言った。

翔真の上に馬乗りになる暁は軽く息を弾ませて、じっと見下ろしてくる。あからさまに情欲を滲ませた視線に晒されて、肌がじりじりと焦げつくように熱い。明かりがなくても十分に外の光が届き、翔真の裸体はすみずみまで暁の目の中だ。まるで検分されているようで恥ずかしく、翔真は肢体をくねらせた。

「どうして？　こんなに綺麗なのに。きめ細かく、輝くように白い肌は、絹のようになめらかで。ほっそりした体はしなやかに動いて、その艶《なまめ》かしさに目を奪われる。いつまでも眺めていたいくらいだ」

「やめてよ。暁と比べたら貧相すぎて恥ずかしいんだから」

綺麗だというなら、暁の方こそ見惚《みと》れるほどの肉体美である。もともとの骨格の違いもあるのだろうが、しっかりとした起伏のある筋肉のつき方は翔真の痩身《そうしん》では敵《かな》わないものだ。

厚みのある胸板に思わず手を這わせると、暁がぴくっと体を震わせた。連動するように頭上に生えた犬の耳もピンと立つ。

「耳と尻尾が出たままなんだね」

「うん？」暁が自分の頭を触って言った。「ああ、人間の中に混じっている時は周囲に合わせて隠していたが、こちらではこの姿が一般的だ。気になるか？」

翔真はゆるくかぶりを振った。「ううん。なんだか、新鮮だなと思って。さっきから尻尾が揺れてるし、かわいい」

暁が面食らった顔をした。振り返り、自分の臀部《でんぶ》で細い尻尾が嬉しそうに揺れているのを認めると、バツが悪そうに眉根を寄せる。

「……気がつかなかった。自分で思っている以上に俺は浮かれているらしい。お前とこうやって触れ合うことが、俺の夢だったからな。その夢が叶って、全身で喜んでいるんだ」

「ゆ、夢だったの？」

「ああ」暁が嫣然《えんぜん》と微笑んで頷く。「何度も妄想していた。そして今、想像以上に綺麗な翔真を前にして、すぐにも暴走しそうな自分を必死に抑えているところだ」

暁の頭がゆっくりと沈み、翔真の胸を舐め上げた。少しざらりとした感触の舌が、小さな粒を弾くように舐《ねぶ》る。

「あっ」

びっくりして思わず声が漏れた。自分が思っていたよりも数段高く、鼻にかかった甘い声に驚き、たちまちかあっと顔が熱くなる。

それに気をよくしたのか、暁は舌での愛撫《あいぶ》を続けた。普段は気にしたこともない胸の尖りを舐めしゃぶられて、反射でびくっと背中が浮き上がる。初めて味わう鋭い快感に、翔真は息を乱し、甘く喘いだ。

「ここが気持ちいいのか？」

「ふっ、……ん、やっ、もう……それ……っ」

刺激に硬く尖った粒を執拗になぶられて、そこはもう痛いくらいに疼いている。

「お前のいいところをきちんと覚えておきたいんだ。教えてくれ。こっちは？」

反対の乳首を強く吸われた。

「あっ」と、甲高い声が鼻から抜ける。

「じゃあ、こっちはどうだ」

暁はいちいち翔真の反応を試すように、愛撫の仕方を変え、場所を変え、翔真の体を優しく蹂躙《じゅうりん》していった。

やがて暁は薄い茂みを掻き分けて、すでに昂っている翔真の屹立《きつりつ》に指を絡める。

剝き出しの神経に触れられたかのような衝撃に、翔真はびくっと腰を撥ね上げた。

大きな手にゆるゆるとそこを扱《しご》かれると、たちまち快感の波が押し寄せてきた。

「やっ、だめっ……そこっ——あっ」

暁がふいに体を後方へずらしたかと思うと、手に握っていた翔真のそれを口に含んだ。何の躊躇いもない行動に翔真は息をのむ。想像もしていない光景だった。暁が自分の股間に顔を埋めている。そう思っただけで激しい羞恥が込み上げてくる。だが、それも僅かな時間だった。暁が動き出すと、すぐに何も考えられなくなった。

先端から溢れ出していた体液を啜るようにして、暁は銜えた屹立をゆっくりと口の中に収めていった。

敏感な部分を、ぬるりとした生温かい感触に包まれる感覚は何とも言えないものだった。

根元から舐め上げられて、すっぽりと深いところまで飲み込まれ。口に含まれながらきつく吸い上げられると、翔真はあっという間に絶頂に達してしまった。

「はあ、はあ、はあ……」

射精の余韻に浸りながらぐったりと四肢を投げ出す。潤んだ視界に、起き上がった暁の顔が入る。翔真を見下ろす彼の表情はひどく嬉しげだった。満足そうに赤い舌を突き出し、自分の口の周りを舐め取っている。彼の端整な顔を汚している白濁が自分の体液だとわかると、翔真は申し訳なく思った。その一方で、艶かしく翔真のものを銜える暁の姿を思い出し、妙な高揚感が体の奥からふつふつと湧き上がってくる。

翔真はゆっくりと気だるい体を起こした。ベッドの上で体勢を変えると、あぐらをかいている暁の下肢に顔を近づける。

「翔真……?」

「……すごい。大きい……」

目の前でそそり立つそのものの立派さに、翔真は思わずごくりと喉を鳴らした。

恐る恐る手を伸ばす。自分のものとは明らかに違う、どっしりとした質量と太さに驚かされる。まだ完全に勃《た》ちきってないのに――。股間に触れられてびくっと震えた暁が、「おい、どうしたんだ」と、困惑したように翔真を押し返そうとした。翔真は上目遣いに見上げて言った。

「俺も、したい。暁の全部、ちゃんと覚えておきたいんだ。……させてよ」

「――っ」

請うと、暁が一瞬ひるむみたいに目を瞠った。

「……そんなふうに言われて断るヤツがいるか」弱ったような顔をしてみせる。「なんだか不安になってきたぞ。頼むからやめてくれよ、俺のことを忘れたまま今の文句を他の人間に言わないでくれ」

「言わないよ」翔真は苦笑した。「絶対に暁にしか言わない。暁としか、こういうことはしたくないから。だから、心配しなくても大丈夫」

暁が翔真の頭を優しく撫でる。首の後ろに手を回し、翔真を自分の方へ導くように引き寄せた。

翔真は唇を開き、そろそろと口に含む。逞しく張り出した先端はそれだけで口内がいっぱいになる。

舌に独特の塩味が広がった。これが暁の味だと思うと興奮した。しっかりと記憶に刻んでおきたくて、翔真は夢中になって舌を動かす。頭上で暁の弾んだ息遣いが聞こえる。

「暁、どう？　気持ちいい？」

訊ねると、小さく笑う気配がした。「ああ、とても気持ちいい」

彼の背後で細長い尻尾が気持ちよさそうに揺れているのが目に入り、嬉しくなる。

暁ほど上手くはできないが、もっと彼を喜ばせたいと思う。顎が疲れるのも構わず懸命に舌を這わせていると、ふいに頭上に影が差した。暁が腕を伸ばし、翔真の臀部に触れた。指で尻の割れ目をなぞるようにして、秘めた場所を探り当てる。

「……んんっ」

翔真は暁を銜えながら、思わず背筋を反らした。顔を上げようとしたその時、指が後孔にぬるりと潜り込む。突然襲った異物感に、翔真は全身を硬直させた。

先ほどの口淫《こういん》や射精の名残で互いの体液が滴《したた》り落ちたのだろう。前を伝って後ろまで濡れていたせいか、指は驚くほど抵抗なく翔真の中に入り込んだ。

節張った長い指がゆっくりと翔真の中を掻き回す。

「んっ、……んぅ、ふ……んっ、ん」

自分でも触れた事のない場所を探られて、激しい羞恥に苛まれる。だが、指が二本に増やされて後孔の抜き挿《さ》しを繰り返されるうちに、苦痛や羞恥は薄まり、代わりに抗えない快楽の波が押し寄せてきた。

暁を銜えていた口もとがおろそかになり、そのぶん腰が勝手に揺れる。

意識が次第に背後に集中し、暁の指の動きを追いかけてしまう。

「……ぁっ、……はぁ、んぅ……ふ、ぁン……」

ふいに後ろの異物感が消えた。指を抜かれて支えを失った翔真は、暁の怒張にすがりつくように頬を擦りつけながら目線を持ち上げた。熱い吐息と共に、空中で視線を搦め捕るようにして暁が目を合わせてくる。切羽詰まった表情が視界に入った。

「あ、……ごめん。中途半端になって……」

翔真はいつの間にか腹につくほど反り返っていた暁の劣情の大きさに驚きつつも、銜え直そうと口をめいっぱい開く。しかし、暁は翔真の頭を軽く押しやった。

「いや、そっちはもういい」

「え？——あっ」

突然視界が反転し、翔真はベッドに押し倒された。荒々しく両脚を掴まれ、膝裏を押し上げられる。腰が浮き、先ほど散々いじられた秘所が暁の眼前に晒された。

「お前がいちいちかわいいことをするから、俺ももう限界だ。早くお前の中に入れてくれ」

「あ、待っ——」

暁が翔真の両脚を引き寄せ、自らも腰を進めてくる。ふっくらと綻んだそこに灼熱《しゃくねつ》の切っ先があてがわれた。火傷《やけど》するのではないかと思うほどの熱さに咄嗟に息を詰める。重みが圧しかかり、熱の塊のような怒張が翔真を性急に押し開いてゆく。

「っ、は……っ」

見た目以上の質量と圧迫感に翔真は大きく首を仰《の》け反《ぞ》らせた。どうにか苦痛をやり過ごそうとシーツを摑んで必死に喘ぐ。狭い肉壁をぬうっと押し広げて、暁が奥まで侵入してくるのがわかった。少し前までお子がいた場所を押し上げるようにして、次第に暁の存在感が増してゆく。まともに息もできないほど苦しいのにひどく幸せだと感じる。自分の中が暁でいっぱいに満たされるのが嬉しかった。

唐突に尻を弾力のある硬い腹筋が押し上げた。

「翔真、大丈夫か」暁が低く息を弾ませて言った。「全部入ったぞ」

「……っ、ほんとに？」

「ああ。ほら、ここに俺のものが全部」

ぐっと下腹部を押されて、翔真はぶるりと胴震いした。臍《へそ》の下辺りまで埋め込まれた暁のものがどくんどくんと力強く脈打っているのがわかる。お子の胎動よりも生々しく、荒々しい。今にも暴れ出しそうな獰猛《どうもう》な生き物が潜んでいるみたいだ。

「動くぞ」と、暁が短く唸った。

腰を強く押しつけぐるりと大きく掻き回されて、翔真は一瞬視界が真っ白になった。敏感な最奥への刺激に目が眩《くら》む。

「あ、あっ、んん……っ」

ぐうっと奥を捏《こ》ねるように腰を入れた後、暁は一旦引いた。

抜け落ちる寸前まで腰を引いたかと思うと、今度は一気に奥まで突き入れる。肌がぶつかる音が鳴り響くほど激しく突き上げられて、翔真は嬌声《きょうせい》を上げた。

暁が翔真を何度も貫きながら、咬みつくように唇を重ねてくる。翔真も両腕を伸ばし、暁の背中にしがみつくと、夢中で舌を絡ませ合った。

「あ、ん……んぁっ、暁……っ」

激しい抽挿《ちゅうそう》に揺さぶられながら、翔真は必死に告げた。

「大好きだよ、暁……っ」

「ああ、俺もだ」と、暁が濡れた声で答える。

「翔真、愛してる」

熱い吐息雑じりの睦言《むつごと》に胸の奥が切なく震えた。熱の塊が喉もとまで迫《せ》り上がってきて、涙が溢れる。ずっとこのままでいられたらいいのに。暁と離れたくない。

けれども、その瞬間が刻々と近づいてきているのがわかる。

「暁」翔真は愛する恋人の顔を見つめた。「俺は、絶対に暁のことを思い出すから。だから、俺のことを諦めないでね」

暁が大きく目を見開いた。ふわっと微笑み、「当たり前だろ」と言った。

「俺はもう一度お前に逢いたくて、どこにいるかわからないお前のことを執念で捜しだしたんだぞ。せっかく摑んだ幸せをこれで終わりにしてたまるか」

翔真の不安げな視線を甘く搦め捕ると、僅かに声を低めて告げてくる。

「何をしてでも、何年かかろうとも、お前に意地でも俺のことを思い出させてみせるさ。約束する」

「……うん」

零れた涙を、暁がそっと唇を寄せて吸い取った。

「そして、お前と思う存分抱き合うんだ。だから、これで満足するなよ？　もっともっとお前のことを愛して、愛して。俺の愛情にたっぷりと溺《おぼ》れさせてやる。覚悟して、俺のことを思い出せよ」

にやりと暁が笑った。翔真も思わず破顔する。

絶対にまた逢える。必ず思い出す。だから、別れの言葉は言わない。

「暁」翔真は両手を伸ばして言った。「どの世界の誰よりも、暁を一番愛してる」

暁がとろけそうな笑みを浮かべた。

この笑顔を忘れない。そう心に強く誓う。

暁は翔真の手を取り自分の首にやると、繋がったまま翔真を抱き上げた。自重のせいで一層深いところまで暁を銜えこむことになり、翔真は大きく仰け反る。

暁が耳もとに唇を寄せて囁いた。

「どんなことがあっても、必ずお前に俺のことを思い出させてみせる。そして、何もかもを思い出したその時には、今度こそ本当に結ばれよう――……。約束だ」

甘い愛の言葉に翔真はたちまち顔をほころばせる。

どちらからともなく唇を重ねた。

暁が腰の律動を再開させる。翔真も甘く喘ぎながら身をくねらせて、一緒になって快楽を貪り合う。

離れ難い。この手を、体を、唇を、全部自分のものにして、片時も離したくない。

互いを求めることをやめられなかった。やがて翔真が意識を手放すまで、何度も交わった。

＊＊＊

最後は透明な僅かばかりの精を放って、翔真は気を失うように落ちた。

閉ざした目尻から溜まった涙がこぼれ落ちる。

暁は指先でそっと涙を拭《ぬぐ》い、その愛らしい顔を見つめる。

「……絶対に思い出させてやる。今度は泣かせないから安心しろ。誰にも邪魔されず、二人で幸せになろう。約束だ、翔真」

祈るように囁き、最愛の恋人に口づけた。

■12■

カランカランとドアのベルが鳴った。

「いらっしゃいませ」

翔真が声をかけると、ふんわりしたゆるめのパーマをかけた青年が物珍しそうに店内を見回しながら入ってきた。

一名様をカウンター席に案内する。

水とおしぼりを置き、メニューを差し出す。「ブレンドを一つ」と注文を受けて、翔真は一旦下がった。

カウンター内でコーヒーを淹れる準備をしていると、ふと視線を感じた。顔を上げると、パーマの青年と目が合った。

「？　どうかされましたか？」

「あ」青年がバツが悪そうに目を瞬かせた。「すみません、じっと見ちゃって。何だろ、初めて来たお店なのに、妙に懐かしく感じちゃって」

年は二十代後半だろうか。平日の昼間なのにラフな私服姿の彼は、確かに初めて見るお客さんだ。昔ながらの喫茶店なので、このくらいの年代の男性客は珍しい。不思議と女性客は多いのだけれど。

なんだか嬉しくて、翔真は微笑みながら訊ねた。「この辺りにお住まいなんですか？」

「いや、自宅はここから二駅先です」

「そうなんですね。今日はいい天気なので、出歩くのが気持ちいいですよね。すっかり春がきたみたいで」

窓の外を眺める。三月も半ばになり、冬に逆戻りした先週と比べて今週に入ってから急に気温が上がりはじめた。近所の川沿いでは河津桜《かわづざくら》が見頃を迎えており、こんもりとピンク色に華やいでいる。陽気な日差しに誘われて、散歩がてら店に寄ってくれるお客さんも多く、おかげさまで店は賑《にぎ》わいを見せていた。

彼もそんな散歩中に足を運んでくれた一人だろうか。そう思ったが、青年は「ああ、そういえばあったかくなりましたよね」と、気のない返事をして、水を一口飲んだ。

「実は、仕事がちょっと落ち着いて、久しぶりに部屋の掃除をしたんですよ。俺、フリーランスで在宅仕事なんだけど、気がついたらゴミの中で暮らしてたなんてことがしょっちゅうでね。一人暮らしって、どうしても身の回りのことが後回しになっちゃって」

ああ、なるほど。翔真はうんうんと頷く。一人暮らしで片付けが苦手なのは翔真も同じである。ここ最近は特に、家に一人でいるとぼんやりとしてしまい、何をやるにも気が散って手につかない。祖父が亡くなってもう随分と経つのに、なぜだか無性に人恋しくなる。目の

ろいろいはこの冬はこのでなの身り独の銘正真正は翔真、がだうそても

前の青年はそう言いつつもてそうだが、翔真は正真正銘の独り身なのでこの冬はいろいろな意味で寒すぎた。早く春が来てほしいと待ち侘《わ》びていたところである。

「まあ、さすがにこれ以上は放っておけなくて、掃除したんだけど。そうしたら、ここのショップカードが出てきたんですよね」

そう言って、青年は上着のポケットからカードを取り出して翔真に見せた。「ああ、本当ですね。うちのです」翔真は確認して言った。店で配っているものである。

「このお店に行ったことがないのに、何でこんなものが家にあるんだろうなって不思議に思って、それで今日はこのカードを頼りに訪ねてみたんですよね。でもやっぱり、俺の記憶ではこの辺りに来たのは初めてで」

「誰かお知り合いの方がうちにいらしたんですかね。その方に渡したカードがお客様のご自宅に紛れ込んでいたのかも」

「うーん、そうかなあ。うちに人を入れることってあまりないんだけど」

腑に落ちない顔をしている青年に、翔真は淹れ立てのブレンドコーヒーを差し出した。

「……あ、美味しい。このコーヒーを飲めただけでも、来た甲斐があったな」

「ありがとうございます。ゆっくりしていってくださいね」

俄に窓辺のテーブル席が笑い声に沸いた。三十代ぐらいの華やかな美貌《びぼう》の男性を女子大生風の三人の客が取り囲んでいる。

「あっちは賑やかですね」と、青年が言った。

若い女性をはべらせている色男の方は、ここ最近よく見かけるようになった常連客である。彼が来店すると、いつの間にか女性客が席移動を始めるのだ。さながら蝶《ちょう》が甘い蜜を求めて美しい花に飛び込んでいくかのようである。

その時、厨房から「パフェができました」と声がかかった。がたいのいい調理補助の彼が繊細に仕上げたパフェを持って顔を出す。翔真はパフェを受け取る。すると、カウンターでカチャンと音が鳴った。見ると、青年の手がコーヒースプーンに当たったらしい。

「大丈夫ですか?」

声をかけると、青年がはっとこちらを向いた。随分と驚いた顔をしていて、翔真の方が面食らう。

「あ、ごめんなさい。あの、さっきの人、ここのお店の人?」

「彼ですか?　はい、厨房の調理補助をやってくれています」

三ヶ月前に雇った彼は、調理人の徹と一緒に厨房を回している。がたいがよく、強面の見た目からは想像できないほど手先が器用な三十路《みそじ》の男だ。主にスイーツを担当している。

「実は俺、漫画家なんですよ。今描いている作品に彼そっくりのキャラがいて、あの人を見た瞬間、漫画から飛び出して来たのかとびっくりしちゃって」

漫画家さんだったのか。意外な職業に驚きつつ、翔真はぴんときて訊ねた。「あの、もしかして『魔王の食卓』のシラトリ先生ですか？」

青年が目を瞠った。「え、俺のこと知ってるの？」

「知ってますよ！」翔真はうわっと一気にテンションが上がった。「漫画、読んでます。キャラってあれですよね、魔王の側近のアゲハ！　俺も初めて面接に訪れた彼を見て、そっくりだと思ってたんですよ」

しかも奇遇なことに、外見もキャラクターとそっくりならば、名前までかぶっていた。これは是非本人を紹介したい。そう思いつつ、翔真は「またあとでお話を聞かせてくださいね」と言って、急いでパフェを窓辺のテーブルに運んだ。

「お待たせしました。季節のパフェです」

「ああ」女性たちと楽しくお喋りしていた色男がちらっとこちらを見た。「ようやく来た」

翔真はパフェを置きながら、こっそり耳打ちした。「真開さん、お店でナンパなんかしないでくださいよ」

色男が肩を竦めてみせた。「そんなことはしていない。彼女たちが勝手に寄ってくるんだ」

「南天さんは一緒じゃないんですか？」

自由気ままな色男の暴走をいつも傍で見張っている青年が今日はいない。真開が知らん顔をして言った。「あいつはうるさいから置いてきた」

早くあっちへ行けとばかりに手首を振られる。翔真は嘆息して踵を返した。

その時、カランカランとドアベルが鳴った。

入ってきた客を見て、翔真は思わず自分の顔が綻ぶのがわかった。

「いらっしゃいませ」

背の高い男性がちらっとこちらを見て会釈をした。天気がいいのに、今日も相変わらず黒いトレンチコートを羽織った全身黒ずくめの恰好をしている。もう一人の、最近できた常連さんである。

「いつものでよろしいですか」

「……ああ」男が低いがよく通る甘い声で言った。「お願いします」

差し出された紙袋を受け取る。袋の中には大きなタンブラーが入っていた。

翔真は「少々お待ちください」と言って、いそいそとカウンターに戻る。タンブラーにコーヒーを注いで蓋をし、袋に入れる。オリジナルのコーヒー豆一袋も一緒に詰めた。

「お待たせしました」

じっと翔真の作業を眺めていた男が、はっと我に返ったように目を瞬かせた。少し長めのカラスの濡れ羽のような黒い前髪の隙間から、漆黒の瞳が見つめてくる。三十代ぐらいの派手さはないがとても整った顔をしている男だ。時折見せる眼差しが妙に切なげで艶《つや》っぽく、大人の男の色香を帯びていて、同性でも思わずどきっとするほどだった。

男がレジカウンターに歩み寄る。会計をし、「これを」と、コートのポケットから店のスタンプカードを出した。翔真は「はい、お預かりしますね」と、受け取って今日の購入額分のスタンプを押した。コーヒー豆の絵柄のスタンプでカードがいっぱいになる。

「これで十五枚目ですね。二百円分が割引になりますので、また使ってください。よかったら、たまには店内でコーヒーを飲んでいってくださいね」

カードを返すと、男は軽く頷いた。昨年の十一月の終わり頃から毎日のように通ってくれているお客さんだ。でも、テイクアウトばかりで店内での飲食はない。割引券がもう随分と溜まっているはずなのに、なかなか使ってくれないのだ。

「そういえば、お客様」翔真は微笑んで言った。「お客様が初めてうちの店にいらっしゃってから、今日でご来店百回目なんですよ」

定休日を除いて、ほぼ毎日、四ヶ月弱。レジ横の卓上カレンダーにこっそりチェックしながら、数えていた。三月のカレンダーも半分にコーヒー豆のスタンプが押してある。翔真は、百個目のスタンプを今日の日付に重ねてポンと押した。

「今日で百日目です。――桜の花が咲きましたね」

男がはっと顔を上げた。目を合わせた彼がひどく驚いた表情をしていて、翔真は思わず息を呑む。レジ越しにいきなり両肩を摑まれた。

「思い出したのか？」

「え？」翔真はびっくりした。「お、思い出したって、何を……」

真剣な顔をした男が詰め寄るようにして言ってくる。「今、桜って」

「桜？　……っ、痛っ」

肩に指が食い込むほど強く摑まれて、翔真は反射的に顔を顰めた。男が我に返ったように

ぱっと手を離す。「悪い」

「いえ」翔真は首を横に振った。「えっと、桜って言ったのは、お客様の肩に花びらがくっついていたからで」

失礼しますと、翔真は手を伸ばした。男のトレンチコートの肩にのっていた桃色の花びらをそっと摘まむ。それを見せると、男は目を丸くし、なぜか落胆したように肩を落とした。

「一気に春めいてきましたもんね。川沿いを通ってこられたんですか？　あの辺りはもう桜が咲いていますよね。私も毎朝ウォーキングをしてるんですけど、早朝の桜もすごく綺麗なんですよ」

「……そっちの方はまだ行っていない。たぶん、風で飛んできたんだろう」

翔真が摘まんだ花びらを見つめて、男がふっと淡く微笑んだ。

「川沿いの桜がとても綺麗だと教えてもらった。咲いたら一緒に見ようと約束したんだ」

「……そうなんですね。これから本格的に咲きはじめますよ。満開になると一面ピンク色に染まって、本当に綺麗なんで、是非——その方と、一緒に見にいらしてくださいね」

恋人だろうか。翔真は微笑んで伝えると、しかし彼は何とも言えない顔をしてみせた。無

理に笑おうとして失敗したような、泣き笑いにも見える切ない表情に、翔真は思わず押し黙る。なぜか胸の奥がぎゅっと潰れた。

男は不自然に歪んだ口もとを隠すふうに俯くと、「それじゃあ」と、いつものように軽く頭を下げた。紙袋を持って店を出ていく。思わず目を奪われた翔真は、去ってゆく後ろ姿に慌てて「ありがとうございました」と頭を下げた。

ゆっくりと頭を上げながら、無意識に胸もとを押さえていた。ざわざわと胸が騒いでいる。こんな気持ちは初めてだった。何もしていないのに拍動が速まり、耳の奥でどくどくと心臓の響く音が聞こえる。一体どうしたのだろうか。

手のひらに残されたひとひらの花びらを見て、ますます胸のざわつきがひどくなった。何だろう。何か、大事なことを忘れているような——。そんな焦燥感にも似た感情が体の奥底からじりじりと迫り上がってくる。

ふと床に、何かきらりと光るものが落ちていることに気がついた。

翔真はカウンターから出てそれを拾う。丸い銀色のコインだ。

「何だろう、これ」

「それは魔界の通貨だな」

頭上から声が降ってきて、翔真は見上げた。真開が立っていた。

「マカイノツーカ？　何ですか、それ」

「文字通りの意味だ。まったく毎日毎日、相変わらず律儀な男だ。健気《けなげ》さがいっそ不憫《ふびん》で泣けてくる」

話の意味がわからず、翔真は首を傾げた。真開がこれみよがしに溜め息をついた。

「さっきの客の落し物みたいだぞ」ドアの方を顎でしゃくりながら言って寄越す。「今から追いかければ間に合うんじゃないか」

翔真は釣られるように視線をずらした。黒いトレンチコートの残像が見えた気がして、思わずコインを握り締める。

「すみません」翔真は振り返って真開に言った。「すぐに戻りますから、お会計は少し待ってもらえますか」

「……やっぱり今日も俺から金を取るのか」

ドアに爪先《つまさき》を向けたその時、真開に呼び止められた。

「ちょっと後押しするくらい構わないだろ。いつまでも自腹で払わされたらたまらないからな。このウソつき母体めが、さっさと思い出せ」

ピンッと指先で額を弾かれる。「痛っ」咄嗟に額を押さえた翔真はきょとんとした。真開が背中を押しやる。「ほら、早く行け。見失うぞ」「は、はい」翔真は急いで店を出た。

男が歩いていった方へ走って追いかけていくと、遠目に黒い後ろ姿を捉えた。

「あっ、お客様！」

翔真は叫んだが、聞こえなかったようだ。男は角を曲がって路地に入る。

翔真は全速力で後を追った。ほんの少しの時間差で同じ角を曲がり——足を止めた。

男の姿がない。一気に距離を詰めたと思ったのに、細い一本道にはすでに人影は消えていた。あの短時間でこの通りを抜けたのだろうか。

「あれ？」

ふと、何かが落ちているのに気がついた。近づいてよく見てみるとコーヒー豆だ。

コーヒー豆の落とし物は点々と続いていた。まるでこちらだとおびき寄せる目印のようである。翔真はコーヒー豆を辿って先へ進んだ。目印は小路を真っ直ぐではなく、途中で曲がっていた。一本道だと思っていたが、脇道があるのだと気づく。コーヒー豆に従って、翔真も曲がる。

『おかしいですね。今日で百回目のはずなのに』

『そうですぞ。百日通い続けたら呪いは解けるのではなかったのですか』

『……呪いじゃない、魔力だ。百日というのはあくまで領主様が仰っていた最短の日数にすぎない。数年、数十年かかるかもしれないし、一生かかっても思い出さない可能性も多分にある。まあ、仕方ないさ。長期戦なのは覚悟の上だ』

『気が遠くなりそうな話ですね』

『それにしても、翔真殿も薄情ですな。さっさと思い出せばいいものを。記憶を封じられて何をのほほんとコーヒーを淹れているのだか』

『我は最初から思ってましたぞ。あの方は少々抜けていると。何せ、この我のことを泥饅《どろまん》頭《じゅう》とのたまいましたからな！　今も忘れておりません。泥の恨み、許すまじ』

翔真は自分の目と耳を疑った。

目の前で繰り広げられている光景を茫然と見つめる。

細い道を黒い犬がとてとてと歩いていた。後ろ姿からでもその凛々《りり》しさが伝わってくる彼は、ドーベルマンだ。その頭上を桃色のインコらしき鳥がぱたぱたと飛んでいる。インコの上に乗っているのは、あれは――泥饅頭？　違う、よく見るとふもふもふの毛で覆われていないか。ドーベルマンの横を歩いているのはふかふかとした白ウサギだ。

何でこんなところに動物が集まっているのだろうか。

いや、そんなことより。なぜ、動物が、当たり前のように人語を喋っているのだ。

非現実的すぎて、一瞬白昼夢を見ているのかと思った。そういえば、こんなにたくさんの動物がいるのに、いつものアレルギー症状が出ていない。やっぱり夢か。

『桜の話題が出た時には、もしかしたらと期待してしまったんだが……単なる偶然だったようだ』

がっかりした声でドーベルマンが言った。ウサギとインコともふもふ泥饅頭が『きっともうすぐですよ』『ショック療法を試してみたらどうですかな。後頭部に蹴りの一つでもいれてみましょう』『それなら、我もがぶっと一噛みやりますぞ』と、口々にドーベルマンに話しかけている。ドーベルマンが背中にくくりつけている紙袋は、何かに引っ掛けて破れたのか小さな穴があいていた。しょんぼりとした様子で彼が歩くたびに、そこからぽろぽろとコーヒー豆が零れ落ちる。

翔真は思わず自分の頬をつねった。痛かった。やはり幻覚でも幻聴でもない。本当に動物たちが喋っているのだ。

動物たちはとてとてと歩いていく。翔真は慌てて追いかけた。と、その時、爪先が何かを蹴飛ばした。カランカランと音を立てたのは誰かが投げ捨てた空き缶だった。

しまったと思うと同時に、動物たちがはっと一斉に振り返った。

翔真はびくっと硬直する。動物たちが揃って円《つぶ》らな瞳をめいっぱい見開いた。

『翔真』と、ドーベルマンがまるで人間みたいに驚いた声で言った。

「え」翔真は信じられない気持ちで凝視した。「な、何で、俺の名前を、犬が……？」

その途端、ドーベルマンがはっきりと傷ついたとわかる表情を見せた。すっと目を逸らした彼はくるりと素早く踵を返す。再び歩き出そうとするドーベルマンたちを、翔真は咄嗟に声を上げて引き止めた。

「ま、待って！」

その時、ドーベルマンの背中にくくりつけてあった紐《ひも》がほどけて紙袋がずるりと滑り落ちた。紙袋はすぐ横の民家の壁の前に立てかけてあった脚立の足にぶつかった。作業の途中で置いてあったのだろう。バランスを崩した脚立の上からバケツが振ってくる。

「危ない――」

考えるより先に体が動いた。翔真は無我夢中で走り、ドーベルマンに覆い被さった。

カシャーン、ぐわんぐわんぐわん。

トタンバケツがアスファルトに弾かれてうるさい音を立てた。地面に落ちる前に一度背中に衝撃があった。バケツがぶつかったのだとわかったが、痛みは感じなかった。それ以上の衝撃が頭に走っていたからだ。

『翔真!』と、腕の中から叫び声が聞こえた。翔真はゆっくり顔を上げた。ドーベルマンの凜々しい顔が視界いっぱいに広がる。

「大丈夫だった?」翔真は目を合わせて訊ねた。「どこも怪我してないよね、暁」

『バカ、俺のことより自分の心配をしろ。何でいつも無茶ばっかりするんだ、お前は――』

彼がはっと言葉を切った。ゆるゆると丸い目を見開き、突き出した口を開く。

『翔真、俺のことがわかるのか』

翔真は頷いた。何が直接のきっかけになったのかはわからない。ただ助けなければと必死に手足を動かし、暁を抱きしめた瞬間、脳裏で火花が弾けたような衝撃が走った。直後、どっと波が押し寄せるように忘れていた記憶がたちまち蘇った。

すべて思い出した。

今では不思議でしかない。どうしてあんなにそこだけすっぽりと抜け落ちたように彼らのことを忘れていられたのかと。この数ヶ月、どうやって一人で過ごしてきたのか、もはや思い出せなかった。淡々とこなした日々が、あっという間に彼らと過ごした鮮やかな思い出に塗り替えられてゆく。

ああ、そうだった。俺が一番大切にしていたものはこれだった。ようやく思い出せた。

全身黒ずくめの彼を見て、脳裏でぱちぱちと甘い炭酸が弾けるように記憶が蘇る。夏の暑さの残るある日のできごとを、まるで昨日のことのように思い出す。このちょっとずれた服装で店の窓からじっと覗き込んでいた不審人物。あの時と同じ恰好だ。

「暁」翔真は微笑み、それから頭上と地面に視線をむける。「それに、珊瑚に黒曜、白夜。大丈夫、全部思い出したから」

『『おおっ、翔真殿！』』『翔真様！』

インコとハムスターとウサギが目をうるうるさせて一斉に飛びついてきた。かつてないくらいに熱烈なスキンシップに翔真は嬉しくて笑みを零す。

「あれ？　そういえば俺、もうおなかの中にお子がいないのに、みんなのことが平気だ。アレルギーが出ないや」

『おそらく、長くお子を宿していたために耐性ができたんだろう。一度魔界に渡ったことで体質に変化が起きた可能性もある』

そんなふうに述べた暁が、ふいに輪郭を崩したかと思うと、ヒトガタに変化した。どこかむすっとした表情で、「お前たち、邪魔だ」と、翔真に抱きついている使い魔たちを摘まんで引き剝がし、ぽいぽいぽいと容赦なく放り投げる。『ああっ、酷いぃぃ』と、声が遠退いていった。

暁が翔真の前を陣取って腰を下ろした。座り込んでいた翔真と真っ向から目を合わせる。

「また、お前に助けられたな。これで三度目だ」

暁がふっと笑った。

「ごめんね」翔真は言った。「毎日会いに来てくれたのに、なかなか思い出せなくて」

「謝ることはないさ。こっちは何年、何十年かかろうと、お前のところに通いつめる覚悟でいたんだ。むしろ早かったくらいだ」

強がってみせる暁に、先ほどの落胆した表情が重なった。たちまち胸がぎゅっと締めつけられて、愛しさがこみ上げてくる。

「でもまあ」と、暁がぼやいた。「仕方ないとはいえ、毎日、お前から知らない他人を見るような目で迎えられるのは辛かったけどな。会えて嬉しい半面、悲しかったんだぞ」

拗ねるような口調を聞いた途端、翔真は堪らず両手を伸ばして抱きついていた。軽く目を瞠った暁が、やわらかく微笑んで翔真を受け止める。

「……毎日買ってくれてるコーヒー、あれ全部どうしてたの？」

「心配しなくても、お子がごくごくと飲んでいる。お子はお前の店の豆で淹れたコーヒーしか受けつけない体になってしまったからな」

タンブラーいっぱいに注いだコーヒーは、暁が飲んでいたのだという。暁こそ、もうすっかり翔真のコーヒーしか受けつけない体になってしまっていた。毎日翔真の淹れたコーヒーを飲みながら、与えられた制限下で〈かすがい〉に通うほんの短い逢瀬のことを、何度も思い返しては、いつかきっと思い出してくれるはずだと信じていた。

「翔真のコーヒーは大人気だ。領主様たちも気に入って、どうにか魔界でもあのコーヒー豆を育てられないかと研究チームをたちあげたところだ。翔真の記憶が戻ったとわかれば、助言を求めて呼び出しがかかるかもしれないな」

「俺がまた魔界に行っても大丈夫なの？」

「一度は記憶を封じたのだから、掟《おきて》に反してはいない。その上ですべてを思い出したとしても、それはもう母体研究者たちの管轄ではないからな。領主様も了承済みだ」

「それに」と、暁が翔真を抱きしめながら耳もとで続けた。「翔真の記憶が蘇った場合に限り、俺は領主様から特別任務につくよう命じられている。まだしばらくは魔族の子の出産に人間の母体がかかせないだろう。そのため、今後は魔犬族の子の魂と人間の母体の橋渡し役として、人間界での滞在を許可された。その間に、翔真から美味しいコーヒーの淹れ方を習得するという別任務付きだ」

「――え、それって」

翔真は咄嗟に両手を突っ張って密着した体を一旦離した。間近に暁を見つめる。

「これからもずっと、こっちで暮らせるってこと？」

訊き返すと、視線を甘く絡ませた暁が微笑んで頷いた。

「ああ、そうだ。ずっと一緒だ」

「本当に？」翔真は思わず涙を滲ませる。「俺、記憶は思い出しても、これまでどおり俺の家で一緒に暮らしたりするのは無理だと思ってた。暁も仕事だから領主様の傍にいないといけないだろうし、これからは魔界との遠距離恋愛になるんだとばっかり思ってたのに」

「そこは頑張って交渉したんだ。どうやったら翔真と一緒にいられるか、伊達《だて》にコーヒーばかり飲んでいたわけじゃない」

微笑まれて、翔真はくるおしいほどの愛しさをぶつけるように再び暁に抱きついた。勢い余って、受け止めた暁が地面に背をつく。

「……おい、倒れたじゃないか」

呆れたように言った暁に、翔真は顔を上げて笑った。

「ごめん。愛が暴走した」

「……っ、こっちは暴走しないように必死に我慢しているというのに」

暁が眩しいものを見るみたいに眇めた目もとを腕で覆う。

ひらひらと何かが舞い降りてきた。

ふわりと暁の腕に落ちたのは、薄桃色の桜の花びらだ。

風に乗って飛んできたのだろう。そういえば、翔真が摑んでいたあの花びらはどこにいったのだろうか。

「桜が満開になる前に、暁のことを思い出せてよかったよ」

新たな花びらを摘まんで、翔真は言った。ちらっと腕をずらした隙間から、暁が見上げてくる。

「……その約束も忘れてなかったみたいだな」

「当たり前だよ。お弁当を作って、みんなで花見をするんだから」

「そうだな」暁がふっと笑う。「本当のことを言うと、さっきまで今年の花見は半分諦めていたところだ。俺はあれから独学で桜餅の作り方を学んで準備万端でいるのに、お前は桜の花びらを見ても、まったく思い出す気配すら見せなかったからな」

「でも、ちゃんと思い出したよ」翔真は暁の顔の横に両手をついて言った。「暁も、あの時の約束、忘れてないよね？」

暁が目を瞠った。腕を下ろし、翔真をじっと見上げてくる。

「当たり前だ。忘れるわけがないだろ」

淡く微笑み、静かに目を閉じる。再会を誓って一度別れる決意をしたあの時の言葉を、ゆっくりと嚙み締めるように甘い声でなぞった。

「どんなことがあっても、必ずお前に俺のことを思い出させてみせる。そして何もかもを思い出したその時には、今度こそ本当に結ばれよう。それがいつになろうと、俺は絶対に諦めない。お前のすべてを愛し、俺のすべてをかけて生涯愛し抜くことを誓う」

「……うん。俺も誓うよ」

暁がゆるゆると目を開けた。翔真は待ち構えていたように視線を絡ませる。全身から彼をいとおしく想う気持ちが込み上げてくる。一気に溢れそうになり、堪えきれない想いが涙となって目からこぼれ落ちる。透明な雫《しずく》が暁の頰の上で跳ねた。カレンダーをめくるだけでは数えられない、長い長い冬眠から目覚めたような気分だった。止まっていた時間がようやく動き出す。やっと逢えたいとしい恋人の顔を見下ろして、翔真は告げた。

「暁のことを一生愛して、愛して、愛し抜く。大好きだよ、暁」

「俺も大好きだ、翔真」

暁の腕が翔真の首の後ろに回り、ゆっくりと引き寄せた。翔真も微笑んで唇を重ねる。

暁と出会えたことに心から感謝する。人間も魔族も、誰かを愛する気持ちは同じだ。特別な誰かを大事に想い、傍にいられることの幸せを、暁が教えてくれた。

ひらひら、ひらひら。幸せの余韻を味わいながら目を開くと、視界の端を何かが通り過ぎていった。

「また桜……？」

広げた手のひらに薄紅色の花びらがひらりと落ちる。

翔真は顔を上げた。暁も頭上を見上げる。

途端に、ひらひらとたくさんの花びらが降ってきた。

水色の空にまるで春の雪のように花びらが舞い散る。

『めでたや！　めでたや！』

空中を旋回しながら、桃色インコの珊瑚がどこから集めてきたのか桜の花びらをばらまいていた。

左右の民家の屋根からも、いつの間にかよじ登っていた幼女の黒曜と少年の白夜が、カゴいっぱいの花びらをおしげもなく撒《ま》いている。

「うわあ、綺麗」

「これはこれで一風変わったお花見だな」

花びらに包まれて、翔真と暁は微笑んだ。

二人の未来を祝福するようにやわらかい風が巻き起こり、花びらが一斉に舞い上がる。

「おかえり、翔真」と、暁が両手を広げて言った。

翔真は思わず顔をほころばせる。

「ただいま」

迷わず腕の中に飛び込んだ。力いっぱい抱きしめられる。

ひらひら、ひらひら、幸せの桜色が二人を優しく取り囲む。

ハート形に降り積もった花びらの真ん中で、翔真と暁は見つめ合い、そうしてゆっくりと唇を重ね合わせた。

あとがき

このたびは『世話焼き魔族と子宝授かりました』をお手に取っていただき、ありがとうございます。

魔族？　と首を傾げる方もいらっしゃると思いますが、舞台は現代日本です。魔族の方が人間界にやってきました。禍々しいイメージはまったくなく、とにかく（魔族の）お子のため、（人間の）母体のためにせっせと世話を焼くコーヒー好きの魔犬族です。使い魔として、なんか小さくて口うるさいヤツもくっついてきますので、その辺りはいつもどおり。ドタバタとしたファンタジー風味のお話を楽しく書くことができました。皆様にも楽しんでいただけたら嬉しいです。

今回もたくさんの方々にお世話になりました。

本の制作に携わって下さった各関係者の皆様に心より感謝申し上げます。

とても素敵なイラストを描いてくださった金ひかる先生。魔族とはいっても尖った耳や牙ではなく、犬耳と尻尾が生えた暁をとてもかっこよく、また割烹着の似合う美麗男子に仕上げてくださいました。眼福です。喫茶店店長の翔真も人好きのするエプロン男子に、そして脇役の使い魔たちまで思わず捕まえたくなるほどにかわいく描いていただき、ニマニマが止まりません。口絵の『翔真のおなかに耳をあてる暁』のイラストが特にお気に入りです。愛らしく美しいイラストの数々に惚れ惚れします。どうもありがとうございました。

いつもお世話になります担当様。今回もいろいろとご迷惑をおかけしました。毎回思うのですが、口絵の指定箇所の候補、やっぱり担当様の直感が大正解です。素敵なイラストをカラーで拝見できました。そしてこれも毎回なのですが、タイトルがなかなか決まらず、今回も散々悩ませてしまいました。本文を読んで、「これしかない！」というタイトルがすぐに頭に浮かぶようなお話を書いてみたいものです。そう思いつつ、毎回書き上げたあとで、キーワードが見つからず、タイトル決めで四苦八苦するのですが。これに懲りずに、今後もどうぞよろしくお願いいたします。

そして、最後になりましたが読者の皆様。本当にありがとうございました。

現実世界はまだまだ落ち着かない日々が続いておりますが、このお話の中では、何の心配もなくみんなでわいわい飲み食いしながらのんびりお花見ができる、という私の願望を込めた設定です。コーヒーのお供になる一冊になれば幸いです。

またいつか、どこかでお目にかかれますように。

棒名　悠

✦初出　世話焼き魔族と子宝授かりました……………書き下ろし

榛名 悠先生、金ひかる先生へのお便り、本作品に関するご意見、ご感想などは
〒151-0051 東京都渋谷区千駄ヶ谷 4-9-7
幻冬舎コミックス　ルチル文庫「世話焼き魔族と子宝授かりました」係まで。

幻冬舎ルチル文庫

世話焼き魔族と子宝授かりました

2022年7月20日　第1刷発行

✦著者	榛名 悠　はるな ゆう
✦発行人	石原正康
✦発行元	株式会社 幻冬舎コミックス 〒151-0051 東京都渋谷区千駄ヶ谷 4-9-7 電話 03(5411)6431[編集]
✦発売元	株式会社 幻冬舎 〒151-0051 東京都渋谷区千駄ヶ谷 4-9-7 電話 03(5411)6222[営業] 振替 00120-8-767643
✦印刷・製本所	中央精版印刷株式会社

✦検印廃止

ISBN978-4-344-85077-4　C0193　Printed in Japan